periplaneta

MARIEN LOHA: „Waschbär im Schlafrock“

2. Auflage, Juni 2020, Periplaneta Berlin, Edition Periplaneta

Inh. Marion Alexa Müller, Bornholmer Str. 81a, 10439 Berlin
www.periplaneta.com

Lektorat: Julia Bossart Meister
Cover: Nicole Altenhoff
Satz & Layout: Thomas Manegold

Gedruckt und gebunden in Deutschland
Gedruckt auf FSC- und PEFC-zertifiziertem Werkdruckpapier

print ISBN: 978-3-943876-73-4
epub ISBN: 978-3-943876-44-4
impressum@periplaneta.eu

Marien Loha

Waschbär im Schlafrock

Roman

periplaneta

Sie nannten ihn Karl

„Hallo, ich bin Karl."

„Freut mich, Melanie."

Ich glaube ihr gerade noch, dass sie Melanie heißt, aber „Freut mich"?

„Meine Freunde nennen mich Mellie", wirft sie ungefragt nach.

Soll das eine Aufforderung sein, sie Mellie zu nennen, oder eine Warnung, mich bloß nicht zu ihrem Freundeskreis zu zählen? Oder ein Test? Diese Frau verwirrt mich jetzt schon.

Ich denke eindeutig zu viel nach.

Das mit dem Nachdenken war schon immer so ein Problem von mir. Früher war ich recht still (naja, eigentlich heute auch noch). Ich bin nicht schüchtern, sondern einfach nur introvertierter als andere. Eines dieser ‚stillen Wasser' eben.

„Wenn ich etwas zu sagen habe, sag ich es", ist meine Standardantwort auf die Standardfeststellung: „Karl, du bist immer so still." Okay, zugegeben, das entspricht nicht ganz der Wahrheit. Oft sage ich die Dinge einfach nur in Gedanken und schaue mein Gegenüber dabei so an, als wollte ich ihm meine Worte telepathisch übermitteln. Dabei entsteht dann leider oft der Eindruck, dass ich denjenigen gar nicht beachte, was mir den ebenfalls typischen Beinamen ‚Träumer' einbrachte.

Ich denke, in jeder Gruppe, ob Schulklasse, Freundeskreis, unter Arbeitskollegen oder wo auch immer, gibt es mindestens eine Person, die zwangsweise zum ‚Träumer' erklärt wird. Typen dieser Gattung erwidern dann natürlich immer: „Das stimmt gar nicht!" Anschließend beginnen sie eine lebhaft geführte Diskussion mit langen Argumentationsketten und Fallbeispielen, warum sie keiner dieser ‚Träumer' sind. Per Definition tun sie das natürlich im Geiste und glotzen den Ankläger dabei nur weiter unvermittelt an.

Ich komme mit meiner Rolle eigentlich ganz gut zurecht. Ich habe meinen Freundeskreis, der in der Größe ständig variiert, mit ein paar festen Bestandteilen, die immer bleiben. Einer dieser festen Bestandteile ist Paul. Genau genommen ist er der Festeste. Ich kenne ihn schon länger als mein halbes Leben.

Das behauptete ich zwar schon, als wir gerade mal eine Woche in der Schule nebeneinandersaßen, aber es kam mir wirklich so vor. Und mittlerweile stimmt es ja auch. Hat zwar Jahre gedauert, aber jetzt brauche ich mir keine Gedanken mehr um diese Lüge machen. Damals kam dieser Junge in die Klasse. Leicht struppige schwarze Haare, ausgefranstes T-Shirt und kurze lockere Hose. Standard eben. Alle tuschelten über den Neuen. Ich auch. Zwar nur mit mir selbst, aber trotzdem.

Quer durch den Raum traf sich unser Blick und wir führten unser erstes mentales Gespräch:

„Was für ein Haufen Schwachköpfe!“, verzog er das Gesicht und blickte sich um.

„Ja, da kann man nichts machen, die sind immer hier“, zuckte ich mit den Schultern.

„Ist neben dir noch frei?“, blickte er auf den Stuhl neben mir.

„Ja“, schob ich die Lippen leicht nach vorne, hob leicht beide Augenbrauen und deutete ein kaum wahrnehmbares Nicken an.

„Was dag...“, fing er an, die Augenbrauen fragend hochzuziehen.

„Nee nee, mach ruhig!“, behielt ich meinen Gesichtsausdruck bei und schüttelte leicht den Kopf.

„Super!“, grinste er und nickte einmal.

Wir wissen bis heute nicht, warum wir uns so gut verstehen, aber vermutlich muss man das auch gar nicht. Vielleicht ist es sogar die beste Voraussetzung für eine langanhaltende Freundschaft. Auf alle Fälle sind wir beide sehr froh, dass es so ist.

„Was machen Sie hier, Melanie?“, frage ich, um auszuloten, ob sie wirklich an einem Smalltalk interessiert ist.

Sie winkt ab: „Nennen Sie mich Mellie.“

Okay, also doch... mhh... und was soll ich jetzt davon halten? Sie sieht ja ganz süß aus, dunkelbraunes Kostüm, zierliche kleine Statur, ein paar Sommersprossen auf der hellen Haut und kurze braune

Locken. Wir stehen an einem der zahlreichen Stehtische im Garten und nippen abwechselnd verlegen an unserem Begrüßungssekt. In meinem schwimmen kleine Dosenmandarinenstücke, in ihrem komischerweise nicht. Wenn man da die Wahl hatte, dann habe ich das zumindest nicht mitgekriegt, und sie wird mich jetzt aufgrund meiner Getränkewahl für einen weichen Cocktailtypen halten. Womit sie ja nicht ganz... ach hör endlich auf!

Paul gibt mal wieder einen seiner kleinen Empfänge für die ortsansässige Politprominenz. Welchen Zweck Villa und Grundstück sonst erfüllen, weiß ich nicht, zumindest ist es nicht sein Haus. Mittlerweile ist Paul zu einer richtigen kleinen lokalpolitischen Größe aufgestiegen. Kleine Größe, gibt es sowas überhaupt?

Politik war ja noch nie so mein Fall, aber ich geh trotzdem immer zu den Empfängen, weil Paul über fast alle Gäste spannenden Klatsch und Tratsch zu berichten weiß. Eigentlich interessiert mich das nicht, aber es ist irgendwie unterhaltsam. Ich merke mir auch nie was davon, um es weiterzutratschen, aber das sollte ich vielleicht auch lieber nicht.

Ich denke, Paul wird nie aus seiner Partei ausgeschlossen oder rausgeekelt werden mit solch explosivem Wissen in der Hinterhand. Verbrannt, am Seeufer gefunden, ohne Fingerabdrücke und Gebiss, ja, aber nie würden die ihn einfach so rauswerfen.

Melanie schaut mich fragend an. Ach Mist!

„Oh ja, ja...klar...also Mellie, was machen Sie hier?“

„Ich bin die Assistentin von Herrn Sommerfeld.“

„Ach so? Ich wusste gar nicht, dass Paul eine Assistentin hat.“

Normalerweise hätte ich von Paul erwartet, dass er mich fünf Minuten nach der Einstellung gleich ungebeten anruft und sowas sagt wie: „Du, ich hab jetzt ne Assistentin. Is'n richtiges kleines Mauerblümchen, also eher nichts für mich, aber vielleicht auch besser so, wenn du verstehst, was ich meine!“, wobei ich sein verschwörerisches Zwinkern aus der Stimme raus hören und den Ellenbogenstoß in meine Seite förmlich spüren kann.

„Sie kennen Herr Sommerfeld?“, fragt sie verdutzt.

„Ja klar. Das ist doch sein Empfang hier, oder nicht?“

Völlig ungewollt lache ich über meinen sehr schlechten Scherz. Sie lacht mit.

Stopp! Schnitt! Aus!

Resümee:

1. Sie stellt sich zu mir an den Tisch, obwohl er weit weg vom Geschehen ist und... ja und obwohl ich da stehe.

2. Sie sagt Dinge wie: „freut mich" und „meine Freunde nennen mich..."

3. Sie lacht über Dinge, die ich sage, obwohl sie überhaupt nicht lustig sind.

Ohh Gott! Ich bin auf ihrem Radar und wurde vielleicht sogar schon fest als Ziel anvisiert!!!

Eigentlich toll, aber ein bisschen mulmig ist mir schon. Ich habe gerade eine längere Beziehung hinter mir und fühle mich etwas eingerostet, was das Flirten und überhaupt den Umgang mit weiblichen Wesen angeht. Als ich das Paul gegenüber neulich erwähnte, sagte er: „Ach, du warst doch noch nie richtig geölt!"

Hahaha! Vielleicht hat er sogar recht, ich weiß es nicht.

Immer noch die letzten Wellen ihres Kicheranfalls unterdrückend - ach komm, jetzt übertreib mal nicht - fragt sie: „Nein, im Ernst, woher kennen Sie Herrn Sommerfeld?"

„Wir kennen uns schon seit der Schulzeit. Lange her, alte Freunde, unterschiedliche Wege, aber irgendwie immer noch da", fasse ich kurz zusammen.

„Sie verlieren ja nicht viele Worte, wie?" Sie lächelt mich herzerwärmend an bei dieser Feststellung.

Ach Melanie, wenn du wüsstest.

Ich bereite mich gerade darauf vor, meinen Standardvers zur Introvertiertheit loszulassen, als Paul an unseren Tisch geschlendert kommt.

„Ah, Angelo! Da bist du ja. Du kennst also schon meine neue Assistentin Melanie", sagt er und klopft mir dabei ziemlich stark auf den Rücken. Ich trinke gerade etwas und völlig unvorbereitet ob dieser Attacke rutschten mir einige kleine Mandarinenstücke in die Luftröhre. Zudem reißt es mich von der Schlagwucht getrieben nach vorne und ich kann gerade noch so verhindern, mir mit dem Glas mein Auge zu entfernen.

Hustend halte ich mich am Tisch fest und röchele: „Is schon... okay... hab mich... schon... als Karl... vorgestellt."

„Och, schade!" Er macht ein bedröppeltes Gesicht und wendet sich an Melanie: „Ich gebe ihm in Gesellschaft gerne rassige südländische Namen, weil ich denke, dass ‚Karl' bei den Ladys nicht sehr gut ankommt."

Melanie lächelt ihren Boss verlegen an. Sie ist wohl noch nicht so lange bei Paul, sonst könnte sie mit solchen Phrasen schon umgehen. Es muss ihr nach den ersten Eindrücken von uns beiden unglaublich vorkommen, dass wir Freunde sind und das auch noch seit so langer Zeit. Verständlich, geht uns selbst ja auch immer wieder so.

Ich erhole mich langsam von meinem Hustenanfall, den Paul gekonnt ignoriert hat, was er damit bekundet, dass er mir noch mal freundschaftlich auf den Rücken klopft. Diesmal bringt es mich, aufgrund besserer Vorbereitung, nicht wieder so sehr aus dem Gleichgewicht.

„Ja, ich sehe ja auch total nach einem Francesco oder Juan aus", erwidere ich etwas bissig.

„In der Tat, das stimmt!", lacht Paul. Wäre er der Weihnachtsmann, würde er sich jetzt seine Wampe halten, den Kopf in den Nacken werfen und ein lautes „Ho Ho Ho" lachen. So ähnlich lacht Paul, nur ist es eher ein „Ha Ha Ha" und eine Wampe hat er auch nicht. Wenn er sich gerade wieder besonders lustig findet, schlägt er sich dabei auch mal selbst auf die Schenkel, auf den Tisch oder eben mir auf den Rücken.

„Also, ich seh schon, ich bin hier überflüssig", sagt Paul und wendet sich zum Gehen.

„Wann hältst du deine Ansprache?", frage ich, um ihn noch etwas länger hier zu behalten. Mit Paul zu reden, ist vertrautes Terrain. So kann ich Sicherheit sammeln.

Man könnte meine Gesprächigkeit auch in einer Graphik

festhalten, die mit steigender Gesellschaft quasi exponentiell zunimmt, in bekannter Gesellschaft sogar noch wesentlich verstärkt. Aber im Gespräch mit jemandem alleine, sogar bei Freunden, ist sie auf ihrem Tiefpunkt.

Paul weiß das, aber er will mich wohl ins kalte Wasser werfen und sagt nur: „In ca. einer Stunde, ich muss noch meine Runde drehen, alle begrüßen und die neuesten News aufsaugen."

Ich hasse es, wenn er „neueste News" sagt. Es ist ein dämliches Wortpärchen, aber er benutzt es gerne, ich glaube, nur um mich zu ärgern.

Er schenkt mir noch ein einäugiges Zwinkern mit einem zweideutigen Lächeln und verschwindet wieder im Trubel weiter vorne am Haus. Eigentlich ist es noch viel zu früh für diese freundschaftliche ‚Ich lass euch jetzt mal allein'-Geste, aber Paul findet, die passt immer. Vermutlich würde er das auch machen, wenn mich eine alte Dame an der Bushaltestelle nach der Uhrzeit fragt. Eventuell flüstert er mir dann noch unauffällig Sachen ins Ohr wie „Ran da!", „Knickie Knackie" und bedenkt mich wieder mit diesem Zwinkern. Leider glaubt Paul, dass die Frauen das nie mitkriegen, was sie aber in den meisten Fällen doch tun.

„Ich glaube, Herr Sommerfeld interpretiert da was falsch", sagt Melanie und lächelt mich schüchtern an.

Ich bin nicht in der Lage einzuschätzen, ob ihre süße Schüchternheit gespielt ist oder nicht. Gott, bin ich hilflos!

Ich meine, niemand kann in Frauen lesen wie in einem Buch, aber bei mir reicht es nicht mal für ein Post-it, geschweige denn für ein paar lose zusammengeheftete Blätter. Für mich sind Frauen wie das berühmte ‚Buch mit sieben Siegeln', nur dass das Buch bei mir noch in einer Kiste in einer Kiste in einer Kiste verschlossen auf dem Grund des Mariannengrabens liegt. Nicht mal Houdini würde da rauskommen.

Ich lächle also nur etwas dämlich zurück und sage: „Ja, scheint so."

Ihr Lächeln verschwindet. Ups. Habe ich etwas Falsches gesagt? Ich habe ihr zugestimmt und das war anscheinend nicht richtig.

„Das sollte jetzt nicht heißen, dass…“, versuche ich es zu retten, weiß aber nicht, wie der Satz weitergehen soll.
„… also… ich finde Sie sehr nett… und alles… .“
Ihr Lächeln verfinstert sich noch weiter. Vielleicht sollte ich's mit der Wahrheit probieren. Und bevor ich meine Zunge daran hindern kann, diesen Gedanken in die Tat umzusetzen, höre ich mich sagen: „Wissen Sie, Melanie… ich kann nicht so gut mit Frauen… und so… .“
„Was sind denn ‚und so‘?“, fragt sie mich mit hochgezogener Augenbraue, fängt dann aber zum Glück wieder an zu lächeln und sagt: „Für dich übrigens immer noch Mellie“
Ich bin verwirrt. Damit war jetzt das ‚Du‘ eingeleitet oder wie?
„Ja… ähh… und ich immer noch Karl. Hehe. Also, tut mir leid, alles wieder in Ordnung?“
„Was tut dir denn leid?“, fragt sie.
Was für eine Folter. Ich wünsche mir kurz, doch an den Mandarinenstückchen erstickt zu sein. Vielleicht sollte ich einfach unauffällig einen zweiten Versuch starten.
Doch was soll's, wo ich nun schon einmal mit der Ehrlichkeit angefangen habe: „Das weiß ich ehrlich gesagt auch nicht, aber ich hielt es für eine gute Idee, mich zu entschuldigen.“
Sie grinst. „Schon okay. Manno, man Karl, wer hat dich denn so verunsichert?“
Ich halte das für eine rhetorische Frage und antworte nicht. Das würde sowieso zu längeren, mindestens ein Buch füllenden Ausschweifungen ausarten. Stattdessen trinke ich nur leicht verlegen einen Schluck Sekt. Sie gibt sich anscheinend damit zufrieden.
Sag was! Na los! Lass dir irgendwas einfallen!
Sie kommt mir zuvor, indem sie den angefangenen Smalltalk einfach fortsetzt: „Was machst du beruflich, Karl?“
„Ich schreibe für eine kleine regionale Zeitung. Nichts Großes, hab auch kein bestimmtes Fachgebiet.“
„Oh, das ist ja spannend!“
Eigentlich nicht, aber ich kann mich gerade noch davon abhalten, ihr das zu sagen. Sie freut sich doch so. Vielleicht ist es ja gar nicht

mal schlecht, wenn sie mich für einen tollen Sensationsreporter hält. Ich sollte mir ein paar reißerische Geschichten einfallen lassen, wo ich schon überall war und über was ich alles berichtet habe.

„Erzähl doch mal ein paar Geschichten, wo du schon überall warst und über was du so berichtet hast!"

Mist! Denk, denk, denk! Denk nach, verdammt!

Okay, zum Ausdenken bin ich viel zu nervös, also wieder die Wahrheitsnummer.

„Ich war mal ein paar Wochen in Irland und hab über die dortige Technikindustrie berichtet." Wow, Kracherstory!

„Aha, das klingt ja spannend", erwidert sie ehrlich interessiert, glaub ich, und stützt ihren Kopf auf die Fäuste wie ein kleines Kind, das dem Opa bei seinem spannenden Seemannsgarn zuhört.

Na dann pass mal auf, wenn dir das schon gefallen hat, wird dich das hier umhauen: „Im Grunde ging es darum, wie die Unternehmen dort strukturiert sind, wie sie mit ihren Mitarbeitern umgehen usw. Sollte was für den Wirtschaftsteil werden und die Firmen hierzulande inspirieren. Tja, das sollten sie wohl jetzt nicht mehr tun, wie?"

Ich lache. Sie lacht. Ich merke, dass sie nicht verstanden hat, warum ich lache, und pro forma mal mitlacht. Na Mädel, so wird das aber nichts in der Politik, du solltest dich schon etwas besser informieren.

„Naja, im Endeffekt saß ich jeden Abend mit der sehr geselligen Belegschaft der jeweiligen Firma, wo ich grade war, im Pub und habe mir einen Whiskey nach dem anderen reingezogen, weil das ‚probier den mal und den und den...' einfach nicht aufhörte. Am nächsten Morgen hatte ich oft das Gefühl, das Besondere an irischem Whiskey wäre, dass er ohne Umwege ins Gehirn geht. Also schrieb ich nebenbei noch einen Whiskeyratgeber. Die letzten paar Bewertungen vom Vorabend verschwammen zwar schon am nächsten Morgen vor meinem inneren Auge, ganz zu schweigen von der Geschmackserinnerung, aber an die ersten 6-7 Whiskeys des Abends konnte ich mich immer recht gut erinnern. Mit einem kleinen Nebenbericht über die irische Kneipenszene wurde der Artikel erfolgreicher als der ursprünglich geplante Wirtschaftsartikel. Wer weiß, vielleicht nehmen sich einige Wirtschaftsbosse sogar ein Beispiel und schicken ihre Belegschaft nun regelmäßig in Bars: ‚So jetzt habt gefälligst Spaß!'"

Ich hole ein paarmal tief Luft. Meine Güte, ein ungewöhnlich langer Redefluss und das am frühen Nachmittag. Was haben die bloß in den Sekt getan?

Oder liegt es an Melanie?

Gerade habe ich Melanie das erste Mal berührt. Ganz harmlos.

Wir waren auf dem Weg nach vorne ins dichtere Gedränge, um uns Pauls Rede anzuhören, obwohl ich mir das Meiste schon denken konnte und Melanie die Rede vermutlich schon mindestens zehnmal hören und dabei jedes Mal begeistert applaudieren musste. Sie stolperte über eine Wurzel und ich fing sie auf. Natürlich äußerst galant, ohne sie bei der Gelegenheit unsittlich zu berühren. Obwohl ich in dem Bruchteil einer Sekunde, die mir zum Nachdenken blieb, durchaus darüber nachgedacht habe, konnte ich meine Instinkte im letzten Moment niederringen und packte sie einfach nur unter den Armen.

Einen Augenblick länger als nötig verblieben wir in dieser etwas seltsam aussehenden Umarmung. Ein wohliges Kribbeln durchfuhr mich. Ein schönes Gefühl. Da merkte ich zum ersten Mal seit meiner Trennung, wie sehr sich mein Körper nach Nähe sehnte. Ich nahm mir vor, nach der Rede zu versuchen, in die Offensive zu gehen.

Ach was, versuchen, wenn ich schon so anfange, wird das doch nie was. Ich mach es einfach!

Wie zu erwarten war, wurde Pauls Rede eine... naja... früher hätte im Zeugnis gestanden: „Er war bemüht." Aber für einen Lokalpolitiker ist sogar das schon eine mitreißende Rede und wie immer brachen seine Anhänger danach, und einige auch schon zwischendurch, in überschwänglichen Jubel aus, der minutenlang anhielt.

Paul lädt nur Anhänger ein. Der Applaus zog sich lächerlich lange hin. Paul strahlte von einem Ohr zum anderen. Wenn sich jetzt zufällig ein Sonnenstrahl durch den bedeckten Himmel genau auf sein Lächeln verirren würde, hätte wohl irgendjemand gerufen: „Ahh, ich bin blind!"

Als der Jubel langsam abebbte, kam er zu uns.

Untypisch. Eigentlich lässt er sich nach so einer Rede ein bis zwei Stunden auf Händen durch die Gegend tragen. Verbal natürlich. Die meisten Damen und Herren in dieser feinen Gesellschaft wären zu einer solchen körperlichen Anstrengung wohl nicht fähig.

„Na, wie fandet ihr mich?"

Melanie hat wohl schon begriffen, dass Paul auf Komplimente abfährt, und schmiert ihm erst mal eine Wagenladung Honig um seinen nicht vorhandenen Bart: „Oh, großartig, Herr Sommerfeld! Eine wirklich hinreißende Rede! Die Leute hingen wie immer an Ihren Lippen und dieser Glanz in Ihren Augen, dieses Feuer. Einfach toll, toll! So emotional, wie man es in der politischen Landschaft selten sieht."

Innerlich würgend begnüge ich mich mit einem: „Mhh."

„Schön, schön, wollt ihr mit reinkommen? Wir werden im großen Saal ein kleines Essen servieren und dann eine Diskussionsrunde zur aktuellen Lage veranstalten."

Bloß das nicht! Ich sehe Melanie an, dass auch sie nicht so begeistert ist, aber aus beruflichen Gründen trotzdem nicht ablehnen wird.

„Ich würde lieber noch etwas hier im Garten bleiben. Noch wird es ja nicht dunkel. Willst du mir nicht noch etwas Gesellschaft leisten, Melanie?"

Ich bin selbst völlig perplex ob dieses Ausbruchs von Eigeninitiative. Paul auch. Ich sehe kurz seine Gesichtszüge entgleisen. Er hatte seinerseits wohl schon einen ähnlichen Satz im Kopf und nun kam ich ihm einfach zuvor. Er fängt sich aber recht schnell wieder, sagt noch mal: „Schön, schön", und geht ins Haus.

Melanie ist etwas errötet.

Völlig überfordert bringe ich geschlagene fünf Minuten keinen Ton heraus. Sie aber auch nicht. Wir setzen uns in zwei Liegestühle auf der Veranda und schweigen uns eine Weile an. Mir fällt ein Zitat aus einem Film ein und sage, um die Stille zu durchbrechen: „Ist es nicht schön, wenn man einfach mal zusammen schweigen kann?“

Sofort wünsche ich, es nicht getan zu haben, das klang total schnulzig.

„Also mir ist es etwas unbehaglich“, lächelt sie verlegen.

Wieder Stille.

Vorhin haben Melanie und ich uns zum ersten Mal geküsst.

Wow!

Wie es genau dazu kam, verschwimmt in meiner Erinnerung. Am klarsten habe ich einen Cartoon vor Augen, wo sie einfach auf meinen Mund fällt und unsere Lippen plötzlich riesengroß werden, aber ich glaube, so war es nicht.

Unser Schweigen hat sich noch eine Weile fortgesetzt. Ich fand es bald nicht mehr bedrückend, sondern fing wirklich an zu glauben, dass zusammen Schweigen auch etwas Tolles sein kann.

Irgendwann stand ich auf, da meine Beine durch die nach hinten abfallende Sitzfläche einzuschlafen drohten. Plötzlich stand Melanie neben mir. Wir schauten eine Weile über den Garten und den kleinen Teich dahinter.

Irgendwie war ich nicht mehr Herr meiner Handlungen, nahm Melanie an die Hand und führte sie ein bisschen durch den Garten. Ich stand völlig neben mir und war mehr unbeteiligter Zuschauer. Unter dem Baum am Teich blieben wir stehen, ich ließ ihre Hand jedoch nicht los. Dass sie ihrerseits keinen Befreiungsversuch startete, gab mir etwas Sicherheit.

Ein Rascheln über mir ließ mich kurz in die Baumkrone schauen, und als ich den Kopf wieder senkte, war Melanies Gesicht so nah vor meinem, dass ich ihren Atem auf meinen Lippen spüren konnte.

Ab da ist nichts mehr. Wunderbares Nichts.

Der Abend verging, wir redeten noch über dies und jenes, nur nicht über das, was am Ufer passiert war. Vielleicht war es auch gar nicht passiert, schließlich konnte ich mich an nichts erinnern. Später beim Pärchenspieleabend würde ich bei der Frage nach dem ersten Kuss wohl etwas ins Stocken geraten.

Was für ein seltsamer Gedanke. Ich sollte nicht so weit vorausdenken. Ein Kuss, was ist das schon? Zugegeben, für mich eine ganze Menge, aber für die Restbevölkerung? Sicherlich alltäglich... oder?

Die Zeit verflog. Melanie musste Paul noch helfen, die Veranstaltung aufzulösen, und ich muss morgen wieder früh raus, also verabschiedeten wir uns. Ich wusste nur nicht so recht wie und ihr schien es da ähnlich zu gehen. Was wäre angebracht? Links antäuschend, rechts antäuschend, jedes Mal die Arme halb zur Umarmung erhoben, hampelten wir voreinander rum. Dann fast eine Berührung der Lippen. Verlegen ließen wir jegliche Umarmungsversuche bleiben, gaben uns die Hand und gingen so schnell und unauffällig wie möglich in entgegengesetzte Richtungen davon.

Vielleicht hätten wir einfach wild knutschend in der Garderobe verschwinden und es... halt, Stopp! Du läufst auf offener Straße mit einer leichten Anzughose herum - Vorsicht, mein Lieber!

Bären und andere Ungeheuer

Mein Kopf klärt sich und verdrängt langsam den Schlaf.

Den ganzen Nachhauseweg war ich ziemlich damit beschäftigt, nicht an Sex mit Melanie zu denken. Aber nach einer ordentlichen Dusche ging es dann einigermaßen. Doch beim Einschlafen musste ich immer noch viel nachdenken.

In der Nacht habe ich geträumt. Ich würde ja gerne sagen, ich habe von ihr geträumt. Aber es ging um Fußball. Ich mag gar kein Fußball.

Grübele noch eine Weile vor mich hin, dann geh ich ins Wohnzimmer. Ein Waschbär liegt auf meiner Couch. Weiter ins Bad. Pinkeln, Gesicht waschen, Zähneputzen, Rasieren. Muss ja gleich los, in der Redaktion vorbeischauen, ob was für mich anliegt.

Ich schneide mich furchtbar mit der Klinge, renne ins Wohnzimmer und starre entgeistert auf den Waschbär.

Er guckt mich mit seinen schwarzen Knopfaugen teilnahmslos an. Das linke ist ganz milchig, vermutlich ist er darauf blind.

Unwirsch fange ich an hin und her zu laufen, halte dabei aber lieber ein paar Meter Abstand zur Couch und lasse ihn nicht aus den Augen.

Er mich auch nicht.

Blut läuft meinen Hals herunter und wird von meinem Unterhemd aufgesaugt.

„Mist! Nicht bewegen!“, rufe ich sinnigerweise und renne zurück ins Bad. Klebe das obligatorische Stück Toilettenpapier auf die Wunde und bin noch nicht mal ganz zur Badtür raus, da klatscht schon das feuchte Stück Papier vor mir auf den Boden.

„Eine Spur von Blut zog sich hinter ihm her“, sagt eine rauchige Whiskeystimme in meinem Kopf. Ich ignoriere sie. Hab ich vermutlich mal irgendwo aufgeschnappt. Klebe ein Pflaster auf die Wunde. Vor meinem geistigen Auge sehe ich meinen Vater, wie er enttäuscht den Blick senkt und den Kopf schüttelt: „Junge, wenn du dich mal schneiden tust, reiß dir was von der Rolle und drück's drauf!“

So leichtfertig verletze ich also die durch Generationen erprobten Regeln. Egal, Hauptsache ich blute hier nicht weiter alles voll.

Wieder im Wohnzimmer ist der Waschbär weg.

Nein, doch nicht, jetzt sitzt er im Sessel.

Nicht oben auf der Rückenlehne, nicht auf den Armlehnen, und er liegt auch nicht auf dem Polster. Nein, er sitzt im Sessel. Wie ein aufrechter alter Herr, nur sehr viel kleiner und haariger. Obwohl die Haaranzahl vielleicht sogar mit einem alten Herrn übereinstimmt, sich aber natürlich auf dem kleineren Körper unproportional verdichtet. Ist das also wohlmöglich gar kein Waschbär, sondern ein geschrumpfter alter... ach, lass den Quatsch!

Am liebsten würde ich ihm eine alte Schirmmütze und einen Pullunder anziehen. Noch eine Pfeife in den Mund und dann fotografieren. Abgeschickt an irgendeine Sendung wie ‚Die lustigsten Tiere der Welt‘ oder ‚Die niedlichsten Tiere‘, würde ich bestimmt viele tolle Briefe bekommen: „Sie Tierquäler!“, „Was tun Sie nur diesem armen, kleinen, wehrlosen Geschöpf an?!?", „Gibt's den auch als Kuscheltier? Ich brauch noch ein Geschenk für meine Enkelin." usw.

Wir starren uns an. Weitere Details fallen mir an ihm auf: ein Teil seines linken Ohrs fehlt, wohl mal von einem anderen Tier abgebissen oder so, und auch sonst sieht er sehr zerzaust aus.

Scheint ein älteres Tier zu sein und schon viel mitgemacht zu haben. Ein Veteran. Ein Veteranenwaschbär. Ein Waschbärveteran.

Verdammt, ich muss los!

Stehe langsam auf, um ihn nicht zu erschrecken. Was fressen Waschbären denn so? Versuche es erst mal mit Milch, und wenn Zeit ist, werd ich nachher mal im Internet suchen.

Später wurde ich gefragt, warum ich ihn nicht sofort aus der Wohnung gejagt habe. Bis heute kann ich das nicht so genau beantworten, irgendwie hatte er was Hypnotisches und ich habe keine Sekunde daran gedacht, ihn einfach zu verscheuchen.

Stelle ihm also ein Schüsselchen Milch hin, schnappe meine Sachen und radel los.

Ja, ich fahre Fahrrad! In der Großstadt! Ich bin ein umweltbewusster Mensch! Bin ich! Mein Auto habe ich einfach mal stehenlassen! Bei der Polizei. Muss es mir in den nächsten zwei Wochen mal abholen und ein saftiges Bußgeld wegen Falschparkens in ca. 16 Fällen bezahlen. Die Welt ist nicht gerecht! Wenn eine brandheiße Story winkt, kann ich nun mal nicht immer darauf achten, korrekt zu parken.

„Verletzung der Pressefreiheit... Journalist von Welt... behindern meine Recherchen... Unverschämtheit... wollen mich nur ausbremsen... wer bezahlt Sie?!?", brülle ich die Politessen dann manchmal an. Eigentlich gar nicht meine Art, so aufzubrausen, aber ich falle eben gerne mal aus der Rolle. Was für eine Rolle? Keine Ahnung. Egal.

Der letzte Ausbruch hat mir dann schließlich den Parkplatz bei der Polizei beschert: „Wohl kein Abschluss hingekriegt, wie?!? Naja, ohne ordentliche Ausbildung wäre ich vielleicht auch Politesse geworden."

Verstehen keinen Spaß, diese Leute.

Mürrisch trete ich in die Pedale.

„Gut für die Umwelt, aber ungesund für mich!", denke ich so bei mir, während ich eine Abgaswolke nach der anderen einatme.

Völlig verschwitzt - verdammt, ich bin aber auch gar nichts mehr gewöhnt - komme ich in der Redaktion an.

„Morgen, Cherell", sage ich zur Empfangsdame.

„Cherell krank", sagt die vermeintliche Cherell mit leichtem osteuropäischem Akzent.

„Oh... ähh... na dann... guten Morgen..." ‚Besucher' steht auf ihrem Ausweis.

Sie bemerkt meinen Blick.

„Natascha. Besucherausweis ist nur, bis ich eigenen bekomme."

Natascha mit dem Besucherausweis teilt also anderen Besuchern Besucherausweise aus. Welche Ironie.

Natascha lacht.Ups, habe ich das eben laut gesagt? Lächle breit, um meine Verwirrung zu überspielen.

„Sie komischer Vogel." Vermutlich hat sie das aus irgendeinem alten deutschen Film und keine Ahnung, dass das nicht gerade höflich ist.

„Ich geh dann mal an die Arbeit", verabschiede ich mich.

„War sehr nett mit Ihnen, wir sehen uns dann in Kantine zur Pause." Der Satz wirkt wie von einem sehr langsamen Teleprompter abgelesen, sie muss sich anscheinend stark konzentrieren.

Ähh, ja... war das gerade eine Aufforderung, mich mit ihr in der Pause zu treffen? Es wirkte zumindest nicht wie eine Frage.

Was ist nur los? Gestern Melanie, heute Natascha. Bin ich jetzt irgendwie zum Frauenschwarm mutiert? Hab ich mein Deo gewechselt? Schnuppere unbewusst unter meiner Achsel.

Puhh, niemand da, der es gesehen haben könnte. Warum glaubt der Mensch immer, er wäre alleine, wenn er sich gerade mal nicht auf seine Umwelt konzentriert?

Vorgestern, einen Tag nach dem schmerzlichen Verlust meines Autos, bin ich das erste Mal seit Jahren wieder mit der Bahn gefahren, oder, wie ich sie danach nannte, mit dem Verhaltensforschungslabor. Ich kannte mich mit der Etikette des öffentlichen Nahverkehrs noch nicht hinreichend aus und so hörte ich weder Musik, noch las ich irgendwas, schlief oder starrte leeren Blickes in der Gegend herum. Nein, ich ließ meinen Blick unaufhörlich schweifen und beobachtete meine Mitgefangenen.

Hier ein Nasebohren, da ein Kratzen an unmöglicher Stelle, irgendwo puhlt jemand die Frühstücksreste zwischen seinen Zähnen hervor. Jemand trommelt verträumt zur lauten Kopfhörermusik auf seinem Schoß, gefährlich nah an seinen Eiern. Einige Sitzreihen entfernt unterhalten sich zwei Damen über ihren Chef. Trotz der Entfernung kann ich sie laut und deutlich verstehen. Nach ein paar Minuten Zuhören habe ich ein sehr detailliertes und abgrundtief schlechtes Bild von ihrem Chef, den sie liebevoll ‚Das Ekel', ‚Der Stinkstiefel' oder ‚Die alte Sackratte' nennen.

Ein Mädchen spricht lautstark vor sich hin. Ist die bekloppt oder was? Führt hier Selbstgespräche. Doch dann fällt mir das dünne Kabel mit einem kleinen Kästchen daran auf, das sich aus ihrem dichten Haar hervor schlängelt und wieder in ihrem Oberteil verschwindet. Ah, ein Headset. Na klar, beim Fahren darf man ja auch nicht das Handy am Ohr haben. Trotzdem nimmt sie leichtsinnigerweise immer wieder den kleinen Kasten in die Hand und führt ihn zum Mund, um hinein zu quasseln. Das führt für mich zwar den Zweck eines Headsets ad absurdum, aber gut, ist ja ihr Ding. Hin und wieder gestikuliert sie, nimmt dann aber schnell wieder das frei umherbaumelnde Mikro in die Hand und gestikuliert mit einer Hand weiter. Hin und wieder tippt sie zu jedem betonten Wort, also fast allen, kräftig auf ihren Oberschenkel, um den Worten auch wirklich Nachdruck zu verleihen. In mir wächst der Drang, ihr mitzuteilen, dass ein Headset nur Sprache überträgt.

Nach einem in-die-Luft-Werfen der Hände und dem anschließenden Wiederauffangen des baumelnden Headsets bohrt sie ihren Zeigefinger mehrmals in den Oberschenkel ihres Sitznachbarn. Der erschrickt, zumindest erzittert kurz die Zeitung, hinter der er sich verschanzt hat, er lässt sich aber weiter nichts anmerken.

Das Gesprächsthema ist auch sehr interessant. Definitiv für einen öffentlichen Ort und zum laut Hinausbrüllen geeignet. Es geht um ihre Periode. Genauer gesagt geht es um die längere Abwesenheit eben jener und das „Bow ey, zum Glück ey, echt ey!"-Wieder-Einsetzen heute früh. Details werden mir zum Glück erspart.

Sie bemerkt, dass ich sie beobachte.

„Ey! Belauschst du mich oder was?!"

Hebe abwehrend die Hände, verberge mein Grinsen und wende mich wieder anderen Mitfahrern zu.

Schade, die beiden Damen sind schon ausgestiegen, ich hätte ja gerne gehört, wie es mit der Sackratte weitergeht. Die Abenteuer von Kapitän Stinkstiefel. Er hat ein schweres Los, der Käpt'n. Verhasst bei den Untergebenen, allein auf den Weltmärkten, schippert er in seiner übergroßen BOSS-Tasse unaufhörlich weiter. Hat zu leiden unter Meuterei und Läuterung. Arme alte Sackratte.

Dann kommt wieder Action in die Bahn. Ein junger Mann, ein paar Meter entfernt, richtet seine Krawatte. Man sieht leider sehr deutlich, dass er keine binden kann. Anschließend versucht er, sich die Haare zu machen, während er immer wieder mit zusammengekniffenen Augen versucht, sein Spiegelbild in der Scheibe zu finden.

Mein Blick schweift weiter durch den Wagen in Erwartung, Menschen zu sehen, die sich die Fußnägel schneiden, Lockenwickler rausdrehen oder noch mal eben schnell ihr Hemd aufbügeln.

Nichts.

Diese Leute. In der Masse einsam, im Gedränge allein, auf dem Weg zu einem fernen Ort. Ob sie ihn jemals erreichen werden? Oder werden sie verdammt sein, auf ewig in dieser Büchse durch die Stadt zu ruckeln?

Hab damals glatt meine Station verpasst, so spannend war die Verhaltensforschung. Der Mensch ist schon eine interessante Gattung. Pack viele auf einen Haufen und es wird noch interessanter, verworrener und verwirrender. Ergebnis: Großstadt.

Von leichtem Meeresrauschen begleitet fahre ich im Fahrstuhl nach oben. Wäre der Fahrstuhl nicht schon so alt und klapprig, wäre das vielleicht sogar schön und beruhigend. So erinnert es mich eher an einen rostigen Fischkutter, der jeden Moment unterzugehen droht. Der Geruch passt auch fast.

Im Großraumbüro erwartet mich der Chefredakteur.

„Karl!!!“ Er ist verschwitzt, weil es im gesamten Stockwerk so heiß ist, und hat einen Zigarrenstummel im Mund, der nicht mehr brennt. Er ist Nichtraucher.

Eigentlich hätten wir auch eine einigermaßen funktionierende Klimaanlage. Aber er glaubt, dass das zur ‚richtigen Atmosphäre‘ in der Redaktion beitragen würde. Außerdem hat er aus den vielen kleinen Büros durch Herausreißen der Wände ein Großraumbüro gemacht, mit einem verglasten Büro für sich an der einen Ecke. Als Sichtschutz dienen lediglich die übriggebliebenen Stützpfeiler. Ein Platz hinter so einem Pfeiler ist sehr begehrt.

Sonst heißt es: „HA! Ich hab's zu was gebracht! Eigenes Büro, mit Fenster und allem!“ Bei uns nur: „HA! Ich hab einen Platz hinter 'nem Pfeiler!“ Zum Glück muss ich hier selten den ganzen Arbeitstag verbringen.

Auf dem Weg quer durch den Raum hin zum Glaskasten, von wo aus mich der Chefruf ereilt hat, blasen mir zahllose Tischventilatoren ins Gesicht, manchmal sind auch Blätter dabei. Auch das ein atmosphärisches Element.

„Ich zieh mir noch schnell 'n Kaffee, Chef!“, brülle ich auf der Hälfte des Weges.

„Kannste vergessen! Ist immer noch kaputt!“, schallt es zurück.

War auch mehr obligatorisch, der Automat ist seit ca. einem Jahr kaputt. Sonst hält Cherell unten für alle Kaffee bereit, eine gute Seele, die Cherell, aber Natascha hat diese Funktion wohl nicht mit übernommen.

Ich betrete das muffige, heiße Büro und schließe die Tür hinter mir. Er hätte nur die Fenster aufmachen brauchen und es wäre hier drin wesentlich angenehmer gewesen. Aber sein Glaube an diese verquere, fernsehgeprägte Redaktionsatmosphäre macht auch vor seinem eigenen Büro nicht halt.

„Morgen Chef, was macht die Welt?“

„Sie dreht."
„Am Rad oder durch?"
„Beides, vermute ich."
Das ist schon fast eine Art Ritual zwischen uns geworden. Irgendwie habe ich es inzwischen richtig liebgewonnen.
„Der Bundespräsident eröffnet heute bei uns eine neue Wildtierunterführung nahe der Autobahnabfahrt Ost. Schauen Sie sich das mal an!"
„Das kann ich Ihnen auch so schreiben, ohne da gewesen zu sein", nörgele ich halbherzig.
„Dann schießen Sie halt nur ein paar Fotos, kommen wieder her und schreiben mir was darüber!"
„Kann das nicht einer der Praktikanten machen?", nöle ich versuchshalber noch ein bisschen weiter.
„NEIN!"
„Wichtige Story, was?"
„Ihren Sarkasmus können Sie sich in den Hintern schieben, Karl!", blafft er, wobei er mir fast seinen Zigarrenstummel ins Gesicht spuckt.
„Tut mir leid, da steckt noch der von letzter Woche, da ist leider kein Platz mehr", erwidere ich zuckersüß.
„Ab mit Ihnen, aber sofort!"
Grinsend verlasse ich das Zimmer.
In den ersten paar Wochen hier wurde ich ständig von ihm zur Schnecke gemacht, ohne dass ich Widerworte gab. Dann erklärte mir jemand, das sei so Usus hier. Der Chef wolle das so. Er behandelt alle mies und wir sollen ihm möglichst viel entgegensetzen, ihn anschreien, mit Sarkasmus kommen usw. Ich glaube, der Chef hat einfach zu viele schlechte Filme gesehen. Aber seit ich mich an diese seltsamen Umgangsformen gewöhnt habe, finde ich irgendwie richtig Gefallen an diesen kleinen Wortgefechten. Im normalen Leben muss man oft seine Klappe halten. Hier kann man einfach mal sagen, was einem in den Sinn kommt. Das ist sehr erfrischend. Manchmal versuche ich, das auf mein restliches Leben zu übertragen. Aber irgendwie klappt das nie. Ich bilde den Satz im Kopf,

schaffe es aber nie, die Schwelle zum Aussprechen zu überwinden. Warum, weiß ich auch nicht. Vielleicht ist es ja wirklich die so penibel gefertigte Atmosphäre im Büro, die es mir erleichtert. Aber im normalen Leben, absolute Flaute. Blöder Schädel, macht, was er will und wann er es will.

Der Bundespräsident sieht in Wirklichkeit irgendwie kleiner aus und älter. Ob ich meinen Artikel so beginnen sollte? Finde den Anfang ja nicht schlecht, aber nicht, dass unser Blatt dann eingestampft wird. Ein Hoch auf die Pressefreiheit!

Oder ich beginne mit: „Der Bundespräsident hat eine Faltentiefe von 12 mm. Dieselbe Länge in Metern hat auch die eben errichtete Wildtierunterführung an der Autobahnabfahrt Ost, für die unser Präsident den Schirm hält." Mhh, nee, auch blöd.

Ach, ich schreib das nachher im Büro zusammen.

Nach dem Eintreffen vor Ort muss ich mich erst mal akklimatisieren. Ich schwitze aus allen erdenklichen Poren und auch aus denen, an die noch gar keiner gedacht hat. 15 Minuten mit dem Auto zur Autobahnausfahrt. Locker! Kein Problem! Nach einer Stunde mit dem Rad über Feldwege und Wege, die diese Bezeichnung eigentlich gar nicht verdient haben, stehe ich nun hier.

Der Präsident schneidet ein grünes Band durch und lächelt in die Kameralinsen. Also nee, es gibt doch tatsächlich Zeitungen, die zu dieser ‚Reißerstory' ein Bild drucken. Vermutlich auch noch Titelseite oder wenigstens 2. oder 3. Seite. Pah, lachhaft!

Ein Satz drängt sich durch den Nebel meiner Gedanken: „Dann... halt... paar Fotos... schießen." Oh, verdammt, ich sollte ja auch Fotos machen!

Das Band ist schon zu Boden gesegelt und der Präsident posiert gerade händeschüttelnd mit irgendeinem anderen Typen.

Hole schnell die Kamera raus, um wenigstens ein paar Bilder davon zu machen. Ich habe keine Kamera.

Naja, wenn's wichtig wäre, hätte der Chef wohl nicht mich geschickt. Ich knipse ein paar unscharfe Fotos mit meinem Handy, wie weiterer Handschweiß und Bakterien ausgetauscht werden.

Schade, eigentlich hätte ich gerne gesehen, wie unser Präsident versucht, eine bockige Hirschkuh aus irgendeinem Wildpark durch den Tunnel zu schieben: „Na komm schon! Geh endlich durch den Tunnel! Guck mal da, lecker Möhrchen auf der anderen Seite... und das Gras... viel grüner... na los! Jetzt aber! Na komm schon, ist doch ein schöner neuer Tunnel! Der hat viel Geld gekostet!"

Dann raunt er der Hirschkuh verschwörerisch ins Ohr: „Also mich natürlich nicht und eigentlich ist das Ding auch total unnötig, aber psssst, das bleibt unter uns."

Aber so wie die Bodyguards betont dezent um ihn herumstehen, würde jegliches Tier wohl eher erschossen werden, bevor es auch nur in die Nähe des Präsidenten kommt. Und eine Bambitragödie braucht hier wohl keiner. Obwohl... gut machen würde sich das schon, dann wäre vielleicht sogar die Titelseite drin.

Händegeschüttel hier, Händeschütteln da, kurzes Blabla und nach zehn Minuten ist alles vorbei. Da braust er davon.

Toll! Und dafür bin ich eine Stunde hergefahren.

„Hey Karl, man, du siehst ja fertig aus."

Widerwillig drehe ich mich um. „Tag Steef, schön, dich zu sehn." Überhaupt nicht schön, dich zu sehen, du verdammter Aasgeier.

Steef strahlt mich mit seinem Zahnarztfrauenlächeln an.

„Was hast'n gemacht? Bist hierher gelaufen?" Er schüttelt sich vor Lachen bei dieser Vorstellung.

„Nein, ich will was für meine Gesundheit tun und bin mit dem Rad unterwegs", sage ich todernst.

„Na, besonders gesund siehst du aber nich aus", feixt er und betrachtet mich noch mal von oben bis unten.

Ich will vom Thema ablenken und sage nur: „Ja ja. Aber super Story, nicht wahr? Ein Ereignis, wie es bedeutender kaum sein kann. Die Titelseiten werden voll davon sein!"

„Wenn du meinst", entgegnet Steef verwirrt. Er ist strohdumm und kennt keine Ironie. Wie er Reporter geworden ist, frage ich mich jedes Mal. Wahrscheinlich Vitamin-B.

Seine Artikel strotzen nur so vor Fehlern und er benutzt sehr, sehr viele Superlative. Gefühlt jedes zweite Wort ist ein „unglaublich",

„fabelhaft“, „gigantisch“, „unfassbar“. Morgen wird in dem Bilderbuch, für das er arbeitet, vermutlich ein schön retuschiertes, großes Foto des fett grinsenden Bundespräsidenten abgedruckt sein und daneben ein kurzer Text, der mit Hilfe großer Schrift und weiten Abständen optisch aufgebläht wurde. Da wird dann in etwa sowas zu lesen sein wie: „Der Bundespräsident eröffnete gestern einen der größten Wildtiertunnel an der Autobahnausfahrt Ost. Feierlich durchschnitt er das grellgrüne Band und lächelte sein makelloses Präsidentenlächeln. Durch den Tunnel könnte stündlich die unglaubliche Menge von 1000 Elefanten rennen, wenn sie den Kopf einziehen.“

So oder so ähnlich. Würg! Sein Artikel wird vermutlich viel ausgeschmückter sein. Das ist das Einzige, was er kann: auch ein noch so langweiliges Thema mit vielen Adjektiven und Superlativen aufbauschen. Steef scheint der Meinung zu sein, ein Zeitungsartikel sollte sich grundsätzlich wie das Drehbuch eines billigen Actionfilms lesen.

Ich klopfe ihm betont kräftig auf den Rücken, in der Hoffnung, ihm würde sein Gebiss rausfallen, und verabschiede mich. Auch wenn ich keine Lust auf den Rückweg habe, ist das immer noch verlockender, als weiter hier mit Steef in der Pampa rumzustehen.

Scarface

Wieder im Büro sehne ich mich nur noch nach einer Dusche und einer Rückenmassage. Ich biete wohl gerade keinen sehr schönen Anblick. Da die trockenen Stellen an meinem Hemd mittlerweile deutlich in der Unterzahl sind, bleibt meine einzige Hoffnung, dass sie lediglich für Flecken gehalten und die Schweißverfärbungen als normale Stofffarbe akzeptiert werden.

Riechen tu ich auch furchtbar. Scheiß halbsynthetisches Hemd!

„Sie sehen furchtbar aus. Und Sie waren in Pause nicht da“, begrüßt mich Natascha am Empfang. Sie stellte es mehr fest, als dass sie mir den letzten Satz vorwarf. Das konnte jedoch auch die schlimmste Form von Vorwurf bedeuten. Überlege kurz, ob ich nicht mit meinem Fitnesstraining angeben sollte, um die erste Aussage zu entkräften und es gleich als Ausrede zu benutzen.

„Ja... ähh... tut mir leid, ich war unterwegs... wichtige Story."

Warum bin ich denn plötzlich so verlegen? Das war doch kein Date oder sowas.

Auf einmal höre ich meine eigene Stimme langsam und monoton sagen: „Was machen Sie nach der Arbeit?"

Schlechte Idee Karl, ganz schlechte Idee.

„Nach Hause gehen", sagt sie nur.

„Gut... okay... ich auch, denk ich."

Schnell gehe ich zum Fahrstuhl, ohne mich noch mal umzusehen, und fahre nach oben. Was war das denn gerade, bitte schön??? Hat die Sonne mein Gehirn geröstet oder ist mir zu viel Blut in die Beine geflossen? Na super, jetzt werde ich wohl so lange bleiben müssen, bis Natascha vom Pförtner der Nachtschicht abgelöst wird. Haben wir einen Hinterausgang?

Die Fahrstuhltür öffnet sich. Ich bin noch nicht ganz aus der Tür raus, da kommt Praktikant-1 auf mich zu und fragt: „Haben wir einen Hinterausgang?"

Huch. „Ähh, keine Ahnung, wollte ich auch schon immer mal wissen. Sag mir Bescheid, wenn du einen gefunden hast." Kann mich gerade noch davon abhalten, ihn *Praktikant-1* zu nennen. Wer soll sich denn diese ganzen Namen der Praktikanten, Werkstudenten und Aushilfen merken? Die wechseln doch ständig. Also nicht die Namen, sondern die Leute. Wenn ich genau drüber nachdenke, machen sie trotzdem die Hälfte der Belegschaft aus. Naja egal, man muss sich ja nicht alles merken und so oft bin ich nun auch nicht hier.

„Wo brennt's denn?", frage ich aus mittelmäßiger Neugier.

„Noch nirgendwo, aber was passiert, wenn? Das ist die Frage. Wir haben nächste Woche eine unangekündigte Sicherheitsprüfung und die wollen einen Fluchtverhaltensplan und sowas sehen. Und jetzt bleibt die Scheiße natürlich wieder an mir hängen." Augenrollend zieht er von dannen.

Ich rufe ihm noch hinterher: „Frag doch mal die Hausverwaltung oder die Gebäudetechnik!"

In meiner letzten Firma gab es alle paar Meter solche Aushänge. Unter anderem einen, wo alle Brandarten mit den entsprechenden Feuerlöschern abgebildet waren, und dann noch 12 Bilder, wie man in welcher Situation beim Löschen richtig vorgeht, und noch mal 12 gegenübergestellte Bilder, wie man es falsch machen könnte. Bevor man da die richtige Löschtechnik gefunden hat, ist man vermutlich schon verbrannt. Aber immerhin wüsste man dann fürs nächste Mal Bescheid. Aber in der Hölle gibt's vermutlich keine Feuerlöscher. Oder genau das ist dann die persönliche Hölle, abgestimmt auf die dämliche Todesart. In diesem Fall: Bis in alle Ewigkeit alle möglichen unterschiedlichen Brandarten löschen. Damit man es sich auch ja merke!

Komisch, wir sind seit... ja seit wann eigentlich? ... in diesem Gebäude und keiner hat je daran gedacht, so einen Plan zu machen oder mal zu gucken, wo es einen gibt oder ob man außer mit dem Fahrstuhl und der Treppe sonst noch irgendwie hier hoch oder runter kommt. Wird sowas nicht jährlich geprüft?

Laufe Praktikant-1 hinterher.

„Was war denn mit der Prüfung letztes Jahr?"

Im Laufen erklärte er gehetzt: „Da war ich noch nicht hier, aber der Chef meinte, es gab noch nie eine richtige Prüfung, aber nun hat der zuständige Prüfer gewechselt. Wir können von Glück sagen, dass wir wenigstens noch von der anstehenden Kontrolle erfahren haben. Also ich muss dann."

Ich hole mir einen Kaffee.

Ich hole mir keinen Kaffee, da die Maschine ja kaputt ist.

Setze mich an meinen Tisch. Was für eine Wohltat. Sitzen!

Sitze jetzt schon seit zehn Minuten.

Okay, irgendwann sollte ich mal anfangen, diesen Mistartikel zu schreiben. 18 Uhr ist Redaktionsschluss.

Auf meinem Schreibtisch kleben zahlreiche Post-its. Auf einem steht Na los, mach schon! Ein zweiter propagiert Sind doch nur ein paar Wörter, daneben Das schaffst du, Karl! oder Go Go Go!

usw. Seitdem der Chef mal einen großen Zettel mit der Aufschrift Fertig werden, aber zackig! auf meinen Bildschirm geklebt hat, machen sich die Kollegen einen Spaß daraus, mich mit solchen Post-its anzufeuern.

Klappt eher mäßig. Eigentlich gar nicht.

Ich habe die dumme Angewohnheit, auch mit den kleinsten Artikeln erst kurz vor Ultimo fertig zu werden. Prokrastination nennt man das, glaube ich. Klingt auf jeden Fall besser als Faulheit. Aber ich schaffe es immer rechtzeitig und die Ergebnisse werden meines Erachtens nach auch besser. Irgendwie brauche ich den Zeitdruck, sonst bring ich nichts Vernünftiges zu Papier. Da der sich aber gerade noch nicht eingestellt hat, surfe ich also noch etwas im Internet und gehe gedanklich schon mal ein paar Anfänge für den Artikel durch.

Alle anderen Artikel von mir für diese Ausgabe hat Werkstudent-3 schon vorgeschrieben. Ein emsiger, fleißiger junger Mann und Talent hat er auch. Ich mag ihn nicht besonders. Nicht weil er emsig, fleißig und talentiert ist, nein, das erspart mir ja eine Menge Arbeit, aber... jetzt, wo ich so drüber nachdenke, ein konkreter Grund will mir nicht einfallen. Ich mag ihn einfach nicht.

Interessant, dass wir immer Gründe suchen, warum wir etwas so empfinden, wie wir es empfinden. Wir in Anführungsstrichen, denn eigentlich kann ich das ja nur von mir behaupten. In die Köpfe Anderer kann ich ja nicht reingucken. Zum Glück, das wäre ja auch irgendwie eklig, so wie bei Körperwelten. Aber wenn man es jetzt mal nicht wortwörtlich nimmt, also nur Gedanken lesen, das wär schon was... manchmal.

Ich beginne, Petra vom Wetter durchdringend anzustarren. Doch kein einziger Gedanke offenbart sich mir. Wenn ich bei dem Versuch, stattdessen plötzlich durch ihre Kleidung gucken könnte, wäre ich nicht ganz so erfreut. Petra könnte dem Aussehen nach als Kugelstoßerin, wahlweise auch als Kugelstoßer, bei den Olympischen Spielen mitmachen.

Ihr Blick trifft den meinen. Schnell weggucken! Hoffentlich interpretiert sie da nicht irgendwas rein. Verdammt, ich hätte nicht so schnell weggucken dürfen, das macht es nur noch verdächtiger. Verfluchte Reflexe!

Die Sonne verdunkelt sich. Petra hat sich vor meinem Schreibtisch aufgebaut.

„Kann ich dir irgendwie helfen, Karl?“, fragt sie mit unverhohlener Schärfe in der maskulinen Stimme.

„Nein, wieso?“, frage ich unschuldig zurück.

„Weil du mich angestarrt hast, als wenn du ’n Röntgenblick an mir ausprobierst.“

Selbstvertrauen hat sie ja.

„Ach Quatsch, ich hab nur versucht, deine G... hab nur sooo... allgemein gestarrt, weißt du? So ins Leere eben. So ins... Nichts. Ging nur zufällig in deine Richtung.“ Bitte friss es und nicht mich. Und dann geh!

„Wie wird das Wetter morgen?“, frage ich, um das Thema zu wechseln, und mir fällt nie etwas anderes ein, über das man mit Petra, der Wetterfrau, reden könnte.

„Woher soll ich das wissen?!“, erwidert sie bissig und macht auf dem Absatz kehrt.

Okay, ich muss diesen Artikel anfangen, bevor ich noch mehr Unsinn mache.

Für den Anfang brauchte ich geschlagene 20 Minuten, danach lief es etwas besser und nun habe ich, früher als geplant, einen, wie ich finde, ganz ansehnlichen Artikel fertig. Naja, so ansehnlich, wie ein Artikel über Wildtierunterführungen und den Bundespräsidenten eben sein kann.

Ich versuche immer, mir die Zielgruppen für jeden Artikel vorzustellen, und wenn es davon meiner Meinung nach nicht viele gibt, versuche ich, den Artikel dann genau auf eben jene Zielgruppen abzustimmen. Für diesen Artikel werden es vermutlich hauptsächlich Rentner sein, da der Artikel so klein und unbedeutend ist, dass ihn sich kein Arbeitstätiger durchlesen wird, weil die nur Zeit für die ‚wirklich wichtigen‘ Artikel haben. Studenten und Schüler haben wir sowieso nur wenig und auch die würden tendenziell nicht die komplette Zeitung lesen. Es missfällt mir zwar, die Menschen in Klassen zu unterteilen, aber rein statistisch hat unser Blatt für die Arbeitslosen und Sozialhilfeempfänger zu wenig Bilder, als dass sie als Leserklientel ins Gewicht fallen. Also habe ich den Artikel für die Rentner mit möglichst vielen Fakten gespickt.

So, dass später der ältere Herr im Sessel sitzend von seiner Zeitung aufgucken und sagen kann: „Weißt du was, Ingrid, die haben eine neue Wildtierunterführung gebaut. Das hat zwei Millionen gekostet. Na, ob das so sinnvoll ist..."

Nach einer einstündigen Diskussion über Sinnhaftigkeit von Wildtierunterführungen und einem, je nach Ausgang, anschließenden Wettern über Steuergeldverschwendung, könnte er dann weiter berichten: „Ach guck, und der Herr Bundespräsident ist Schirmherr. Is ja interessant. Na, der hat wohl auch nix Besseres mehr zu tun." Es folgt eine längere Erörterung darüber, was der Bundespräsident ihrer und seiner Meinung nach alles Besseres zu tun hätte, und dann wäre auch schon wieder „Langsam Zeit fürn Käffchen, nich Ingrid?"

Später aufs Fensterbrett gelehnt oder im Treppenhaus stehend dann die Diskussion mit einem Nachbarn über die baulichen Faktoren, wobei hauptsächlich die Eckdaten ausgetauscht und so getan wird, als hätte man Ahnung vom Bau einer Wildtierunterführung: „... und der Tunnel ist 12 Meter lang... ja ja.", „... und der soll ein extra Abflusssystem fürs Regenwasser haben, damit die kleineren Tiere auch durchkönnen, wenn's grad geregnet hat.", „Ob die an ausreichende Beleuchtung gedacht haben?", „Also in meiner Zeitung stand auch noch..." usw.

Beide wissen eigentlich, dass sie dieselbe Zeitung erhalten, sie sehen sie ja schließlich jeden Morgen aus dem Briefkasten des anderen ragen. Demnach könnten sie davon ausgehen, dass sie auch beide den gleichen Informationsstand besitzen. Aber gegenseitiges Abhören fördert ja bekanntlich den Lernprozess, wie damals in der Schule. Vielleicht einer der Gründe, warum sich alte Menschen die unmöglichsten Fakten merken können, aber ständig vergessen, wo sie ihre Brille hingelegt haben. Hätten sie sich nach Ablegen der

Brille erst einmal eine Stunde darüber ausgetauscht, dass sie die Brille dahin gelegt haben, und sich dann auch noch mehrfach gegenseitig im Detail beschrieben, wo genau sie die Brille hingelegt haben, würden sie es womöglich nicht vergessen.

So oder so ähnlich stelle ich mir das vor und kann nun mit gutem Gewissen behaupten, die Rentner mindestens für einige Stunden beschäftigt zu haben.

Rentner haben keine Zeit.

Warum?

Wegen mir.

18:10 Uhr trotte ich aus dem Haus zu meinem Fahrrad.

Der Pförtner will die Tür nicht öffnen, solange ich mich nicht in seiner blöden Ausgangsliste eintrage. Was soll das denn für einen Sinn haben? Der übt doch nur seine Machtposition aus.

Ich spüre jeden Knochen von dem ganzen Radfahren heute. Vermutlich hätte ich mich in den letzten Jahren besser um meinen Körper kümmern sollen, aber irgendwie bestand nie die Notwendigkeit dazu. Ich setze nicht so schnell an, wie man so schön sagt. Und da ich durch diesen Stoffwechselsegen eigentlich essen kann, wie und was ich will, habe ich auch nicht den Druck, meiner Figur wegen Sport zu machen.

Das mit dem fehlenden Druck, etwas zu tun, zieht sich irgendwie durch mein ganzes Leben. Manchmal wäre ich auch gerne einer von diesen Enthusiasten, ein Anpacker, ein richtiger Macher. Aber jedes Mal, wenn der Macher in meinem Kopf voller Tatendrang und Enthusiasmus aufsteht, schwindelt ihm und er setzt sich lieber erst mal wieder.

Kann man nichts machen. Jetzt nur schnell nach Hause.

Schnell ist gut. In quälender Langsamkeit und unter stetigem Aufschrei meiner Muskeln strample ich nach Hause.

Tür auf.

Schuhe aus.

Mantel fällt.

Tasche fällt.

Schlüssel fällt.

Ich falle.

Etwas ist mir ins Gesicht gesprungen und hat mich, mehr aus Schreck, zu Fall gebracht. Dass das Ding, an dem es sich festhält, so plötzlich umkippt, scheint das Etwas wiederum zu erschrecken und es lässt los.

Ich liege auf dem Boden und aus dem Dämmerlicht starren mich zwei unterschiedliche Augen an. Ich spüre das leichte Gewicht des Waschbären, den ich bis eben schon wieder ganz vergessen hatte, auf meiner Brust ruhen. Bis auf den Aufprall tut dieses auf dem harten Boden Liegen meinem Rücken eigentlich ganz gut. Ich glaube, ich werde noch ein bisschen liegenbleiben.

In einem schlechten Ben-Stiller-Film würde mir der Waschbär jetzt wohl auf den Bauch pinkeln. In einem Adam-Sandler-Film vermutlich ins Gesicht. Zum Glück geschieht nichts von beidem.

Ich liege eine ganze Weile nur so da. Ein bisschen aus Angst, zum Teil auch aus Unlust, mich schon wieder zu bewegen.

Irgendwann geht der Waschbär von mir runter. Ich nutze die Gelegenheit und springe auf. Das heißt, aufgrund meiner körperlichen Angeschlagenheit richte ich mich unter Knirschen und Knacken, von Flüchen begleitet, auf, so schnell es eben geht.

Der Waschbär steht vor mir im Flur. Wir taxieren uns.

Ich gehe an ihm vorbei ins Wohnzimmer.

Höre es tippeln, schaue runter und sehe, wie er schweigend neben mir herläuft.

Na klar schweigend, als wenn er reden könnte. Warum versuche ich, diesem Tier nur ständig menschliche Attitüden anzuheften? Irgendwie hat er was Besonderes an sich.

Bleibe unvermittelt stehen.

Er bleibt auch stehen.

Gehe vor.

Er auch.

Gehe zurück.

Er mit.

Vielleicht hat er Hunger.

Schalte den PC an und suche nach Waschbären. Weit über zwei Millionen Ergebnisse zu Waschbären. Probiere einige Suchwortkombinationen aus. Aha, sogar unsere Stadtverwaltung hat einen entsprechenden Artikel: „Waschbären sind Allesfresser. In urbanen Gebieten ernähren sie sich von allem, was sie an Essbarem, meist Weggeworfenem, finden können (Hausmüll, Kompost ect.)."

Den Absatz ‚Können Waschbären gefährlich sein?' und ‚Darf ich Waschbären als Haustier halten?' überlese ich ganz einfach. Irgendwie kam mir gar nicht der Gedanke, den kleinen Kerl fortzujagen.

Das heißt, eigentlich kam mir der Gedanke schon. Aber ich meine das mehr so, wie einem nie der Gedanke kommen würde, fremdzugehen oder seinen Hund an der Autobahn auszusetzen oder den Bundespräsidenten mit einer Peitsche durch eine Wildtierunterführung zu jagen.

Alles Gedanken, die einem nie kommen würden, es aber doch irgendwie tun. Denn spätestens in dem Moment, wo man sagt: „Der Gedanke würde mir nie kommen", kommt er ja zwangsläufig. Es ist unmöglich, nicht an etwas zu denken, während man es ausspricht oder hört.

Verwirrende Sprache. Manchmal verstehe ich, warum Ausländer, auch wenn sie Deutsch können, zwar verstehen, was wir sagen, aber nicht, was wir meinen. Wir sagen: „Der Gedanke würde mir nie kommen", meinen aber: „Das würde ich nie machen", und die Wahrheit ist: „Das würde ich wahrscheinlich nie machen."

Wie auch immer, ich kann ihn nicht einfach verscheuchen.

Gucke in der Küche nach Sachen, die ich garantiert nicht mehr essen würde, aber trotzdem wieder in den Kühlschrank getan habe, weil sie zum Wegwerfen ja auch zu schade sind und „noch gehen" oder besser gesagt „noch nicht von alleine gehen können".

Ein halber, schon bräunlich angelaufener Apfel und zwei ausgetrocknete Salamischeiben in der offenen Packung sehen für den Anfang ganz gut aus.

Mache die Kühlschranktür zu. Der Waschbär steht da und schaut zu mir hoch. Aber nicht mit so einem ‚Gib mir bitte was zu fressen'-Hundeblick, auch nicht so wie eine Katze. Nein, er starrt mich einfach mit einer tiefen Gelassenheit an. So: „Wenn du mir was geben willst, okay, und wenn nicht, dann eben nicht."

Ich lege beides auf einen Teller, stelle es vor ihn hin und fülle noch die Milchschale von heute früh mit Wasser. Die Milch hat er nicht ganz ausgetrunken.

Er knabbert ein bisschen an dem Apfel rum, schnuppert kurz an der Salami, ignoriert sie dann aber erst mal.

Setze mich an den Küchentisch, mache mir einen Toast mit Belag und schaue ihm beim Essen zu.

Ich muss ihm einen Namen geben. Nicht weil ich hoffe, er würde irgendwann auf den Namen hören, sondern einfach nur, damit ich ihn, und sei es nur gedanklich, ansprechen kann.

Sein stolzes Auftreten machte Namen wie Tatzy oder Teddy schon mal unmöglich.

Mr. Spencer.

Wie kam ich jetzt darauf? Vielleicht hat sein Blick etwas ähnlich Hartes und Stolzes.

Aber Mr.? Mhhh.

Sir Spencer... nein... Sir Spence!

Nee, das auch nicht.

„Wie soll ich dich nennen?"

Er schaut auf.

Mir kommt General Knopf in den Sinn. General wegen der silbergrauen Mähne und Knopf wegen seiner Knopfaugen.

Ach Quatsch!

An wen erinnerst du mich bloß?

„Ich nenn dich erst mal Toni, bis mir was Besseres einfällt."

Mir sollte nichts Besseres einfallen.

Die Entscheidung für Toni hat keinen bewussten Grund, aber vielleicht einen unbewussten. Vor zwei Wochen habe ich mal wieder Scarface gesehen, zwar hat er keinerlei Verbindungen mit dem Scarface Toni, aber eine Narbe quer über das blinde Auge hätte auch nicht fehl am Platz gewirkt.

Wie auch immer, jetzt habe ich wenigstens erst mal einen Namen für ihn.

Toni wendet sich wieder seiner Mahlzeit zu. Ich deute das mal als Einverständnis zur Namensgebung. Unter ihm bildet sich geräuschlos eine kleine Pfütze.

Ich bin kurz davor, sowas zu schimpfen wie „Böser Toni!“, aber das hätte wohl wenig Sinn.

Als er fertig ist mit dem Essen, die Salami hat er nur angeknabbert - naja jetzt habe ich wenigstens einen Grund, sie wegzuschmeißen -, wische ich seinen Urin auf.

„Man Toni, du duftest aber auch nicht grade nach Rosen. Komm, du Waschbär, tu, was du am besten kannst.“

Ich gehe ins Bad, er folgt mir und ich hebe ihn in die Wanne.

Unsere erste Berührung, bis auf die unsanfte Begrüßung von vorhin. Er hat ein erstaunlich weiches Fell, darunter spüre ich jedoch immer wieder kleinere Knubbel und Haarknoten. An seiner linken Seite fällt mir eine Stelle auf, wo er etwas weniger Haare hat und vermutlich mal eine lange Wunde verlief. Also doch ein Toni mit Narbe, nur nicht im Gesicht.

„Du hast es nicht leicht gehabt bisher, was?“

Er guckt mich wieder nur ausdruckslos an.

Ich nehme den Duschkopf und drehe das Wasser auf.

Toni springt hoch und klammert sich an der Duschkopfhalterung an der Wand fest. Vorwurfsvoll guckt er mich an.

„Tut mir leid Kleiner, aber du stinkst wie ’ne Mülltonne im Hochsommer.“

Komisch, dass mir das vorhin beim direkten Kontakt mit meinem Gesicht nicht aufgefallen war. Vermutlich der Schock. Bei dem Gedanken beschließe ich spontan, danach auch gleich zu duschen. Zumal ich auch nicht gerade angenehm rieche.

Ich richte den Strahl wieder auf Toni. Diesmal lässt er es über sich ergehen, klammert sich aber weiter an der Stange fest. Auch die Prozedur von Einseifen und Abspülen nimmt er kommentarlos hin. Nun hängt sein Fell ganz glatt an ihm herunter, sieht irgendwie witzig aus. Das Wort *‚bedröppelt‘* kommt mir in den Sinn.

Tropfnass springt er zurück in die Wanne. Geistesgegenwärtig reiße ich den Duschvorhang zu, bevor er anfängt, sich zu schütteln.

Nun sieht er nicht gerade weniger zerzaust aus als vorher, aber immerhin riecht er jetzt besser. Ich nehme ein flauschiges Handtuch, wickle ihn darin ein und lege ihn in den Wäschekorb. Eigentlich müsste das total niedlich aussehen, tut es aber irgendwie nicht. Es wirkt eher komisch, wie ein alter Exsoldat mit Silberhaar und Bürstenschnitt in einem rosa Ballettkleidchen. Einfach komisch unpassend. Es hätte gar nicht verwunderlich gewirkt, wenn sich Toni ein Handtuch geschnappt und selbst abgetrocknet hätte. Aber so wie ein Baby eingewickelt in ein flauschiges Handtuch in dem Körbchen, wirkte er irgendwie fehl am Platz.

Warnung vor Behaarung

Es ist schon ein schönes Gefühl, nicht alleine aufzuwachen.

Wie sehr ich das vermisst habe, wird mir jetzt erst klar. Vorher wollte ich mir wohl einfach nicht eingestehen, wie tiefe Kerben meine letzte Beziehung hinterlassen hatte.

Natürlich bereite ich das Frühstück zu, versteht sich ja von selbst. Anschließend genießen wir es gemeinsam. Als wären wir ein richtiges Pärchen. Toni sieht immer wieder auf und schaut mich aus seinen unterschiedlichen Augen an.

Die letzte Nacht hat er in dem Wäschekorb verbracht, den er sich mit dem Handtuch und einer halb zerfetzten Klopapierrolle gemütlich eingerichtet hatte. Irgendwie hat er es über Nacht geschafft, wieder genauso verwahrlost auszusehen wie gestern. Oder vielleicht ist es auch einfach nur sein Stil. So wie ich mir jeden Tag die Haare auf die gleiche Art und Weise mache. Nämlich indem ich nichts mache und einfach losgehe.

Heute werde ich Melanie wiedertreffen. Zumindest besagt das die SMS, die mir Paul geschrieben hat:

„Heute Mittagessen, 12:30 Uhr im Milano, Melanie kommt auch ;-)"

Zehn Minuten zu früh sitze ich im Milano. Man weist mir einen netten Tisch zu, nahe den Toiletten. Mehr war nicht zu kriegen, denn als ich die Reservierung auf Herrn Sommerfeld einfordern wollte, teilte man mir mit, dass keine existiere.

Ich sitze vor einem Glas Wasser und kritzle Stichpunkte für einen Artikel auf eine Serviette, auf der auch noch die für einen Restaurantbesuch wichtigsten Italienischvokabeln aufgedruckt sind. Es scheint unabdingbar, dem Kellner auf Italienisch „Ich liebe dich!“ sagen oder „Wo geht es zum Markt?“ fragen zu können.

Das Lichtspiel in meinem Glas verändert sich. Ich blicke auf zu Melanie.

Nur Melanie. Sie wirkt leicht verlegen.

„Hallo... ähm, Herr Sommerfeld lässt sich entschuldigen, er hat leider zu viel um die Ohren und wird eine Kleinigkeit im Büro essen.“

Uns ist wohl beiden klar, dass das nur eine Ausrede von ihm ist. Sie kennt schließlich seinen Terminplan und ich kenne Paul. Allerdings habe ich mit sowas schon gerechnet, seit ich die Nachricht gelesen habe. Vielleicht habe ich es sogar ein klein wenig gehofft.

Verdammt, ich hätte mir vorher überlegen sollen, was man nun am geschicktesten sagt. Ein „Schade“ würde ihr evtl. suggerieren, dass ich nicht mit ihr allein essen will, und ein „Na dann eben nur wir Zwei“ könnte schon wieder zu... Sie schaut mich an. Spontan versuche ich es mit einem diplomatischem „Tja“ und setze ein einladendes Lächeln auf. Das Problem an aufgesetzter Mimik, die eine bestimmte Botschaft übermitteln soll, ist, dass man nicht kontrollieren kann, ob das einladende Lächeln auch wirklich einladend wirkt und nicht wie eine Grimasse oder Gesichtslähmung. Aber zumindest stürmt sie nicht sofort aus dem Laden, sondern setzt sich mir erst mal gegenüber.

Ich deute resignierend auf die Umgebung: „Tut mir leid, aber ein besserer Tisch war nicht mehr frei.“

„Ach, das macht doch nichts“, lächelt sie mich freundlich an, gekonnt den Geruch von Urin, Klostein und übleren Dingen ignorierend.

Wir schweigen und warten auf den Kellner. Der scheint allerdings lieber einen Bogen um unseren Tisch zu machen. Erträgt den Toilettengestank vermutlich selber nicht.

„Komm, lass uns in den Park gehen und einfach unterwegs was holen!“, schlage ich vor und springe auch sogleich auf.

Sie erschrickt. Ich auch. Erschrocken von meiner eigenen Spontanität. Ist ja sonst eher nicht so meine Art. Irgendwie beflügelt mich diese Frau zu ungeahnten Zügen.

Ich bezahle mein Wasser und wir treten auf den Bürgersteig, mitten in die geschäftige Mittagsatmosphäre der Innenstadt. Aktenkoffer, mal mehr, mal weniger gut sitzende Anzüge und Kostüme, klappernde Absätze, Straßenmusikanten. Wir holen uns jeder ein frisch belegtes Sandwich und setzen uns damit in den Park.

Schweigen.

Man spricht ja auch nicht mit vollem Mund.

Unsere Blicke schweifen durch die Umgebung, ab und zu treffen sie sich. Dann lächeln wir, soweit es der volle Mund zulässt, was vermutlich eher lächerlich aussieht, und beeilen uns damit, erneut ein Stück vom Sandwich abzubeißen.

Ich bin fertig mit Essen, Melanie auch.

Schweigen.

Okay, jetzt wird's langsam unangenehm. Im Kopf habe ich mir schon etwas zurechtgelegt, wofür ich nun den Mut sammle, um es auszusprechen. Ich finde aber nur so viel, dass es gerade mal für ein gestammeltes „Ähhm... hör mal, Melanie, was da letztens... zwischen uns... na du weißt schon...“ reicht.

„Du kannst dich wohl einfach nicht an Mellie gewöhnen, wie?“, fragt sie lächelnd.

„Ähh... Melanie find ich irgendwie schöner“, gebe ich verlegen zu.

„Okay. Ich werde ja auch nur von Freunden Mellie genannt.“ Es klingt nicht wie ein Vorwurf und sie lächelt auch immer noch.

Was soll das nun bedeuten? Bin ich noch kein Freund oder schon Anwärter auf mehr als das? Ach, hör auf damit!

„Aber was ich eigentlich meinte...“, versuche ich erneut anzufangen.

„Du meinst, dass wir uns geküsst haben“, sagt sie in lockerem Ton und blickt mich offen an.

„Ja... genau.“

Sie dreht den Kopf weg, so dass ich ihr Gesicht nicht sehen kann und sagt: „Tja, da hat wohl ein bisschen der Sekt aus mir gesprochen."

Mir fällt nichts Besseres ein als: „Ja... genau... bei mir auch."

Sofort zuckt sie wieder zu mir herum und sieht mich beleidigt an.

Schnell stammele ich eine Entschuldigung: „Nein, nein, tut mir leid! So mein ich das natürlich nicht! Ich fand das sehr... und du... du bist ja auch ganz..."

Oh man, du Held!

Plötzlich rutscht sie ganz schnell nah an mich heran und küsst mich auf den Mund. Ob das nur ein Versuch ist, mein peinliches Geplapper zu unterbinden, oder denkt sie sich einfach: ‚Ach was soll's?'

Ich versteife mich. Als sie jedoch nicht von mir weicht, entspanne ich mich ziemlich schnell und beginne, ihren Kuss zu erwidern. Mhh, Tomate Mozzarella.

Nach einer gefühlten Ewigkeit lösen wir uns voneinander.

„Wow, Danke!", ist alles, was ich hervorbringe.

„Danke?" Doch zum Glück klingt keine Empörung aus ihrer Stimme und sie lächelt schon wieder.

Ich beginne auch zu lächeln und zucke mit den Schultern.

„Sorry, was Besseres fiel mir grad nicht ein. Hast ja sicherlich schon bemerkt, dass ich nicht grade der Redegewandteste bin."

„Ach so? Ist mir gar nicht aufgefallen."

„Ironie erkenne ich aber ganz gut", sage ich schmunzelnd. „Vergiss nicht, ich bin Reporter oder zumindest behaupte ich das die meiste Zeit. Ironie und Zynismus gehören da quasi zum Handwerkszeug."

Das Gespräch wird ab da immer lockerer. Wir lachen viel und vergessen auch etwas die Zeit. Bis ihr Handy klingelt.

„Ja... ja wir... ja noch hier, tut mir... ja natürlich, sofort." Sie legt auf. „Tut mir leid, Herr Sommerfeld braucht mich dringend wieder im Büro." Sie scheint ehrlich bedrückt zu sein.

„Kein Problem, ich komm noch das Stückchen mit. Ich glaube zwar nicht, dass er ernsthaft böse ist, aber wenn, dann sag ihm einfach, es sei meine Schuld. Er kann mir nie lange böse sein." Vermutlich hat er die ganze Zeit die Uhr kontrolliert und sich ausgerechnet, wie lange wir wohl fürs Essen und einen Quicky auf der Toilette brauchen würden, um den Zeitpunkt abzupassen, an dem er anruft.

Heute Abend wird er mich dann vermutlich anrufen und fragen: „Na, wie war das Essen?" Nur um mich damit indirekt aufzufordern, von dem Abenteuer, das er sich schon ausgemalt hat, zu erzählen.

Paul ruft am Abend nicht an.

Er steht vor meiner Tür.

„Woher weißt du, wo ich wohne?", frage ich überrascht.

Die Frage mag Außenstehenden etwas seltsam erscheinen, wo wir doch beste Freunde sind. Aber es ist in der Tat so, dass Paul mich nie besucht und auch nie zu meinen Partys kommt. Für Letzteres hat er allerdings eine gute Ausrede: Es gibt keine Partys. Irgendwann habe ich dann beim ständigen Umziehen einfach aufgehört, ihm meine neue Adresse mitzuteilen.

Warum wir uns immer nur bei ihm oder irgendwo anders treffen, weiß ich auch nicht genau. Eigentlich stört es mich nicht, trotzdem habe ich es ihn oft gefragt, aber selbst im volltrunkenen Ehrlichkeitszustand nie eine Antwort oder auch nur einen Hinweis aus ihm raus bekommen. Natürlich habe ich mir trotzdem so meine Gedanken gemacht, klar, mein Gehirn lässt sich ja schwer davon abhalten. Meine bisherige Lieblingstheorie: Er ist so selten zu Hause und hat so wenig Freizeit, dass wenn sich die Gelegenheit bietet, er lieber zu Hause sein oder sich zumindest irgendwo auf dem Weg dahin treffen will. Ganz plausibel, find ich. Oder er hat eine Phobie vor fremden Wohnungen.

Besonders verängstigt sieht er allerdings nicht aus: „Na, begrüßt man so seinen besten Freund?"

„Nee, freut mich, ehrlich. War nur etwas perplex. Komm rein!"

„Aber wegen deiner Frage", er grinst verschwörerisch, „Wir Politiker haben doch unseren Geheimdienst."

Eine Weile hält er seine Maske aufrecht, doch ich gebe ihm nicht die Genugtuung einer Reaktion.

„Nee Quatsch! Ich hab Melanie beauftragt, bei unserer alten Schule anzurufen, unter dem Vorwand, ein Klassentreffen organisieren zu wollen. Da bekam sie die Nummer deiner Eltern, dann hat sie mit hochrotem Kopf deine Mutter angerufen, und voilà, jetzt bin ich hier." Er scheint mächtig stolz auf diesen Schachzug zu sein.

„Du hättest auch mich anrufen können."

„Dann hätte ich ja dein überraschtes Gesicht verpasst."

„Davon hätte ich dir auch ein Foto schicken können."

Ich köpfe eine Flasche Rotwein und wir setzen uns ins Wohnzimmer.

„Du solltest mal wieder lüften, hier riecht es wie im Zoo", stellt Paul naserümpfend fest.

„Waschbär."

„Waschbär?" Paul zieht eine Augenbraue hoch und schaut mich fragend an.

„Ja, es riecht nach Waschbär."

Pauls Augenbraue scheint an seiner Stirn festgeklebt zu sein, offensichtlich hat er noch mehr Erklärungsbedarf und ich will ja nicht, dass er einen Krampf kriegt. Ein Gesichtsmuskelkrampf ist was sehr Unangenehmes.

„Ein Waschbär hat es irgendwie in meine Wohnung geschafft und ich hab es wiederum irgendwie nicht geschafft, ihn rauszuwerfen. Jetzt wohnt er hier und erst heute kam ich dazu, ein Katzenklo zu kaufen, mal sehn, ob er es nimmt. Erklärung genug?"

Ich reiche ihm sein Glas.

Er trinkt es in großen Schlucken zur Hälfte leer und denkt nach, die Augenbraue immer noch erhoben. Ist es eigentlich pessimistisch zu sagen, er trinkt das Glas zur Hälfte leer? Aber „er trinkt es zur Hälfte voll" klingt auch bescheuert.

Paul ist offenbar fertig mit überlegen, sagt aber nur: „Ich komme darauf zurück." Seine Augenbraue senkt sich nur zur Hälfte.

„So, und nun der Grund deines Besuches?", dränge ich.

„Wie? Darf ich denn nicht bei einem guten Freund auf ein Gläschen Wein vorbeischauen?“, fragt er unschuldig. Das hat er drauf.

„Nix dagegen, aber das ist so selten wie ein Waschbär in meiner Wohnung.“

„Naja, seltene Phänomene treten halt oft gehäuft auf.“

„Raus damit, Paul!“

„Is gut, is gut. Also...“ Er räuspert sich.

„Du verstehst dich gut mit Melanie?“, fragt er wie beiläufig.

Jetzt ist es an mir, skeptisch eine Augenbraue zu heben.

„Ja, geht so.“

Das war stark untertrieben. Nach dem holprigen Start fand ich den Mittag heute im Park richtig toll. Genau sowas brauche ich jetzt und Melanie sieht noch dazu ganz gut aus.

„Lass es!“, sagt Paul nur.

Ich bin überrascht und kann ihn irgendwie nicht ernst nehmen.

„Oh, ich hätte jetzt mit *Ran da!*, *Schnapp sie dir, Tiger!* oder mit Wolfsgeheul gerechnet, aber nicht mit einem *Lass es!*“

„Nein, ehrlich man, lass es!“ Er wirkt todernst und ich erwarte jeden Moment sein breites ‚Verarscht!‘-Lächeln. Doch es kommt nicht. Ich versuche, in seinen Augen zu lesen, sie werden trauriger, dann senkt er seufzend den Blick. „Zugegeben, anfangs hielt ich es für eine super Idee und heute bin ich auch extra nicht zum Mittagessen mitgekommen, damit ihr alleine seid.“

Wusste ich's doch! „Wo ist dann das Problem?“, fahre ich ihm dazwischen und brause plötzlich auf: „Willst du jetzt etwa doch was von ihr?“

Paul wehrt sofort ab: „Nein, nein, dann hätt ich sie dir doch nie überlassen.“ Als er meinen Blick sieht, setzt er schnell nach: „Hey, nix für ungut. Nein, an sich fand ich das wie gesagt alles ganz gut. Und als sie aus der Pause wiederkam, hat sie ja auch gestrahlt vor Glück. Also was auch immer du mit ihr gemacht hast, du hast es gut gemacht.“

Das schelmische Zwinkern kann er sich nicht verkneifen. Dann fährt er betont ernst fort: „Nur... also, während sie weg war, hab ich einige Unterlagen in ihrem Schreibtisch gesucht und dabei ihr

Tagebuch gefunden. Vermutlich musste sie es schnell verstecken, als ich mal ins Zimmer kam oder so. Und dann hat sie wohl vergessen, es mitzunehmen.“ Er wirft mir einen vielsagenden Blick zu, der mir aber leider gar nichts sagt.

„Oh mein Gott, Paul! Eine Frau, die Tagebuch führt! Danke, dass du mich gewarnt hast, wer weiß, was sonst passiert wäre!“

„Ha ha, wart's ab, es geht ja noch weiter. Ich hab ein bisschen drin geblättert und...“

„Äußerst diskret.“

„Klappe! Also ich hab's mir mal angeschaut und sie schwärmt von dir und himmelt dich seitenlang nur an.“

„Oh nein, wie furchtbar!“, spiele ich weiter den Empörten. Etwas mulmig wird mir aber schon.

„Lass mich bitte ausreden, ja! Es ist nicht so ein *Ohhh, ich steh ja so total auf ihn*-Schwärmen, sondern eher ein *Ich bringe jeden um, der sich zwischen uns stellt*-Schwärmen. Sie ist regelrecht vernarrt in dich. Ich meine, wie oft habt ihr euch jetzt gesehen? Zweimal? Dreimal? Das ist doch nicht normal!“

Als ich nichts sage, fährt er fort: „Sie hat Bilder von dir, weiß Gott woher, und sie so zusammengeschnitten, dass ihr Arm in Arm nebeneinander steht. Sie hat ein Haus gemalt mit euren fröhlich lächelnden Köpfen in den Fenstern und sogar eine genaue Auflistung eurer Kinder. Mit Namen!“

„Schön, wie viele werden es denn?“ Ich kann Paul gerade irgendwie nicht ernst nehmen, auch wenn mir seine Geschichte diesen Ernst sicherlich vermitteln soll. Ich baue eine Trotzhaltung auf, so schlimm wird es schon nicht sein. Er interpretiert da bestimmt zu viel rein.

„Was weiß ich denn! Das tut hier doch auch gar nichts zur Sache. Alleine die Tatsache, dass sie sowas plant, ist doch beängstigend! Oder?“ Er schaut mich erwartungsvoll an und trinkt sein Glas nun gänzlich leer.

Ein nachdenkliches „Mhh“ ist alles, was ich herausbringe.

„Mhh? Das ist alles, was dir dazu einfällt? Also mir würde das ne riesen Angst machen. Neben so einer wachst du irgendwann auf, obwohl du sie gar nicht in die Wohnung gelassen hast, und bist ans Bett gefesselt."

„Mhh." Ich höre ihm gar nicht mehr richtig zu.

„Hör auf mit deinem verdammten ‚Mhh'!!! Ich sag dir nur eins: Die Frau is'n Psycho und du solltest die Finger von ihr lassen!"

„Also willst du sie feuern?", frage ich, um vom eigentlichen Thema abzulenken.

„Nein. Sie ist die fleißigste und billigste Assistentin, die ich je hatte."

„Sehr pragmatisch", erwidere ich zynisch.

„Hey! Mir will sie schließlich nicht das Leben aussaugen."

Nach längerem Schweigen mache ich meinen Gedanken Luft: „Also auf mich macht sie keinen psychisch labilen Eindruck."

„Das tun sie doch nie und dann BOOM!" Er haut mit der Faust auf den Tisch, dass es knallt.

Toni springt aus einer Ecke hervor, auf die Lehne von Pauls Sessel und gibt eine Art röchelndes Fauchen von sich.

„Ist gut, Toni. Alles Okay", versuche ich ihn zu beruhigen, bevor er Paul noch anfällt.

Der ist völlig perplex und außerstande sich zu bewegen, obwohl Toni nicht mal zehn Zentimeter von ihm entfernt ist.

Leise presst er zwischen den Zähnen hervor: „Ich dachte, das wär nur mal wieder dein trockener Humor gewesen." Er schluckt. „Aber du hast ja wirklich einen Waschbären."

Da Toni aufgehört hat zu fauchen und auch keinen Angriffsversuch startet, fasst sich Paul wieder etwas. „Oder zumindest etwas, das mal wie ein Waschbär ausgesehen hat. Man, der is ja total verwahrlost." Paul verzieht angeekelt das Gesicht.

„Hey, beleidige ihn nicht! Das ist sein Stil", versuche ich Toni zu verteidigen.

„Ist der krank? Sein Fauchen klingt, als wäre er ein kettenrauchender Alkoholiker", stellt Paul kategorisch fest.

„Kann ich weder bestätigen noch verneinen, hab ihn ja erst seit ein paar Tagen. Aber wir haben schon geklärt, dass hier strengstes Rauchverbot herrscht und trinken tut er eigentlich nur Milch oder

Wasser, wenn er nicht grade einen Flachmann irgendwo versteckt hat, von dem ich nichts weiß."

„Ja danke, verarschen kann ich mich alleine."

„Ist aber lustiger, wenn ich es mache", erwidere ich.

Wir grinsen beide.

„Nein, im Ernst, ich denke, er ist einfach nur alt. Vielleicht konnte ich ihn deshalb nicht rauswerfen. Draußen wäre er vielleicht bald gestorben und irgendwie hat er auch was."

„Was denn?", fragt Paul und betrachtet Toni noch mal leicht angewidert.

„Keine Ahnung... *was* halt." Ich fülle Pauls Glas nach und wir trinken in aller Stille. Irgendwann springt Toni wieder von der Sessellehne runter und verschwindet in der Küche.

Das scheint Pauls Stichwort, um das Schweigen zu durchbrechen: „Um noch mal zum Thema zurückzukommen. Ich halte es für keine gute Idee, dich weiter mit Melanie zu treffen."

Meine Trotzhaltung kehrt zurück. „Ich finde sie ganz nett und was kann denn schon großartig passieren?"

„Ohhhh glaub mir, das willst du gar nicht wissen."

Nach einer kurzen Pause will er es mich dann anscheinend doch wissen lassen.

„Ich hatte auch mal so eine Psychobraut. Spitz wie Bill Clinton hab ich jedoch alle Anzeichen ignoriert. Irgendwann hat sie mich dann mal ans Bett gefesselt, wogegen ich grundsätzlich erst mal nix hatte. Doch dann eröffnete sie mir mit seelenruhiger Stimme: ‚Weißt du, ich mag keine Körperbehaarung bei Männern.' Daraufhin verschwand sie im Bad und kam mit einem Topf Heißwachs, Pinsel und diesen Abziehstreifen zurück. Kannst du dir auch nur annähernd vorstellen, wie ich mich in diesem Moment gefühlt habe?! Ich redete auf sie ein, flehte, bettelte, doch sie ignorierte mich völlig und fing in endloser Langsamkeit damit an, mich mit Wachs einzupinseln und die Streifen aufzukleben. Während der ganzen Prozedur lächelte sie mich sanftmütig wie eine Krankenschwester an und redete mir immer wieder gut zu: ‚Es tut gar nicht so doll weh', ‚Ist gleich geschafft', ‚Nur ein bisschen noch.'"

Er schluckt und das Glas in seiner Hand bebt. Dann hebt er drohend den Zeigefinger und sieht mir tief in die Augen. Seine Augenlider zittern leicht.

„Nur um es noch mal zu verdeutlichen: Sie hatte etwas gegen SÄMTLICHE Körperbehaarung!“

„Aua“, ist mein einziger Kommentar und ich kann mir ein Lachen bei der Vorstellung trotzdem nicht verkneifen.

„Das ist nicht lustig! Am Sack hat es sogar ein bisschen geblutet. Selbst der Sex danach war die reinste Höllenqual. Echt man, wenn deine Haut schon brennt wie Feuer und sie reibt sich dann auch noch an dir und der Schweiß dazu...“ Er bricht ab und schaudert bei der Erinnerung.

„Naja, wie auch immer. Solche Frauen lassen sich die seltsamsten Sachen einfallen, das ist es echt nicht wert, Karl!“

Wir schweigen wieder lange und jeder hängt seinen Gedanken nach. „Okay, ich werd drüber nachdenken“, verspreche ich.

Damit gibt sich Paul erstaunlicherweise erst mal zufrieden.

„Ich habe Kopfschmerzen!“

Gerade habe ich das erste Mal mit Melanie geschlafen.

Ich wusste, dass es so kommen würde und Paul wusste es vermutlich auch. War ja irgendwie klar, dass ich nicht die Finger von ihr lassen kann. Wir sind eben triebgesteuerte Wesen. Wenn es um Sex geht, werfen wir bedenkenlos unser Hirn über Bord und segeln debil lächelnd an allen Warnschildern vorbei.

Und es war wunderbar! So komplett ohne Hirn. Einfach über nichts nachdenken. Ist doch toll, oder? Leider flutscht das verfluchte Ding danach umso schneller wieder an seinen angestammten Platz zurück und beginnt sofort wieder mit diesem Denken. Blödes Bumeranggehirn!

Melanies Kopf ruht auf meiner Brust und sie spielt mit einem einzeln sprießenden, langen Brusthaar von mir. Mein Puls beschleunigt sich automatisch. Ich war noch nie ein besonders haariger Typ, trotzdem frage ich pro forma etwas nervös: „Hast du was gegen meine Körperbehaarung?"

Sie schaut mich verträumt lächelnd an und sagt mit zuckersüßer Stimme: „Nein, du bist absolut perfekt."

Dieser Satz, seine Intonierung, ihr Gesichtsausdruck und Pauls Tagebuchoffenbarungen machen mir plötzlich viel mehr Angst, als wenn sie jetzt einfach einen Epilierer unter der Bettdecke hervorgeholt hätte.

Hey, jetzt stopp mal! Was wäre denn so schlimm daran, wenn sie in mich verliebt ist? Vielleicht bin ich ja auch in sie verliebt und weiß es nur noch nicht, oder die Liebe kommt irgendwann mit der Zeit. So: „Tach Karl, ich bin's, die Liebe. Lange nich gesehn, altes Haus. Dachte, ich schau mal wieder rein und... WOW!!! Wer is'n die Braut? Echt heißes Teil haste da. Holla die Waldfee! Meine Herrn..." Warum die Liebe wie ein Prolet reden sollte, weiß ich auch nicht, aber wer versteht schon die Liebe?

Der Gedanke an Liebe macht mich nervös. Vielleicht sollte ich lieber aufstehen und gehen. Ach Quatsch! Warum sollte ich? Ich liege mit einer schönen Frau im Bett, sie scheint mich sehr zu mögen und der Sex war... huiuiui! Komm Karl, lass dich von Paul nicht verrückt machen, der ist doch nur neidisch.

Ihre Nähe zu spüren ist einfach herrlich. Ich drücke sie fester an mich und streiche ihr mit den Fingerspitzen sanft über den Rücken. Sie schnurrt zufrieden.

Eine Weile liegen wir nur so da und genießen still unser Zusammensein. Dann küsst sie mich hinterm Ohr und rutscht langsam auf mich. Ich kann mir schon denken, wo das endet. Doch schwupps, verschwindet mein Gehirn samt Denken durch die Hintertür.

Karl, du bist der glücklichste Mensch auf der Welt!

In der letzten Woche habe ich mich fast jeden Tag mit Melanie getroffen. Irgendwie landeten wir immer ziemlich schnell im Bett und blieben auch die meiste Zeit über dort. Herrlich!

Paul schrieb mir nur noch Nachrichten wie: Hör auf!, Tu es nicht!, Das wirst du bereuen!, Ist sie gut? ...

Ich reagierte auf keine einzige Nachricht und irgendwann meldete er sich gar nicht mehr. Mir doch egal! Wenn er mein Glück nicht guthieß, dann... ach, er wird schon wieder zur Vernunft kommen.

Toni hat sich mittlerweile ans Katzenklo gewöhnt und ich mich immer mehr an Toni. Allem Anschein nach ist er ein sehr kluges Tier. Irgendwie haben wir weniger ein Haustier-Herrchen-Verhältnis, sondern eher so ein *Mitbewohner-wir sprechen nicht miteinander-ich stell dir ab und zu was zu essen hin*-Verhältnis.

Alles läuft wunderbar. Ich könnte nicht glücklicher sein.

Mein Unterbewusstsein wusste längst, dass das nicht so bleiben wird. Aber Neurotransmitter und Hormone in meinem Gehirn haben es gekonnt totgetrampelt und ließen solche Ideen gar nicht erst aufkommen.

Bis sich die Tatsachen dann doch mit aller Deutlichkeit in Form eines durchs Fenster direkt an meinen Kopf geworfenen Steins in mein Bewusstsein drängen.

Allerdings nicht sofort. Als ich halb vom Sessel gerutscht wieder aufwache, weiß ich erst mal gar nicht, was los ist. Toni steht auf dem Wohnzimmertisch und betrachtet mich. Ein genuscheltes „Was'n los?", ist alles, was ich hervorbringe. Ich habe furchtbare Kopfschmerzen.

Dann fällt mir das eingeschlagene Fenster auf und ich erinnere mich auch wieder an das laute Klirren, kurz bevor es bei mir Nacht wurde. Ich funkele Toni böse an.

Aber nein, das ergibt ja gar keinen Sinn.

Toni, von dieser anfänglichen Beschuldigung unbeeindruckt, schiebt mir einen Stein über den Tisch zu. Größe und Gewicht passen ganz gut zu meinen Kopfschmerzen. Ich hätte Detektiv werden sollen. Es ist einer von diesen rundgewaschenen Flusssteinen, fast so groß wie mein Handteller.

Auf dem Stein steht mit sauberer schwarzer Druckschrift geschrieben: Du hast nicht angerufen!

Meine Eltern würden wohl kaum die weite Fahrt auf sich nehmen, um mir dies mitzuteilen, und Paul schließe ich auch schon mal aus. Außerdem ist die Überbringungsform doch mehr als unüblich.

Ach hör auf! Ich weiß doch ganz genau, von wem der kommt, wozu noch grübeln?

Ich rufe Melanie an.

„Hallo Häschen, wie geht es dir?“, meldet sie sich zuckersüß.

„Kopfschmerzen... und mein Fenster ist kaputt. Und bei dir?“

„Ach, mir geht's prima, danke.“

Sie will anscheinend nicht näher auf mein Befinden eingehen.

„Wo bist du gerade?“, frage ich.

„Zu Hause, wieso?“

„Ach, nur so... Hör mal...“

„Ja?“

Wie soll man sowas nur ausdrücken? So ein „Hey, ich hab da mal ne Frage. Hast du zufällig einen Stein durch mein Fenster geworfen?“ klingt doch irgendwie blöd.

„Ähh... bist du mir wegen irgendwas böse? Weil ich mich nicht gemeldet habe vielleicht oder so?“, frage ich schließlich. „Ach iwo!“ Ihr glockenhelles Lachen schallt aus dem Hörer. „Jeder braucht doch seine Freiräume und es waren ja grade mal 23 Stunden und 44 Minuten.“

„Das hast du mitgezählt?“, platzt es erschrocken aus mir raus.

Wieder dieses Lachen. Am Anfang noch süß, klingt es für mich jetzt wie das verrückte Gekicher einer Geisteskranken.

„Nein, natürlich nicht! Du Dummerchen. War doch nur Spaß. Das wäre doch auch vollkommen verrückt.“

„Ähh ja... das wäre es.“ Mehr fällt mir gerade nicht ein.

Ich kann nicht gut telefonieren, am besten, ich versuche, mit ihr von Angesicht zu Angesicht darüber zu reden. Vielleicht erreiche ich da mehr.

„Wollen wir uns nicht mal wieder treffen?“

„Ja klar, gerne. Morgen bei mir?“, schlägt sie vor.

„Okay, klingt gut. Ich meld mich dann noch mal.“

Ich mag telefonieren wirklich nicht, es ist irgendwie so unpersönlich. Noch schlimmer sind Anrufbeantworter. Es gibt ja Leute, die können einem AB einen buchfüllenden Monolog aufquatschen, bis das Band voll ist. Furchtbar! Ich bin eher einer von denen, die nur ein *Tut, Tut, Tut* auf dem AB hinterlassen, weil sie vorher auflegen. Aber immer noch besser als die Atmer, die erst nach dem Piepsen überlegen, was und ob sie eine Nachricht hinterlassen wollen, nur um dann schlussendlich doch aufzulegen.

Wie auch immer, in einem persönlichen Gespräch würde ich sicherlich mehr herausfinden.

Aber schon mal rein logisch überlegt, wer soll es sonst gewesen sein? Professionell gemacht ist es ja. Die Nachricht ist in so sauberer Grundschuldruckschrift geschrieben, dass sie keinerlei Rückschlüsse zulässt und der Stein könnte auch überall herkommen und ist so leicht, dass er auch von jedem geworfen werden kann. Allerdings weisen die saubere Schrift und die Beschwerde an sich ganz klar auf eine weibliche Person hin. Und da habe ich momentan, abgesehen von meiner Mutter, nur eine anzubieten. Der Fall scheint klar.

Ich sitze bei Melanie im Wohnzimmer und trinke irgendeinen Cocktail, den sie uns „mal ganz fix" gemixt hat. Die den Gläserrand ausfüllende tropische Dekoration sieht allerdings mehr nach stundenlanger Vorbereitung aus. Es hätte mich nicht gewundert, wenn mich aus diesem Dickicht zwei Lemurenaugen anstarren würden oder plötzlich eine lange Chamäleonzunge daraus hervorschnellt, um nach einer vorbeisummenden Fliege zu schnappen. Zum Glück ragt ein pinkiger Strohhalm aus dem Dschungel, sonst müsste ich mich da erst durchfressen und würde für die nicht essbaren Überreste dann einen extra Teller benötigen. Denn einen Aschenbecher, der in jeder Cocktailbar dafür das Mittel der Wahl ist, gibt es nicht.

Melanie wirkt ziemlich locker und unbeschwert. Ich dagegen bin total verkrampft. Dass sie das durchaus bemerkt, lässt sie sich aber leider nicht anmerken. Verdammt! Durch ein einfaches „Was ist denn los?" von ihrer Seite hätte ich das Gespräch schön in die angestrebte Richtung lenken können, aber nichts. Sie ignoriert mein Gestammel völlig, hält das Gespräch am Laufen und übernimmt zugleich einen Großteil davon.

Abgesehen von gelegentlichen Einwürfen wie „Mhh“, „Ist ja interessant.“ und „Ja, sehe ich auch so.“ habe ich noch nicht viel gesagt.

„Ich mix uns noch einen neuen, okay?“

Ich schaue auf mein Glas und bemerke, dass ich es als Kompensation meiner Verlegenheit und Nervosität schon ausgetrunken habe.

„Ähh, ja klar, gerne.“

Sie geht in die Küche. Ich schaue ihr verträumt auf den Hintern. Reiß dich zusammen! Ich muss das Gespräch unbedingt in eine Bahn lenken, in der ich sie auf den Stein ansprechen kann. Irgendwie hat sich jedoch beim Anblick ihres schwingenden Hinterns mein Gehirn teilverflüchtigt. Wie sonst komme ich auf die glorreiche Idee, den Stein gut sichtbar auf den Wohnzimmertisch zu legen? Klasse Karl, wirklich sehr subtil. Aber da sie dekorationstechnisch in ihrer Wohnung ein strenges Regiment führt, müsste ihr das neue Objekt auf dem Tisch eigentlich sofort auffallen.

Bevor ich jedoch noch weiter über Sinn und Unsinn dieser Vorgehensweise nachdenken kann, kommt sie auch schon wieder aus der Küche.

Nichts. Keine Reaktion, kein Stocken, nicht mal ein Blinzeln oder Zucken. Dabei war ihr Blick geradewegs auf den Tisch gerichtet, als sie reinkam.

„Hier dein Cocktail. Cheers!“ Sie strahlt mich an.

Was soll man da machen? Resigniert sauge ich fast das halbe Glas in einem Zug durch den Strohhalm. Dabei schaue ich sie flehentlich an. Aber entweder sie missversteht meinen Blick oder sie versteht ganz genau und will mich ablenken. Sie kommt zu mir, setzt sich auf die Lehne vom Sessel und fängt an, meinen Nacken mit leichten Küssen zu liebkosen.

Was soll man da machen? Ich weiß, wo das hinführt, und ich weiß auch, dass es funktionieren wird, also warum sich zur Wehr setzen? Ich ergebe mich in mein Schicksal, kurzfristig und voller Wonne.

Danach hole ich mir etwas zu Trinken aus der Küche und luge kurz ins Wohnzimmer.

Der Stein ist weg. Wie auch immer sie das geschafft hat. Hinterlistiges Biest!

„Was?!? Sie hat dir einen Stein ins Fenster geworfen?“ Pauls Gesichtszüge entgleiten.

„Nein... naja, irgendwie doch... also... ich glaube schon. Aber ich weiß ja nicht, ob er wirklich von ihr war.“ Ich schaue ihn bittend an, in der irrealen Hoffnung er würde meine Zweifel an Melanies Schuld unterstützen, aber ich glaube ja selbst nicht daran.

„Na von wem soll er denn sonst sein, bitteschön?“, fragt Paul aufgebracht.

Obwohl er sauer ist, dass ich seinen Rat so leichtfertig in den Wind geschlagen habe, hat er sich doch dazu breitschlagen lassen, mit mir Mittagessen zu gehen. Vielleicht wollte er aber auch nur eine tolle Psychobraut-Geschichte hören.

„Ja schon gut, mit 99,9-prozentiger Wahrscheinlichkeit war sie es... und nun?“

Er zuckt mit den Schultern. „Was fragst du mich das?“

„Na, du bist doch der Psychobrautmeister!“

„Haha... naja, bei mir haben sie immer nach einem Ausbruch aufgehört. Aber ob sich dieses Verhaltensmuster auf alle bezieht, weiß ich nicht.“

„Mhh, vielleicht sollte ich mich einfach von ihr trennen. Obwohl... eigentlich sind wir ja nicht mal wirklich zusammen. Zumindest haben wir das nie so richtig festgelegt.“

„Seit wann legt man denn sowas fest?“

„Ach, du weißt doch, was ich meine! Na dieses: ‚Sind wir jetzt eigentlich zusammen?‘ ‚Ja... ähh... ich glaub schon.‘ ‚Gut, ok.‘ Das halt. Aber eben das hatten wir noch gar nicht.“

„Alter, die Frau hat ein Haus mit euren Köpfen in den Fenstern gemalt und eine Liste von euren zukünftigen Kindern verfasst. Und das Ganze, noch bevor ihr überhaupt miteinander geschlafen habt. Ich glaube nicht, dass dieser ‚Beziehungsbeschluss‘, von dem du da redest, für sie eine großartige Rolle spielt. Karl, ich sag's ja nur ungern, aber in ihrer Welt seid ihr schon so gut wie verheiratet.“

Alleine die Vorstellung lässt mich schaudern. Vor meinem geistigen Auge spielt sich, ohne dass ich es verhindern kann, mein zukünftiges Leben ab. Wir wohnen in einer fein säuberlichen

Vorstadtgegend, wo wir unser akkurates Leben führen. Unsere vorschriftsmäßigen 2 Kinder (1 Junge und 1 Mädchen) spielen im Vorgarten. Ihr Aussehen entspricht kleinen Liliputanerversionen von Melanie und mir. Nachdem ich den Rasen einen Millimeter zu kurz gemäht habe, weil ich den Regler am Rasenmäher aus Versehen über die dick mit einem Edding markierte Stelle hinaus gedreht habe, schwitze ich Blut und Wasser in der Hoffnung sie würde es beim Nachhausekommen nicht bemerken. Doch vergeblich. Ihr entgeht nichts! Nachts schließt sie mich dann in dem schalldichten Kellerraum an die Elektroden an und ich muss für mein schweres Vergehen büßen. Zwischen den Stromstößen erklärt sie mir in aller Gelassenheit, was ich falsch gemacht habe, und ich muss es dann nach jedem Stromstoß wiederholen. Wieder und wieder und wieder und wie...

Ich schüttle die Gedanken aus meinem Kopf.

„Sag mal, wie kommst du eigentlich damit zurecht? Ich meine, schließlich ist sie deine Assistentin und du hast sie fast den ganzen Tag um dich."

„Ja und?" Paul schaut mich verständnislos an.

„Naja, sie ist definitiv gestört, da sind wir uns doch einig."

„Aber sie ist gut in ihrem Job", stellt er emotionslos fest.

Ich muss trocken auflachen. „Wie kann man nur so pragmatisch sein? Und was ist, wenn ich sie jetzt in den Wind schieße und sie dir was antut? Schließlich weiß sie, dass wir befreundet sind."

„Ach was! Für so gestört halte ich sie nun auch wieder nicht. Sie ist eine verzweifelte Frau, die Panik hat, ihren Mann fürs Leben nicht schnell genug zu finden... und dabei ist sie halt etwas verrückt geworden."

„Etwas ist gut. Sie hat einen verdammten Stein durch mein Fenster geworfen!!!"

Memo an mich selbst: Brülle in einem Restaurant lieber nicht so laut rum, es könnte die anderen Gäste stören, oder noch schlimmer, es könnte sie interessieren.

Ich schweige so lange, bis die meisten offenbar der Meinung sind, dass es bei uns nichts Interessantes mehr zu hören gibt.

Dann beuge ich mich zu Paul.

„Na gut, mach, was du willst. Ich werd auf jeden Fall sobald wie möglich mit Melanie Schluss machen. Aber sei vorsichtig... und trink nichts, was sie dir anbietet."

„Hey! Sie ist meine Assistentin, ich würde verdursten, wenn ich nicht trinke, was sie mir anbietet."

Casting

Ich habe mich gerade von Melanie getrennt.

War gar nicht so schwer, wie ich es mir vorgestellt hatte. Ich dachte, ich würde doch nur wieder nervös rumdrucksen und dann schlussendlich nicht den Mut haben, die entscheidenden Worte auszusprechen. Aber zack! Einfach gerade heraus.

Ich liege mit dem Kopf auf meinen Arm gestützt im Bett und beobachte, wie sich ihre Brüste im Schlaf langsam heben und senken. In irgendeinem Schundroman würden wohl auch ihre Brustwarzen im Mondlicht seidig glänzen. Hier werden sie nur von der Straßenlaterne bestrahlt. Sieht trotzdem schön aus. Brüste halt.

Ja, ich habe mich von ihr getrennt!

Daraufhin hat sie mich angesprungen, wild geküsst und irgendwie so durch die Wohnung bugsiert, dass ich irgendwann gegen das Fußende vom Bett stieß und rücklings auf die Matratze fiel.

Ich befürchte, sie hat mich nicht richtig ernst genommen.

Als sie so rittlings auf mir saß, fand ich den Gedanken an ein vollkommen kontrolliertes Leben mit gelegentlichen Stromstößen eigentlich gar nicht mehr so schlimm, wenn ich dafür diesen Sex kriege. Immerhin bräuchte ich mir um nichts mehr Gedanken zu machen. Das macht Melanie. Sie plant alles und ich bräuchte nur auszuführen. Judikative und Exekutive, ein altbewehrtes System. Warum eigentlich nicht? Einfach als leere Hülle durchs Leben wandeln. Debil aber glücklich. Zusammen mit meinem Ejakulat entluden sich aber auch diese Gedanken schlagartig aus meinem Körper. Jetzt überlege ich wieder ernsthaft, wie ich sie loswerden kann.

Melanie ist nicht doof, soviel ist sicher. Sie hat offenbar ein Ziel und das will sie um jeden Preis erreichen. Vielleicht liegt ja die Lösung meiner Probleme darin, sie ihrem Ziel näher zu bringen.

Schlagartig kommt mir die Idee. Sie ist einfach. Fast schon zu einfach. Könnte aber trotzdem funktionieren. Ein Versuch ist es wert.

Inzwischen wohne ich schon fast bei Melanie.

Mein Plan steht fest und ich füge mich keinesfalls in das von ihr gewünschte traute Beziehungsleben. Immer wieder spreche ich an, dass wir doch gar nicht richtig zusammenpassen und es lieber jetzt beenden sollten. Und jedes Mal werden meine Einwände von Melanie auf die gleiche Weise unterbunden wie beim ersten Versuch. Sie ist mittlerweile richtig professionell darin geworden. Zum Beispiel trägt sie zu Hause fast nur noch leicht abstreifbare Kleidung, wie Sommerkleider. Ich sage sowas wie: „Weißt du, Melanie, wir haben vollkommen unterschiedliche Interessen, du willst Kinder, ich nicht, du willst raus aus der Stadt, ich bin ein Stadtmensch, du...“ Plötzlich schiebt sie blitzschnell mit beiden Händen die Träger ihres Kleides über die Schultern, es gleitet zu Boden und sie steht splitternackt vor mir. „...ähh... ähhm... du magst... naa so... und ich.... ähhm...“ Und dann läuft es mir jedes Mal heiß den Rücken hinunter. Vermutlich mein Gehirn, das sich in flüssiger Form davon macht.

Zugegeben, ich muss mich wirklich zusammenreißen, diese Situation nicht auszunutzen. Ach, was mache ich mir vor? Natürlich nutze ich sie voll aus. Allerdings nicht ganz schamlos. Aber ewig geht das sowieso nicht gut und ich will ja auch meinen Plan verwirklichen.

Bin ich ein Arschloch? Ich hoffe nicht. Zumindest will ich, trotz allem was vorgefallen ist, Melanie nicht weh tun. Deswegen ja auch mein Plan, ihr einen anderen Partner zu suchen.

Nebenbei habe ich auch immer noch die Hoffnung, dass ihr durch mein ganzes Gemecker irgendwann selber klar wird, dass ich nicht der Richtige für sie bin. Momentan sieht es allerdings nicht so aus, als ob sie demnächst unglücklich wird, weil sie mich nur noch mit Sex halten kann. Immerhin scheint sie, solange ich in ihrer Nähe bin, nicht mehr zum Steinewerfen zu neigen. Vielleicht ist es ja so, wie Paul sagt, sie ist gar nicht so verrückt, nur sehr, sehr, sehr verzweifelt. Um unsere Trennung zu beschleunigen und weitere Ausbrüche zu vermeiden, habe ich also beschlossen jemand anderen für sie zu suchen.

Mein Gewissen lässt es durchaus zu, dabei nicht darauf zu achten ob derjenige auch wirklich zu ihr passt. Hauptsache, ich kann Melanie irgendwie von mir ablenken. Und wer weiß, vielleicht wird es ja tatsächlich was mit einem anderen. Was mein Gewissen jedoch nicht zulässt, ist, Melanie mit irgendeinem Freund oder Bekannten zu verkuppeln. So hart das klingt, aber das will ich niemandem antun. Ich muss also jemanden außerhalb meines Bekanntenkreises finden.

Nach einigem Überlegen komme ich auf Steef aus der Klatschpresse. Er scheint mir ein geeigneter Kandidat. Er ist dumm wie Bohnenstroh und ich kann ihn sowieso nicht leiden. Allerdings passen die beiden auch irgendwie überhaupt nicht zueinander. Obwohl, so wirklich kenne ich Steef ja auch nicht. Genau genommen weiß ich außerhalb der Arbeit nichts über ihn.

Ein bisschen juckt mein Gewissen allerdings schon, dass ich Melanie wie einen schlimmen Virus auf Steef hetzen will, nur weil ich ihn nicht mag und sie loswerden will. Aber das ist zu vernachlässigen. So wie ein einzelner Mückenstich. Es juckt leicht, aber wenn man es ignoriert hört, es bald auf. Bloß nicht kratzen! Ich tröste mich damit, dass ich ja auch nicht der große Beziehungsexperte bin und die beiden ja zufällig super zusammenpassen könnten.

In den nächsten Tagen lasse ich immer wieder kleine Schnipsel für Melanie fallen. Auch wenn sie diese nur unterbewusst aufnimmt, würde sich hoffentlich ein entsprechendes Bild in ihrem Kopf zusammenfügen. Ich kaufe mir einige dieser bunten mehr Magazine als Zeitungen und lese ihr immer wieder mit gespielter Begeisterung Steefs Artikel vor. Das allein ist schon eine anspruchsvolle

Aufgabe. Dabei lasse ich immer wieder Bemerkungen fallen, wie erfolgreich er sei und dass er aber ein sehr unstetes Liebesleben habe. Vermutlich hat er einfach noch nicht die Richtige gefunden. Jedoch tief in seinem Innern, da bin ich mir sicher, suche er eine dauerhafte Beziehung. Und noch mehr solchen Rotz halt.

Psychologisch braucht Melanie, meiner Meinung nach, eine Aufgabe. Und ein Womanizer, der seine wahren Gefühle verbirgt, scheint mir eine geeignete Aufgabe zu sein. Ich habe zwar keinen blassen Schimmer von Steefs Privatleben und habe bei oberflächlichen Recherchen gerade mal rausgekriegt, dass er keine Frau oder Freundin hat, aber für meine Zwecke ist das mehr als ausreichend.

Nachdem ich mal wieder einen Brechreiz unterdrückend einen Artikel von ihm vorgelesen und seine tragische Situation schön ausgeschmückt dargestellt habe, stoße ich einen langen Seufzer aus und frage: „Wollen wir Steef nicht mal einladen? Vielleicht hast du ja eine Freundin, mit der wir ihn verkuppeln können?"

„Na ich weiß nicht, eigentlich bin ich ja gar nicht für solche Sachen. Ich finde, in das Leben von anderen Menschen sollte man sich nicht einmischen."

Ach, und einen Stein durchs Fenster schmeißen, ist keine Einmischung in mein Leben!?

Angestrengt nachdenkend kaut sie auf ihrer Unterlippe. „Außerdem wüsste ich so spontan keine Freundin, die dafür in Frage käme."

Da kommt mir plötzlich eine viel bessere Idee, bei der ich sogar mehr die Kontrolle behalten kann. Ich denke noch etwas gespielt nach und sage dann: „Mhh... dabei fällt mir ein, ich könnte eine Kollegin aus'm Büro fragen. Die fährt voll auf Journalisten ab."

Sofort beginnen Melanies Augen, bösartig zu funkeln.

Ich erkenne meinen Fehler und werfe schnell noch locker im selben Tonfall hinterher: „Hab ich zumindest mal gehört. Also von mir wollte sie nie was, aber vielleicht ist ja Steef ihr Fall. Ich könnte sie mal fragen."

Melanie scheint beruhigt und ihr finsterer Ausdruck verschwindet so schnell, wie er aufgeblitzt ist.

„Na okay. So, wie du immer von ihm sprichst, könnte es ja auch ganz nett werden."

Na, das hört sich doch schon mal vielversprechend an. In meinem Kopf inszeniere ich bereits eine tragische shakespearehafte Aufführung für diesen Abend. Jetzt muss ich nur noch Steef ins Boot holen und besagte ‚Kollegin' finden, die da mitspielt.

Steef zu überzeugen ist definitiv die leichtere Aufgabe.

Als ich ihn das nächste Mal treffe, erzähle ich ihm einfach, ich hätte da eine hübsche verzweifelte Büromietze, die mir auf die Nerven geht, weil sie mich ständig anmacht, und wo dringend mal jemand drüber rutschen muss. Eigentlich verabscheue ich es, mich so auszudrücken, außer wenn mal wieder nach zu viel Alkohol und mit den richtigen Leuten das Niveau bis unter den Meeresspiegel gesunken ist. Muss auch mal sein. Aber Steef zählt weder zu den richtigen Leuten noch habe ich was getrunken. Ich halte es einfach für angemessen, ihm das alles möglichst jovial und mit viel Schulterklopfen zu vermitteln. Ich sage ihm, es solle eine Art Viererdate werden, aber ich würde mich natürlich mit meiner Begleitung rechtzeitig vom Acker machen, wenn es bei ihnen zur Sache geht.

In dieser Dareichungsform scheint er alles zu verstehen, zumindest grinst und nickt er die ganze Zeit über. Das könnte allerdings auch seine standardmäßige Konversationsmimik sein.

Gott! Dieser Holzkopf kommt nicht mal auf den Gedanken zu fragen, wie ich ausgerechnet auf ihn komme. Schließlich hatten wir noch nie was privat miteinander zu tun. Meine Offerte appelliert aber offensichtlich an sein Ego als größter Stecher auf der Welt und so sagt er zu. Jetzt muss ich nur noch ‚meine Kollegin' suchen.

„Gabel doch eine bei der Schauspielschule auf", schlägt mir Paul beim Essen vor.

Ich habe ihm alles erzählt und er ist sofort mit Feuereifer dabei. Die Begeisterung für intrigante Pläne ist bei Politikern offenbar von Natur aus sehr ausgeprägt. Und so beteiligt er sich nun rege an Planung und Feinschliff.

Aber diese Idee ist mir dann doch etwas suspekt und ich male mir sofort einige seltsame Szenen dazu aus.

„Das klingt so, als wenn du das schon mal gemacht hättest."

„Naja, ich hatte auch meine wilden Jahre", zwinkert mir Paul zu.

„Wann haben die genau aufgehört?"

Wir fangen beide gleichzeitig an zu lachen.

„Okay, zurück zum Thema. Also die Idee, eine Schauspielerin zu engagieren, ist schon irgendwie... naja... komisch. Findest du nicht? Andererseits wäre damit immerhin eine gewisse Professionalität gegeben, aber ich glaube nicht, dass ich mir das leisten kann."

„Man, Karl! Das sind doch keine alteingesessenen Schauspieler mit hoher Gage, das sind Studentinnen, die tun fast alles für... also du musst denen das nur als Praktikum mit kleinem Nebenverdienst verkaufen, dann klappt das schon."

Was die Schauspielstudentinnen alles für Paul getan haben, will ich, glaube ich, gar nicht wissen, also hake ich da nicht weiter nach. Zwar gefällt mir die Idee an sich immer noch nicht so recht, aber in Ermanglung von Alternativen werde ich es wohl mal versuchen. Allerdings habe ich keinesfalls vor, eine „aufzugabeln", das klingt für mich zu sehr nach Anzeige wegen Belästigung. Ich werde einfach einen regulären Aushang am Schwarzen Brett anbringen. Wenigstens komme ich aus der Medienbranche, so dass es hoffentlich nicht allzu dubios wirkt.

Eine gut konservierte ältere Sekretärin mit stahlharter Dauerwelle löchert mich eine gefühlte Ewigkeit mit Fragen. Bei genauerem Nachdenken ist das auch vollkommen korrekt, da sicherlich viele übers Schwarze Brett versuchen, an billige Models für zweifelhafte Aufträge ranzukommen. Deshalb wird man scharf beäugt, ob sich hinter dem freundlichen Auftreten nicht doch nur ein Perversling versteckt, erst recht, wenn man nur weibliche Protagonistinnen sucht.

So lasse ich das Verhör geduldig über mich ergehen, obwohl ich immer nervöser werde. Dabei vermeide ich es aber, mein privates Ausgangsproblem kundzutun. Die Klatschzeitungen auf dem Tisch der Sekretärin geben mir auch schon die Richtung für meine Alibigeschichte vor. Ich sage ihr, ich wolle ein Demotape für eine *Daily Soap* einreichen in der Hoffnung, vielleicht eine Pilotsendung machen zu dürfen. Eine grobe Story muss ich mir aus den Fingern saugen. Die hat zum Schluss irgendwie eine ziemliche Ähnlichkeit mit einer Serie, die ich mir am Vorabend mit Melanie antun musste. Aber die Sekretärin hängt an meinen Lippen und ist total verzückt. Als sich ihr verträumter Blick am Ende meiner Geschichte wieder klärt, drängt sie mir sogar noch ihre Kontaktdaten auf, um ihr „ein exklusives Exemplar" der Sendung zukommen zu lassen.

Bevor noch irgendwelche Fragen kommen, sagte ich schnell zu und hinterlasse ihr den Zettel fürs Schwarze Brett.

Als ich die Schule verlasse, ist mein Hemd schweißgetränkt vor Aufregung und mein Herz wummert vom Adrenalin. Ich bin einfach nicht cool genug für sowas.

Auf dem Zettel am Schwarzen Brett steht nun: „Angehende Schauspielerin für Soap-Opera-Sendung gesucht! Ab sofort!"

Kurze Zeit später läuft mein Telefon heiß. Ursprünglich fand ich den Hinweis auf die Soap-Opera ganz gut, da sich der Abend ja auch durchaus in diesem Metier bewegen würde. Doch inzwischen denke ich, dass der Text etwas unglücklich formuliert ist. Die meisten Bewerberinnen hatten wohl die Vorstellung, dauerhaft in einer Serie mitspielen zu können, und sind nun enttäuscht, als ich ihnen enthülle, dass es nur um eine einmalige Sache geht.

Eine Bewerberin meint nur trocken: „Is mir auch recht, ich such sowieso nur 'nen kleinen Nebenverdienst. Also was gibt's dafür?"

Von der Stimme her klingt sie nicht besonders sexy, aber Geschlecht=weiblich sollte für meine Zwecke erst mal vollkommen ausreichen.

„Es ist ja nur für einen Abend, also sag ich mal 10 € pro Stunde, Essen und Trinken, und wenn Sie Ihre Sache besonders gut machen, gibt's noch einen Bonus." Irgendwie fühlt es sich moralisch nicht korrekt an, aber ich rufe mir immer wieder ins Gedächtnis, dass es eigentlich nichts Verwerfliches daran gibt.

„Okay, wann soll ich wo sein?"
„Ich würde Sie gerne vorher mal treffen, um die Einzelheiten zu bereden. Kennen Sie das kleine Cafe Anders gegenüber vom Theater? Ist nur ca. 10 Minuten zu Fuß von der Schauspielschule. Morgen Nachmittag, ist das okay?"
„Ja, kenn ich. Morgen, 16 Uhr, bis dann", schließt sie so sachlich und emotionslos, dass ich mir zumindest um ihr moralisches Einverständnis zu diesem Auftrag scheinbar keine Sorgen machen brauche.
Außer sie entpuppt sich noch als *extreme Feministin*, aber das werde ich ja morgen sehen.

Vom Aussehen her passt die Bezeichnung *‚extreme Feministin'* leider erschreckend gut. Lisa, wie sie sich mir vorstellte, hat kurze braune Haare und trägt weite einfache Baumwollsachen in blassen Farben. Völlig ungeschminkt und schmucklos wirkt sie trotzdem nicht hässlich, sondern sogar auf ihre knabenhafte Art recht hübsch. Ihre Haut ist sehr hell und ein paar Sommersprossen zieren ihr Gesicht. Ihr Blick verrät nichts und ist höchstens ein Anzeichen für genau dieselbe Sachlichkeit, die ich auch schon am Telefon rausgehört hatte. Ihre Stimme will irgendwie nicht so recht zu ihrem Erscheinungsbild passen. Sie hat das, was man allgemein als rauchige Stimme oder auch Whiskeystimme bezeichnet. Sexy, aber irgendwie unpassend für eine so zierliche und junge Frau.
Sie setzt sich mir gegenüber und steckt sich eine Zigarette an. Da hätten wir also den wahrscheinlichen Grund.
„Was wollen Sie?" Es klingt irgendwie wie eine Anklage.
Ich erläutere ihr ausschweifend die Situation. Dabei lege ich völlig ungewollt etwas zu viel von meinem Privatleben mit rein, aber irgendwie kann ich mich nicht daran hindern, alles auszusprechen. Es sprudelt einfach aus mir heraus. Vermutlich das schlechte Gewissen, das da in meinem Unterbewusstsein pocht. Oder ein Mitteilungsbedürfnis, das ich mir nicht so recht eingestehen will.
Sie nimmt meine ganze Erzählung ausdruckslos hin. Als ich fertig bin, sagt sie nur: „Aha."

Dann nimmt sie noch einen Zug von der inzwischen dritten Zigarette und drückt sie im Aschenbecher aus. Sie räuspert sich oder bekommt einen Hustenanfall.

Nein, doch ein Räuspern.

„Also, ich fasse mal kurz zusammen: Sie haben sich ein Mädel angelacht, dass sich als, nennen wir es *kompliziert*, herausgestellt hat, und nun wollen Sie sie loswerden?“

In Gedanken sitze ich in einer kleinen dreckigen Kaschemme am Hafen in der dunkelsten Ecke mit einem Typen, der jedes ‚Problem‘ verschwinden lassen kann, wenn der Preis stimmt.

Das Gespräch hätte nicht viel anders geklungen. Außer dass ich viel mehr Angst hätte.

„Loswerden klingt etwas hart, ich will sie ja nicht umbringen und im Wald verscharren, hehe!“ Nervös fange ich an zu lachen, da die Kellnerin gerade Kaffee nachschenkt und ich mir nicht sicher bin, ob sie den letzten Satz gehört hat. Zumindest lässt sie sich nichts anmerken. Allerdings wäre die Wirkung wohl etwas besser, wenn Lisa mitlachen würde. So wirkt mein gestelltes Lachen irgendwie armselig und leicht verrückt.

„Das würde auch extra kosten“, sagt Lisa nur trocken, während sie der Kellnerin die Tasse hinhält.

Danke! Sehr hilfreich!! „Sie hätten ruhig mitspielen können!“, fahre ich Lisa an, sobald die Kellnerin außer Hörweite ist.

„Noch bezahlen Sie mich nicht dafür mitzuspielen“, sagt sie und lässt ein trockenes Lächeln folgen, das mehr darin besteht, den rechten Mundwinkel nach oben zu ziehen und die Augen zusammenzukneifen.

„Haha! Also, wie bereits erkärt, habe ich Melanie diverse Male direkt gesagt, dass aus uns nix wird, und sogar mit ihr Schluss gemacht, aber sie hat darauf einfach nicht reagiert.“

„Naja, sich auszuziehen ist auch eine Art von Reaktion“, unterbricht sie mich.

Eines der Dinge, die ich lieber nicht hätte erzählen sollen.

„Ähh, ja... nun will ich also versuchen, sie mit jemand anderem zu verkuppeln, damit sie endlich nicht mehr an mir hängt.“

„Und Sie glauben wirklich, dass das funktionieren wird? Ehrlich, aus welchem schlechten Film haben Sie denn die Idee geklaut?"

So langsam reicht mir ihre freche Art.

„Ich bezahle Sie nicht dafür, mir meine Pläne schlecht zu reden!"

Wir schweigen und Lisa steckt sich ungerührt die nächste Zigarette an.

Das Mädel macht mich echt fertig. Aber leider hat sie recht, und wo ich nun schon mal die ganze Zeit ehrlich bin, könnte ich das auch zugeben. Resigniert seufze ich: „Sie haben ja durchaus recht. Aber es ist nun mal die einzige Idee, die ich im Moment habe."

Sie fixiert mich über die Glut hinweg und nimmt zwei lange tiefe Züge. „Okay, ich bin dabei. Aber ich lasse mich nicht auf körperliche Sachen oder sowas ein!"

Von dem Steinhaufen auf meinem Herz löst sich ein größerer Stein. „Sowas wird auch garantiert nicht verlangt, keine Angst. Also, wenn alles klappt, soll das Doppeldate schon morgen Abend stattfinden. Ich hoffe, Sie sind gut im Improvisieren, ein Skript wird es nämlich nicht geben. Das Ziel ist klar: Steef und Melanie sollen sich näher kommen und möglichst viel zusammen reden, auch wenn er eigentlich Ihr Date ist."

Lisa nickt nur. Ich hoffe, sie hat es wirklich verstanden, denn ihr Blick schweift gerade irgendwo aus dem Fenster.

„Sie spielen eine Arbeitskollegin von mir, was vorteilhaft für Gesprächsstoff zwischen uns beiden sein kann, aber auch Eifersucht bei Melanie auslösen könnte. Also sollten wir zwei zu Beginn ein Arbeitsgespräch anfangen, vorzugsweise etwas, was Melanie langweilt und worin sie nix annähernd Verfängliches entdecken kann. Ich hoffe darauf, dass sie dann von alleine mit Steef eine Konversation anfängt. Wenn es darauf hinausläuft, dass wir alle vier über ein Thema reden, sollten wir zwei versuchen, uns dann immer mehr daraus zurückzuziehen und höchstens zuzuhören oder einfach wieder was Eigenes beginnen. Soweit klar?"

Wieder nur ein Nicken.

Das ist ein mickriger und unausgereifter Plan. Und es kann wahnsinnig viel Unvorhergesehenes passieren. Ich werde mich wohl oder übel auf mein verkümmertes Improvisationstalent verlassen müssen. Hoffentlich ist Lisa dem gewachsen.

„Also, wir sollten immer das Ziel vor Augen haben, aber gleichzeitig müssen wir auch mit Fingerspitzengefühl vorgehen. Melanies Augen flammten schon bei der puren Erwähnung einer ‚Kollegin, die auf Journalisten abfährt' gefährlich auf. Diesen Drahtseilakt gilt es also zu bewältigen", schloss ich.

Lisa beugt sich etwas nach vorne und stützt die Ellenbogen auf den Tisch. „Wenn ich glaubhaft eine Kollegin von Ihnen verkörpern soll, brauche ich mehr Background."

Aha, also doch nicht ganz so abwesend. Das ist ein professioneller Gedanke, der mich gleichzeitig etwas optimistischer werden lässt, was die Auswahl von Lisa angeht.

Ich erzähle ihr ein bisschen über meine Arbeit und meinen Hintergrund. Dabei wird mir klar, dass es wohl weit schwieriger werden dürfte, Steef davon zu überzeugen, dass Lisa eine Kollegin ist, schließlich arbeitet er in derselben Branche. Naja ok, arbeiten ist übertrieben. Irgendwie treibt er mehr in unserer Branche herum, so wie Entengrütze im Parkteich. Wenigstens kann ich auf seine Beschränktheit hoffen, und dass er sich keine großartigen Gedanken über Ungereimtheiten machen wird. Überhaupt sind ihm großartige Gedanken, glaube ich, eher fremd.

Wir besprechen noch einige Themen, die ich in letzter Zeit so bearbeitet habe und die möglichst langweilig sind. Das ist traurigerweise nicht sonderlich schwer.

Anschließend machen wir für morgen noch eine Zeit aus.

Lisa fordert, kurz bevor sie geht, noch ein Honorar für die Unterredung ein, was ich ihr auch zähneknirschend zugestehe. Der Kaffe geht natürlich auch auf mich.

Vorhang auf!

Heute ist es endlich soweit.

Nervös stochere ich in meiner Mikrowellenlasagne. Natürlich

werden wir nachher im Restaurant was essen, aber ein leerer Magen würde meinen Kreislauf wohl noch mehr durcheinanderbringen, als er sowieso schon ist. Wenn ich mir allerdings den Inhalt dieser Schale so ansehe, befürchte ich eher eine aufregungsbedingte Magenentleerung. Das Zeug sieht zumindest so aus, als wäre das schon geschehen. Sie sollten bei der Verzehrempfehlung auf der Packung mit dazu schreiben: „Am besten bei Kerzenschein oder gedämpften Licht genießen." Ehrlicher wäre zwar „Bloß nicht runter gucken beim Essen!", aber vermutlich weniger verkaufsfördernd.

Ich fülle etwas davon in Tonis Schüssel, und sofort, nachdem ich sie auf den Boden gestellt habe, kommt er angerannt. Er schnuppert an der Lasagne und schaut mich an. Vielleicht bilde ich es mir nur ein, aber sein Blick scheint zu fragen: „Ist das wirklich dein Ernst?!"

„Iss! Du hast mal aus Mülltonnen gefuttert, das hier kann nicht viel schlimmer sein."

Er schaut mich weiter an.

Ich winke genervt ab, wende mich wieder meiner Schale zu und stecke mir eine Gabel voll in den Mund. Naja, immerhin schmeckt es nicht so, wie es aussieht.

Toni gewinnt ebenfalls an Zutrauen gegenüber der Mikrowellenlasagne und beginnt erst vorsichtig, dann immer schneller damit, seinen Anteil zu verputzen.

In der Wohnung über mir niest jemand sehr laut.

„Gesundheit!!!", brülle ich nach oben und Toni rennt aufgeschreckt aus der Küche.

Wie sinnfrei war das denn? Also manchmal frage ich mich schon.

„Sorry Toni, ich wollte dich nicht erschrecken, komm wieder her."

Nach einer Minute lugt er vorsichtig in die Küche und nähert sich langsam wieder seiner Schüssel. Jedoch nicht, ohne mich dabei die ganze Zeit zu fixieren.

„Alles gut?"

Er wendet den Blick auf seinen Napf und isst weiter. Das heißt dann wohl ja.

Zwei Stunden später stehen Melanie und ich vor dem Restaurant, wo die Aufführung stattfinden soll, und warten auf das Eintreffen von Steef und Lisa.

Steef kommt als Erster an. Die Entscheidung für Steef war goldrichtig. Natürlich weiß er, dass Melanie nicht sein Date ist, sondern meins. Sie stellt sich ihm sogar als meine Freundin vor. War ja klar. Na egal. Steefs Natur verlangt glücklicherweise, sich auf jedes weibliche Wesen zu stürzen und so hat er auch keine Skrupel, Melanie in einen Flirt zu verwickeln, während sie, im wahrsten Sinne des Wortes, noch an meiner Hand hängt. Ich ertappe mich dabei, wie ich leicht eifersüchtig werde, schüttle dann aber innerlich meinen Kopf, um wieder klar zu werden. Dieser Verlauf ist doch genau das, was ich will, und es hätte kaum besser anfangen können.

Jemand im Restaurant schaut zu uns raus. Ich bemerke es nur aus dem Augenwinkel, und als ich hinsehe, wird die Gestalt von einem Vorhang verdeckt. Stimmt schon, es muss seltsam aussehen, wie ich mit Melanie Hand in Hand dastehe und in der Gegend rumstarre, als würde ich nicht bemerken, dass gerade jemand meine Freundin anbaggert.

Verdammt! Jetzt bezeichne ich sie auch schon als meine Freundin.

Steef hat offenbar ein Geschick dafür, Frauen in einem Gespräch zu fesseln, vielleicht sein einziges Geschick, also sollte man es ihm lassen. Ich höre nicht wirklich hin, registriere aber, dass sich Melanies Griff um meine Hand langsam lockert. Jetzt nur keine hastigen Bewegungen, ganz still bleiben, sonst packt das Raubtier wieder zu.

Ein Taxi fährt vor und Lisa steigt aus.

Mein erster Gedanke ist: Für diese Taxifahrt werde ich sicher im Nachhinein zur Kasse gebeten. Mein zweiter ist: Wo hat sie nur diese ganzen grässlichen Hippieklamotten her? Hätten wir nicht reserviert, würden wir so mit ihr wahrscheinlich gar nicht ins Lokal kommen. Meine Gesichtszüge scheinen sich leicht verschoben zu haben und ich rücke sie schnell wieder gerade. Dann winke ich Lisa zu uns.

Steef und Melanie hatten noch nicht mitgekriegt, wer da kommt. Erst als ich meine Hand aus Melanies Griff nehme, der tatsächlich wieder reflexartig zuschnappen will, schaut sie auf und folgt meinem Blick bis zu Lisa. Dann blickt sie mich an, wieder zu Lisa, rümpft ihr kleines Näschen und scheint immer noch nicht ganz schlüssig, was sie von der Situation halten soll.

„Hallo Lisa, da bist du ja endlich“, begrüße ich sie und setze zu einer Umarmung an.

Lisa wehrt diese gekonnt ab und gibt mir stattdessen die Hand wie ein Mann. Und zwar wirklich wie ein Mann. Dass diese dünnen Ärmchen zu so einem Händedruck fähig sind, alle Achtung.

„Hey Kalle!“, sagt sie und klopft mir kumpelhaft auf die Schulter.

Kalle? Was soll'n das jetzt?

„Hey, ich bin Lisa“, stellt sie sich den anderen beiden vor.

Melanie erwidert den Handschlag, scheint aber Angst zu haben, sich mit irgendwas anzustecken. Steef hingegen schien Lisa überhaupt erst zu registrieren, als sie direkt vor ihm steht, setzt dann jedoch ein Lächeln auf und begrüßt sie so freundlich und überschwänglich, dass kein Zweifel an seinen wahren Gedanken bleibt.

„Sooo...du bist also Lisa. Freut mich, dich kennenzulernen!“

Über ihre Schulter hinweg blickt er mich strafend an. Ich setze ein gewinnendes Lächeln auf und strecke beide Daumen hoch, als hätte ich ihm da gerade ein Topmodel auf dem Silbertablett serviert.

Wir gehen ins Restaurant. Lisa wird von den beiden sofort nach der Begrüßung wieder ignoriert und sie fallen sogar etwas hinter uns zurück. Meine Arme hängen schlaff an der Seite hinab und ungläubig greife ich mit der Hand mehrmals ins Leere. Es ist so völlig ungewohnt, nicht an Melanies Hand zu laufen, obwohl ich mit ihr unterwegs bin. Ich schaue mich mehrfach um, um auch wirklich sicherzugehen, dass sie noch da ist. Dann wende ich mich Lisa zu.

„Du bist 15 Minuten zu spät! Und was soll eigentlich diese Aufmache? Und... Kalle?!“, zische ich leise zu ihr.

Ohne sich mir zuzuwenden, sagt sie mit unbewegter, tonloser Stimme: „Ganz ruhig, Chef. Wenn ich pünktlich da gewesen wäre, hätte das Steef vielleicht gezwungen, sich zuerst mit mir zu beschäftigen, und ich hätte ihn dann irgendwie abwimmeln müssen.

So konnte er entweder still in der Ecke stehen oder sich mit dir oder Melanie unterhalten. Wie ich sehe, hat das ja auch ganz gut funktioniert. Und meine ‚Aufmache', wie du meine wohlüberlegte Kleiderwahl so nett bezeichnest, hat schon ihren Sinn. Ich gehe doch recht in der Annahme, dass ich für Steef möglichst unattraktiv und für Melanie wiederum keine Gefahr sein soll, oder? Außerdem hasse ich diesen ganzen Schickimicki-Scheiß. *Kalle* und das *Du* hab ich verwendet, um möglichst kumpelhaft rüberzukommen, schließlich soll ich ja nicht Melanies Eifersucht wecken."

Ich bin absolut sprachlos. Lisa hat sich anscheinend bei allem was gedacht und bei genauerem Überlegen ist es auch sehr clever. Warum bin ich nicht darauf gekommen?

„Ähh... gut... danke."

„Reservierung auf Sommerfeld", sage ich zu dem leicht pikierten Mann am Empfang. Das Restaurant bietet nicht gerade Haute Cuisine, trotzdem musste ich Pauls Kontakte in Anspruch nehmen, um hier so kurzfristig einen Tisch zu bekommen.

Der Mann wirft noch einen letzten angewiderten Blick auf Lisa und geleitet uns dann zu unserem Tisch. Der Raum ist L-Förmig und wir passieren vom Eingang aus das schmale Stück mit der Bar zur Rechten und einer Tischreihe zur Linken. Die Lokalität ist angefüllt mit einer bunten Vielfalt aus gehobenem Mittelstand und Neureichen. Fast alles Pärchen, ein paar größere Gruppen. Einige Damen tragen große Hüte, die sie lustig beim Essen behindern. Hier und da sitzen auch Leute allein, zum Beispiel augenscheinlich ein paar Börsianer an der Theke und einer in seine *Financial Times* vertieft am Fenster. Hinter dem Barbereich öffnet sich das Lokal in einen großen quadratischen Raum. Unser Tisch steht fast in der Mitte. Irgendwie fühle ich mich dadurch an eine Bühne erinnert, wo nun der Hauptakt des heutigen Abends stattfindet.

Lisa setzt sich schnell als Erste und macht mit einer versteckten Geste deutlich, dass ich ihr gegenüber Platz nehmen soll. Steef fordert sie mit einem zuckersüßen „Mein linker Platz ist leer" auf, sich neben sie zu setzen. Ich begreife, biete Melanie den Stuhl gegenüber von Steef an und setze mich anschließend als Letzter neben sie.

Ein heikler Zug, wie ich finde, der auch dazu hätte führen können, dass die beiden stutzig werden. Schließlich ist es üblich, dem Datingpartner gegenüberzusitzen. Zum Glück zeigen die beiden aber keinerlei Verwunderung. Mein Puls stabilisiert sich wieder etwas und ich bin froh, mir keine Ausrede dafür einfallen lassen zu müssen.

Wir sitzen eine Weile in unangenehmer Stille da und vermeiden es alle, uns gegenseitig anzusehen. Steef schaut auf seine Serviette, Melanie mustert mit scheinbar großem Interesse die Tischdeko, Lisa kaut an ihren Nägeln und ihr Blick hängt verträumt irgendwo hinter mir in der rechten Ecke, wo es zu den Toiletten geht und auch ein kleines Rauchersymbol hinzeigt. Ich hingegen lasse meinen Blick einfach so schweifen.

Ich habe den Eingang, die Bar und einen Teil der Gäste im Blick. Die Anzugträger an der Bar sitzen anscheinend schon länger da und sind in angetrunkener heiterer Stimmung. Einer der Männer sagt etwas zu einem anderen. Leider verstehe ich nur Wortfetzen: „...Finanzkrise... nicht lache... Riesenumsatz..." Vielleicht sollte ich sie mal interviewen, wenn sie noch etwas weiter getrunken haben, könnte eine schöne Story draus werden. Allerdings sind ernsthafte Finanzartikel eher nichts für unser Blatt und ehrlich gesagt auch nichts für mich, ich habe keine Ahnung vom Finanzmarkt. Der Mann am Fenster verschwindet hinter seiner Zeitung, als mein Blick in seiner Richtung geht. Och wie billig! Also wirklich!

Melanie bricht abrupt das Schweigen: „Wird man in diesem Lokal hier eigentlich auch irgendwann mal bedient?"

Sie sagt es laut genug für eigentlich jeden im Restaurant, vielleicht ausgenommen die, die gerade auf dem Klo sind. Ein Kellner dackelt kurze Zeit später mit vier Karten heran und fragt nach unseren Getränkewünschen.

Ich bestelle eine Flasche roten Hauswein für uns alle.

Lisa eröffnet uns erst danach, dass sie keinen Alkohol trinke, und hält einen Vortrag darüber, wie ungesund das doch wäre, bla, bla, bla. An sich habe ich dagegen ja nichts einzuwenden und bin mir der Gefahren auch vollauf bewusst, aber sie hat diese penetrant missionarische Art, die einfach nur nervig ist. Beim Bestellen geht es so weiter. Sie sei Veganerin! Und auch hier erhalten wir, und ein beträchtlicher Teil des Lokals, einen Vortrag über die Barbarei des Fleischessens, Tierhaltung, Antibiotikafütterung, Umweltbelastung, dass mehr Lebensmittel bei der Fleischproduktion verbraucht werden, als später rauskommen usw.

Ich muss zugeben, sie hat es trotz ihrer nervigen Art geschafft, mich leicht betroffen zu machen. Ich frage mich nur, ob sie die Rolle der Ökozicke spielt oder wirklich eine ist.

Auf jeden Fall erzielt es den tollen Nebeneffekt, dass Steef von ihr mittlerweile sichtlich genervt ist und Melanie sie inzwischen überhaupt nicht mehr beachtet. Mir geht sie auch irgendwie auf den Sack, aber ich bin ja nicht hier, um einen entspannten lustigen Abend zu verleben.

Während wir auf unser Essen warten, fange ich mit Lisa ein Gespräch über die Arbeit an, wir versuchen, möglichst viel über redaktionsinterne Dinge zu reden, um den anderen beiden keinen Einstieg ins Gespräch zu ermöglichen. Im Laufe des Gesprächs überlasse ich Lisa immer mehr die Führung. Sie ist ein Naturtalent der Improvisation und saugt sich Geschichten und die zugehörigen Personen mit einem Detailreichtum und einer Leichtigkeit aus den Fingern, die ich beneidenswert finde.

Steef versucht anfänglich noch, sich am Gespräch zu beteiligen, lässt es dann aber schließlich bleiben und setzt seinen Smalltalk mit Melanie fort. Melanie hat bis zu diesem Zeitpunkt erstaunlicherweise noch gar nichts gesagt. Ich traue mich aber auch nicht, zu ihr rüber zu gucken, weil ich befürchte, sie würde das augenblicklich als Abbruch des Gespräches mit Lisa identifizieren und sofort beginnen, mich vollzuquatschen.

Ab und an höre ich den beiden mit einem halben Ohr zu und langweile mich selbst bei diesen kurzen Eindrücken sofort. Die beiden scheinen jedoch jedes Wort des anderen in sich aufzusaugen. Da wird mir klar, wie wichtig der gelungene Einstieg in diesen Abend gewesen ist und was für einen großen Dienst mir Lisa damit erwiesen hat.

Nicht einmal während des Essens können die beiden die Klappe halten. Steef gestikuliert bei haarsträubenden Sensationsstorys, die er vielleicht geschrieben, aber mit Sicherheit nie so erlebt hatte, so ausschweifend mit seinem Besteck, dass ich etwas Angst um Lisa bekomme. Als Arbeitsunfall könnte ich sowas ja schlecht deklarieren. Jetzt rückt sie, mit der Aussicht auf eine Gabel im Gesicht, tatsächlich ein Stück von ihm weg.

Lisa und ich essen schweigend, was den anderen beiden nicht einmal aufzufallen scheint. Das läuft ja viel besser als gedacht.

Ich horche in mich hinein, doch da ist immer noch nur Anspannung und keine Erleichterung. Dabei könnten wir vermutlich auch den Tisch durchsägen und in eine andere Ecke stellen oder einfach aufstehen und gehen, ohne dass die beiden es bemerken würden. In meinem Kopf taucht ein Bild auf, wie ich es direkt neben dem stark gestikulierenden Steef und der schwärmerisch zuhörenden Melanie mit Lisa auf dem Tisch treibe.

Halt! Stopp! Andere Gedanken, andere Gedanken! Man, wo kam das denn plötzlich her?? Ich lenke mich ab, indem ich wieder zum Mann mit Zeitung rüberschaue. Aha! Schon wieder ein neues Bier. Na warte, irgendwann...

Wir beenden unser Essen und das Dessert mit einem kleinen Schnaps für Steef und mich, einem Likör für Melanie und einem Nichts für Lisa. Inzwischen bin ich durch die einsetzende Verdauung und den bisher tadellosen Verlauf etwas entspannter. Doch wie würde es nun weitergehen? Die beiden machen den Eindruck, als könnten sie hier noch ewig sitzenbleiben und...

Ich stehe auf. „Ich geh mal kurz aufs Klo", sage ich sehr leise und werde auch prompt von Steef und Melanie komplett ignoriert. Dem fragenden Blick von Lisa, den ich frei als „Wollen wir was besprechen?" interpretiere, begegne ich mit einem Kopfschütteln.

Schnell haste ich zur Toilette. Dem Mann, der am Pinkelbecken steht, schlage ich kräftig auf den Rücken und spreche ihn laut an: „Hallo der Herr!" ... Dieser erschrickt furchtbar und es schnürt ihm augenblicklich den Strahl ab, wodurch er es glücklicherweise vermeidet, sich allzu sehr vollzupinkeln.

Als der Mann mit der Zeitung aus einer der Kabinen kommt, erkenne ich meinen fatalen Fehler.

„Ohh... das tut mir furchtbar leid! Bitte entschuldigen Sie vielmals! Ich hab Sie verwechselt!"

Mit hochrotem Kopf entferne ich mich von dem wütend dreinschauenden Pinkler. Den feixenden Mann am Waschbecken packe ich am Kragen und ziehe ihn zu mir ran.

„Sag mal, was soll das?!", zische ich ihn wütend an.

„Meinen Sie mich?", feixt der weiter.

„Jetzt tu nicht so!"

„Is ja gut, is ja gut...", Paul hebt beschwichtigend die Hände, „jetzt lass mich erst mal los."

Nach kurzem Zögern lasse ich los. Er grinst immer noch breit und scheint sich köstlich zu amüsieren.

„Also das grade war zwar nicht geplant, aber trotzdem herrlich! Das wird eine schöne Anekdote für Kneipenabende werden und wir werden..."

Ich greife mir seinen Arm und ziehe ihn mit nach draußen.

„Hey! Ich muss doch noch Händewaschen", sagt er immer noch feixend.

Rechts von der Toilette ist ein kleiner Raum, in dem ein Zigarettenautomat steht, einige Stühle und ein kleiner Beistelltisch. Dem Schild an der Tür und dem Geruch nach zu urteilen offenbar der Raucherraum. Die Alibiduftstäbchen, die in einem kleinen Fläschchen auf dem Tisch stehen, wirken an diesem Ort etwas witzlos, zumal sie sich offenbar auch schon vor Wochen verduftet haben. Das Fläschchen enthält nur noch eingetrocknete Rückstände.

„Was machst du hier?!", platzt es aus mir raus.

„Na, dieses Schauspiel wollte ich mir doch nicht entgehen lassen!", grinst er mich frech an.

„Aber Melanie hätte dich erkennen können, wenn auch ich das konnte. Schließlich sieht sie dich fast jeden Tag!" Ich bin furchtbar aufgebracht. Vielleicht ist es nur meine gesammelte Anspannung, die sich da gerade an Paul entlädt, aber das ist mir egal. „Das hätte alles zunichtegemacht! Sag mal, wie blöd!?... Ahhh... du..."

Paul versucht mich mit ruhiger Stimme zu besänftigen: „Ach quatsch, sie hätte mich nie erkannt. Hab mich doch gut verkleidet." Dabei deutet er auf sich von Kopf bis Fuß.

Ich bin echt kurz davor, ihm seinen billigen falschen Schnurrbart abzureißen.

„Wie lächerlich! Ich meine... welchem Sherlock Holmes-Imitat hast du denn dieses Outfit geklaut?!" Er sieht in der Tat aus wie der billige Versuch, sich zum Fasching als Privatdetektiv zu verkleiden.

Jetzt wirkt er doch leicht angegriffen.

„Hey, besser als mich hier einfach so reinzusetzen, oder?"

Ich schlucke meine bösartige Antwort hinunter, da die Tür in diesem Moment aufgeht.

Lisa bleibt kurz im Türrahmen stehen, schaut mich an, dann den Dirk Gently-Verschnitt, dann wieder mich, zuckt die Schultern, schließt die Tür hinter sich und steckt sich eine an.

„Was machst du denn hier!? Warum...", brause ich auf, werde jedoch von Lisa sofort unterbrochen.

„Easy! Alles gut. Die beiden interessiert nichts anderes mehr, glaube ich. Deine Abwesenheit haben sie ja nicht mal wirklich zur Kenntnis genommen."

Paul mustert Lisa. „Gute Wahl hast du da getroffen, Karl. Wie ich gesehen habe, läuft es ja bisher ziemlich erfolgsversprechend."

Lisa betrachtet ihn skeptisch.

„Ist schon gut, Lisa, er ist eingeweiht."

„Aha. Und von welcher Convention kommen Sie grade? Oder sehen Sie etwa immer so lächerlich aus?"

Paul entgleiten kurz die Gesichtszüge, doch er fasst sich schnell wieder. „Ich wollte nur nicht, dass man mich erkennt", antwortet er trocken.

„Hat ja prima geklappt", stellt Lisa ebenso tonlos fest. Damit scheint das Gespräch für sie beendet. Genussvoll widmet sie sich wieder ihrer Zigarette.

Irgendwie hat sich meine Wut auf Paul verflüchtigt. Trotzdem bin ich immer noch nervös und so resümiere ich mehr für mich selbst als für die anderen: „Also bisher klappt es besser, als ich mir je erträumen konnte. Die beiden scheinen sich auf eine oberflächliche Art gut zu verstehen und Lisa hatte ein paar echt gute Ideen, mit denen sie die ganze Sache voll auf den geplanten Punkt gebracht hat. Übrigens, Miss Gesundheitsfanatikerin, soll ich dir mal was übers Rauchen erzählen?“

„Hör bloß auf, ey! Das Erste, was ich nachher mache, ist, mir ’nen schön großen Burger zu holen. Von dem bisschen Grünzeug da wird ja kein Mensch satt.“

„Hab ich’s mir doch fast gedacht, dass das alles nur Show war“, sage ich selbstzufrieden.

Paul nickt anerkennend und sagt: „Echt gut gespielt. Respekt! Du gingst sogar mir auf die Nerven, obwohl ich viel weiter weg saß.“

„Danke! Das von einem professionellen Undercoveragenten zu hören, ehrt mich wirklich sehr.“ Wieder dieses trockene bissige Lächeln.

Lisas Gesellschaft kann in der Tat recht amüsant sein, wenn sich ihre frechen Kommentare nicht gerade gegen einen selbst richten.

Aber genug der Plauderei. „Ich denke, ich sollte wieder rausgehen, wir wollen doch unser Glück nicht überstrapazieren. Und du, Paul, verschwindest unauffällig, bevor Melanie dich doch noch erkennt!“

Paul erwidert dies mit einem strammen militärischen Gruß und einem fetten Grinsen, wobei sein falscher Schnauzer fast seine Ohren zu berühren scheint. Er sieht einfach nur lächerlich aus. Aber böse sein kann ich ihm irgendwie auch nicht lange.

„Ich folge dann in einigem Abstand. Vielleicht rauche ich auch noch eine“, sagt Lisa. Ich bestätige es mit einem Nicken.

Als ich rauskomme, sitzen vier mir völlig unbekannte Personen an unserem Tisch. Gibt es hier etwa noch einen Raum? Ich gehe noch mal zurück zu den Toiletten. Nein, hier gibt es keinen zweiten Raum und der hier ist ja auch identisch mit dem, in dem wir saßen.

Hä?

Bin ich einem Paralleluniversum gelandet oder was? Verdutzt schaue ich, ob die beiden sich vielleicht an einen anderen Tisch gesetzt haben. Doch es ist niemand zu sehen.

Plötzlich steht der Kellner vor mir und hält mir einen kleinen Zettel unter die Nase, der stark nach Rechnung aussieht.

„Wo sind denn unsere beiden Begleiter hin?", frage ich ihn verdutzt.

„Ich habe nicht den blassesten Schimmer", erwidert er und fängt an, leicht mit dem Zettel zu wedeln.

Ich ignoriere es. „Aber Sie müssen sie doch gesehen haben. Sie können sich ja schlecht unbemerkt durch den Lüftungsschacht davon gemacht haben, oder?!", rege ich mich auf. Sonst ist das ja eher nicht so meine Art, aber ich befinde mich an diesem Abend sowieso in einer mir unbekannten Situation und jetzt ist er eben mein Ventil.

Der Kellner verdreht nur die Augen und wedelt immer beharrlicher mit der Rechnung. Ich kann die Druckertinte förmlich riechen.

Ich ignoriere es. „Und überhaupt! Warum sitzen da neue Leute an unserem Tisch?! Ich war vielleicht 5 Minuten auf Klo! Höchstens 10!?!"

Nun sieht sich der Kellner offenbar doch zu einer Stellungnahme genötigt und antwortet mit blasierter Stimme: „Nun, ich vermute, dass der Chef de Rang gesehen hat, dass der Tisch frei ist, und nun mal, wie es seine Aufgabe ist, wartende Gäste dort platzierte."

„Ich war doch nur auf Klo, verdammt!!!"

Einige Gäste drehen sich auffällig unauffällig zu mir um oder beenden plötzlich ihre Gespräche, aber das ist mir gerade egal. Irgendwie verzweifle ich langsam, meine Gedanken rasen chaotisch durcheinander und ich begreife gar nichts mehr.

Stattdessen greife ich mechanisch nach der Rechnung, die einen unverschämt hohen Betrag auszeichnet. Resigniert gebe ich ihm meine Kreditkarte.

Zu schwach, um weiter zu stehen, lasse ich mich in einen Sessel fallen, aus dem ich dann für längere Zeit nicht mehr aufstehen will.

Es gibt keinen Sessel.

Paul und Lisa, die, keine Ahnung seit wann, hinter mir stehen, fangen mich auf.

„Hey, ist doch perfekt! Vermutlich sind die beiden zusammen abgehauen oder sie treiben es grade wild auf der Toilette", versucht Paul mir Mut zu machen.

„Aber doch nicht meine Melanie!" Moment! Was fasel ich da?

Wenn es so wäre, ist es doch genau das, was ich wollte. Oder?

Man, dieses Mädchen hat mir echt das Gehirn gewaschen. Im Grunde kann ich doch nur hoffen, dass es so ist, wie Paul sagt.

Ich hole ein paarmal tief Luft und bedeute den beiden, jetzt doch wieder von alleine stehen zu können. Ich bitte sie, in den Toiletten nachzusehen, aber sie kommen schon kurze Zeit später wieder kopfschüttelnd zurück.

Wir stehen also noch ein bisschen dumm in der Gegend herum, bis der Kellner mit meiner Kreditkarte zurückkommt. Ich gebe ihm trotz seiner miesen Serviceleistung ein großzügiges Trinkgeld, das er so entgegennimmt, als fände er es überhaupt nicht großzügig.

„Falls unsere Begleiter doch wieder auftauchen, sagen Sie ihnen bitte, dass wir nicht wussten, wo sie geblieben sind, und sie mich einfach anrufen sollen." Er macht nicht den Eindruck, als würde er es auch nur in Erwägung ziehen, diese Nachricht auszurichten, selbst wenn die beiden wieder auftauchen und flehentlich um eine Auskunft betteln würden.

Ich frage noch mal bei dem Typ an der Tür, ob er die beiden gesehen hat. Aber er scheint sich nicht mal an uns zu erinnern und fragt nur halbherzig, auf welchen Namen wir reserviert und wo wir gesessen haben. Ich sage es ihm und bitte ihn auch noch mal um die Überbringung derselben Nachricht. Sein Blick hat allerdings etwas derart Abwesendes, das ich mir auch aus dieser Richtung nicht viel erhoffe.

Aber irgendwie ist es mir gerade egal. Mein Kopf ist leer.

Mir fallen die ganze Zeit unbedeutende Dinge auf, wie die leicht schiefe Fliege des Empfangschefs oder ein kleines Brandloch im Teppich oder dass Paul einfach rausspaziert, ohne zu bezahlen, und niemand ihn aufhält.

Wir stehen draußen auf dem Bürgersteig und irgendwann räuspert sich Lisa: „Also, wir haben knappe 2 Stunden hier verbracht + die Taxifahrt, das waren 18,50, kriege ich also 38,50 von dir." Sie streckt mir ihre Hand entgegen. Ich habe schon fast vergessen, dass sie nur auf geschäftlicher Basis hier ist.

Paul meldet sich zu Wort: „Vergiss nicht den Bonus, denn du hast deine Sache wirklich sehr gut gemacht."

Danke. Ich gebe ihr einfach einen 50er und nach kurzem Zögern noch einen 20er oben drauf. Stimmt schon, sie war wirklich hervorragend und irgendwie ist mir das Geld gerade egal.

Ich bin total durch den Wind. Wo kommt nur diese Leere her? Diese *alles-egal*-Stimmung? Eigentlich sollte ich doch fröhlich sein und Party machen.

Ich versuche, diese Erkenntnis zu artikulieren, in der Hoffnung, mich dadurch selbst zu überzeugen, es kommt aber nur ein lustloses „Komm Paul, mir ist nach Betrinken zumute" und ich ziehe ihn mit mir.

„Mach's gut, Lisa, und danke für deine Hilfe", rufe ich halbherzig über die Schulter.

Lisa macht allerdings keine Anstalten zu gehen und hängt sich an uns ran. „Ich hab noch keine Lust, nach Hause zu gehen. Da warten nur meine kiffenden Mitbewohner. Keine Angst, ich berechne dir das auch nicht."

„Danke, wie gnädig von dir." Ich lächele sie schief und freudlos an. Paul bleibt still, offenbar spürt er, dass etwas mit mir nicht in Ordnung ist.

Den restlichen Abend verbringen wir in einer Bar und trinken. Viel. Sehr viel. Ich sitze hauptsächlich still da und hänge meinen eigenen Gedanken nach. Paul und Lisa gehen gnadenlos die Ereignisse des Abends durch. In jeder verdammten Einzelheit. Zudem wird noch alles, aber auch wirklich alles, was dazu geführt hat, und sogar verschiedene Verläufe der zukünftigen Entwicklung diskutiert. Dass der Hauptcharakter ihres ganzen Geredes niedergeschlagen und dem ersehnten Delirium nahe neben ihnen kauert, scheint sie dabei offenbar nicht zu interessieren.

Rührei mit Würstchen

Ich wache auf.

Etwas kratzt unangenehmen an meiner Stirn.

Nein, Moment, das ist auf der Innenseite.

Es ist mein sehr schlecht gelaunter Kater.

Er will raus. Er braucht dringend Auslauf.

Aber wie? Ich kratze von außen zurück, was aber nicht wirklich hilft. Er fängt lediglich an laut zu miauen und hört auch nicht mehr auf. Sorry, ich würde dich ja gerne rauslassen, weiß aber nicht wie.

Ich stehe auf.

Viel zu schnell.

Als sich mein Blick wieder geklärt hat, versuche ich es erneut, diesmal etwas langsamer und vorsichtiger.

Nach kurzen Orientierungsproblemen erkenne ich Pauls geräumiges Wohnzimmer, wo ich scheinbar auf der Couch genächtigt habe. Zumindest ist es draußen hell.

Welcher Tag ist heute? Muss ich in die Redaktion? Was ist passiert? Ein Blick auf meine Uhr verrät mir zumindest schon mal, dass heute Freitag ist. Also war gestern Donnerstag.

Wie ein D-Zug mit quietschenden Bremsen rauschen schmerzhaft die Bilder des gestrigen Abends durch meinen Kopf. Sie kommen mir vor wie aus einem Film, den ich mal gesehen habe. Das hat auch seine Vorteile. Nun kann ich die Sache von außen betrachten.

Melanie.

Der Gedanke an sie versetzt mir einen Stich. Ich war so damit beschäftigt, sie loszuwerden, dass mir erst jetzt auffällt, wie sehr ich mich an sie gewöhnt habe.

Ich versuche, mir den Steinwurf und ihre Verrücktheiten wieder ins Gedächtnis zu rufen. Das Stechen lässt etwas nach. Es ist besser so und genau das, was ich wollte. Aber was ist eigentlich mit den beiden passiert?

Ich schaue auf mein Handy.

Keine Nachricht, kein entgangener Anruf.

Ich rufe meinen Anrufbeantworter zu Hause ab. Nur meine Mutter, die fragt, ob Melanie da sei. Autsch. Dann belegt sie noch ca. 5 Minuten Speicherplatz mit irgendwelchem Gefasel, was sie alles mit Melanie bereden möchte, und erst dann erkundigt sie sich nach meinem Befinden. Doppelautsch. Weiter ist nichts drauf.

Mhh...soll ich sie vielleicht anrufen?

Zumindest um herausfinden, was los war?

Aber nicht, dass ich sie damit wieder anlocke. Wenn man ein Tier auswildert, sollte man auch nicht noch mal zurückkommen und gucken, wie es ihm geht, sonst besteht die Gefahr, dass es einem wieder folgt. Ich stelle mir vor, wie ich Melanie in einem Körbchen vor Steefs Haustür ablege, klingel und schnell wegrenne.

Ich beschließe, vorerst nicht anzurufen oder wenigsten abzuwarten, bis ich wieder bei klarerem Verstand bin. Den Weg in das im Obergeschoss liegende Bad will ich mir noch nicht antun. Treppen steigen ist mir gerade viel zu anstrengend, glaub ich. Hier unten gibt es nur eine Toilette mit kleinem Waschbecken und in keinem von beiden will ich gern duschen. Also wanke ich erst mal in die Küche, jedoch nicht ohne auf dem Weg dahin die halbe Einrichtung anzurempeln. Gott, was habe ich gestern alles getrunken? Ich erinnere mich nur verschwommen an die Bar, an eine Flasche billigen Whiskey und an Paul und Lisa, verwickelt in ein reges Gespräch. Worum es dabei ging, weiß ich nicht mehr.

Paul steht überraschend munter im Morgenmantel in der Küche. Er hat immer noch den falschen Schnurrbart angeklebt, der sich aber an der linken Seite bereits abzulösen scheint.

Er hätte seinen Morgenmantel ruhig zu machen können. Den Anblick männlicher Genitalien vertrage ich so früh am Morgen noch nicht so gut. Erst recht nicht verkatert.

Nach einem angewiderten „Mmmhf" meinerseits ist er dann doch so gnädig, den Mantel zuzumachen.

„Guten Morgen Sonnenschein!", begrüßt er mich, nach meinem Befinden viel zu laut und fröhlich. Ein weiterer einsilbiger Kommentar meinerseits muss als Begrüßung vorerst ausreichen.

Die Kühlschranktür fällt zu und Lisa steht da, nur mit Boxershorts, ein paar Eiern und einer Milchtüte bekleidet. Sofern man letztere Dinge ‚die sie in der Hand hält, überhaupt als Kleidung bezeichnen kann.

„Rührei?“, fragt sie genauso furchtbar fröhlich und frisch wie Paul.

Diesmal reicht es nicht mal für einen einsilbigen Kommentar und ich stehe einfach nur wie versteinert da. Den Anblick weiblicher Brüste am Morgen vertrage ich zwar schon wesentlich besser, trotzdem bin ich gerade einfach viel zu perplex.

Hoffentlich habe ich sie nicht zu lange angeglotzt, wenn doch, scheint es Lisa zumindest nicht zu stören. Sie bereitet unbeirrt weiter das Frühstück vor.

„Dafür bezahl ich dich aber nicht“, bringe ich mit trockener Kehle hervor.

Sie lacht glockenhell und schüttelt den Kopf. Weg ist das kühle, abweisende Mädchen von gestern.

„Wasser“, sage ich an Paul gewandt. Mir fällt erst jetzt auf, wie viel Durst ich habe.

Paul gießt mir ein Glas voll, das ich in einem Zug austrinke und anschließend gleich noch ein zweites hinterher. Ich räuspere mich, um den Belag aus meinem Hals zu kriegen und wieder ordentlich sprechen zu können. Aber schließlich gucke ich Paul doch einfach nur fragend an.

Doch er versteht mich offenbar nicht und fragt: „Was ist los?“

Ich mache eine Geste in Lisas Richtung, wobei ich versuche, sie nicht allzu offen anzusehen.

„Ach, komm schon, Karl! Kannst du dir das nicht denken? Wir haben getrunken, dich zusammen hierher geschleppt, und wo wir schon mal da waren…“

„Ich sag dir, der Schnauzer war’s!“, bringt sich Lisa ins Gespräch ein und fuchtelt mit dem Kochlöffel in Richtung Pauls falscher Gesichtsbehaarung.

„Ja, du hast mich sogar gebeten, ihn dran zu lassen.“ Er grinst mich bis über beide Ohren an und Lisa gibt ein kurzes Kichern bei der Erinnerung von sich.

„Bild dir bloß nichts darauf ein, das Ding ist trotzdem scheußlich!“, wirft sie fröhlich ein.

„Ach was! Steht mir doch super, findest du nicht, Karl?“

„Ja, find ich nicht. Aber...“, ich senke meine Stimme, „Paul... sie ist mindestens 10 Jahre jünger als du.“

„Ach komm schon, Karl! Du musst mal deine Denkweise ändern. Hey, meine Güte, wir hatten nur Sex, wir wollen doch nicht heiraten.“

Ich werfe einen verstohlenen Blick zu Lisa, die das ganze Gespräch entweder nicht interessiert oder die uns einfach nicht zuhört.

„Is ja gut, hast ja recht. Ich bin wohl immer noch etwas durch den Wind wegen gestern“, gebe ich zu. Vermutlich will ich mich einfach nicht auf meine Probleme konzentrieren und da fällt es schon einfacher, Paul auseinanderzunehmen.

„Ist doch prima gelaufen, was beschwerst du dich?“, fragt er schulterzuckend.

„Wenn ich das wüsste“, sage ich mehr zu mir als zu ihm.

Er lässt mir eine kurze Pause, doch dann kann er offenbar nicht mehr an sich halten. „Hast du schon was von ihr gehört? Es würde mich brennend interessieren, was da gestern los war.“

„Ne, hab noch nix gehört und werd auch vorerst nicht anrufen. Ich hab beschlossen, das Ganze erst mal ruhen zu lassen, glaub ich. Vielleicht sollte ich besser so tun, als ob ich sie nie kennengelernt hätte.“ Das auszusprechen macht den Entschluss für mich noch mal fester und ich spüre sofort, wie ich mich etwas leichter fühlte.

„Das könnte schwierig werden, schließlich war sie jetzt schon einige Wochen Teil deines Umfeldes und du wirst anderen gegenüber wohl oder übel Fragen beantworten müssen.“

Na toll. Wieder ein paar Steine auf den Schultern und meine eben gewonnene Leichtigkeit ist sogleich wieder dahin.

„Danke für den Hinweis, Paul!“

Lisa schaltet sich wieder ins Gespräch ein. „Das Ganze erst mal ruhen zu lassen und sie nicht zu kontaktieren, finde ich schon richtig. Ich hatte mal einen Freund, der auch wie eine Klette an mir hing. Irgendwann, auf einer Geburtstagsparty von einer entfernten

Freundin von mir, ließ ich ihn einfach stehen und bin nach Hause gefahren, ohne ihm zu sagen, dass ich gehe. Ab da hab ich ihn nie wieder angerufen."

Ich kenne Paul lange genug, um zu wissen, dass er jetzt in Gedanken ganz alleine auf dem Mädchengeburtstag und damit für die nächste Zeit nicht mehr ansprechbar ist. Aber wo ähnelt diese Geschichte denn bitte meiner Situation? Trotzdem frage ich Lisa, was dann passiert ist.

„Naja, mir wurde berichtet, dass er sich für keines der anderen Mädchen interessiert hat und ihnen so lange mit Fragen nach mir auf die Nerven ging, bis sie ihn knebelten und in einen Schrank sperrten. Sie ließen ihn erst am nächsten Morgen wieder raus. Von da an hatte er wohl eine Phobie gegen weibliche Wesen und bekam jedes Mal Panikanfälle, wenn ihn ein Mädchen auch nur ansah."

Ich verstehe überhaupt nichts.„Und die Moral von der Geschicht?"

Lisa zuckt nur mit den Achseln.

Ich zucke auch mit den Achseln und schlage vor: „Leg dich nicht mit einer Horde pubertierender Mädchen an?"

Lisa grinst mich schief an.

Und wie soll mich ihre Geschichte jetzt aufheitern? Sie macht mir eher Angst. Immerhin hat sie einen unschuldigen Jungen, evtl. sein Leben lang, fürs andere Geschlecht verdorben. Das schien sie jedoch nicht emotional zu belasten. Wollte sie mir das damit sagen? Ich soll mir keine Gedanken darum machen, was ich Melanie angetan habe? Mhh...

Ich schnipse Paul vorm Gesicht rum, um ihn aus seinem Tagtraum von der Mädchenparty zu holen. Dann fahre ich mit meiner Erklärung fort: „Wie auch immer. Ich werde versuchen, sie zu ignorieren, und falls mich jemand nach ihr fragt... ja... keine Ahnung, da muss ich mir dann wohl was einfallen lassen. Ich geh jetzt erst mal duschen."

„Aber das Rührei ist gleich fertig", sagt Lisa.

Plötzlich fällt mir wieder auf, dass sie ja immer noch fast nackt ist. Nacktszenen würden ihr später auf jeden Fall keine Probleme bereiten.

„Danke, aber mir ist momentan, glaube ich, noch nicht so nach Essen."

„Nimm dir aus meinem Kleiderschrank, was du brauchst. Es sei denn, du willst dich gern unserer freizügigen Runde anschließen", meint Paul und lüftet kurz seinen Bademantel.

Ich schaue leider nicht schnell genug weg und sage: „Nein, danke, ich find schon was Passendes."

Das Lachen der beiden begleitet mich noch die Treppe rauf.

Wenigstens sie sind glücklich.

Die Melanie-Situation

Frisch geduscht und in einen Jogginganzug von Paul gehüllt, fühle ich mich schon wieder etwas klarer. Mein Kater hat sich in sein Körbchen verzogen und murrt nur noch ab und zu leise rum. Unter der Dusche habe ich mir sehr lange Wasser über den Kopf laufen lassen, irgendwie kann ich gut nachdenken, wenn es so von außen an meine Schädeldecke prasselt. Ich habe einen kurzfristigen Plan gefasst.

„Paul, ich zieh für einige Zeit bei dir ein!", eröffne ich den Frühstückenden etwas ungeschickt, als ich zurück in die Küche komme.

Lisa ist mittlerweile so gnädig gewesen, sich wenigstens ein T-Shirt von Paul anzuziehen. Sie haben ein üppiges Frühstück bereitet und sitzen nun beide am Tresen in der Mitte der modernen Küche. Woher sie diesen herzhaften Appetit nehmen, ist mir schleierhaft.

Ach ja, der Sex.

„Ähhm...", ist alles, was Paul zu meinem Plan sagt, und es ist wirklich schwer, Paul sprachlos zu machen.

Lisa sprachlos zu kriegen, scheint aber offenbar unmöglich zu sein. Obwohl sie hier eigentlich gar nichts zu melden hat, sagt sie in einem erzieherisch strengen Ton: „So! Das probieren wir aber gleich noch mal! Du gehst jetzt erst mal wieder schön raus und kommst erst wieder rein, wenn du dir genau überlegt hast, was du sagen willst!"

Vermutlich ist es der Ton, wie sie es sagte, und irgendwas daran, was mich an meine Kindheit erinnert, auf jeden Fall geht die Nachricht ohne Umwege direkt in meine Beine und ich setze mich mechanisch in Bewegung nach draußen.

Verdammt! Warum gebe ich ihr jetzt auch noch die Genugtuung für diese Frechheit!? Ganz ruhig, ich tu einfach so, als wäre das nicht passiert.

Als ich wieder in die Küche komme, hat sich Paul schon wieder gefasst und ruft: „Klappe die zweite!"

Offensichtlich ist er sehr amüsiert darüber, dass ich ohne Umschweife Lisas Befehl gefolgt bin. Ich ignoriere auch das und beginne mit ruhiger Stimme zu erklären: „Ich habe ein bisschen nachgedacht und..."

„Und dafür willst du jetzt Lob und Anerkennung?", unterbricht mich Lisa grinsend.

Bevor ich reagieren kann, geht Paul beschwichtigend dazwischen: „Lass mal, Lisa."

Ein Grinsen kann er sich jedoch nicht verkneifen, ringt es aber schnell zu einem leichten Schmunzeln nieder und bittet mich mit einer Geste fortzufahren.

Ich beschließe, dass es das Beste wäre, auch das alles zu ignorieren. „Also, ich habe nachgedacht. Im Moment habe nicht die geringste Lust, mich mit der Melanie-Situation auseinanderzusetzen. Ich will weder von Freunden oder Verwandten noch von Nachbarn..." Auf Pauls verdutzten Blick hin erkläre ich kurz: „Ja, sie hat sich sogar mit den Nachbarn angefreundet. Ich wohne seit vier Jahren da und kenne nicht mal ihre Namen. Also, ich habe keine Lust, von irgendjemandem nach ihr ausgefragt zu werden, und am allerwenigstens möchte ich, dass Melanie plötzlich vor meiner Tür auftaucht."

Paul sieht mich skeptisch und mit hochgezogener Augenbraue an. „Ahhh ja... und jetzt willst du dich hier bei mir verstecken oder wie?"

Ich stelle ihm eine Gegenfrage: „Kennt Melanie deinen Wohnort oder könnte sie ihn einfach herausbekommen?"

„Mhh... nein, soweit ich weiß, kennt sie ihn nicht. Ich habe das Haus ja erst letzten Winter bezogen und ich hoffe eigentlich, dass das noch keiner mitgekriegt hat, aber man würde es vermutlich rausbekommen, wenn man an richtiger Stelle nachfragt. Allerdings ist das öffentliche Interesse an mir momentan auch nicht besonders groß." Er scheint darüber etwas betrübt zu sein.

„Gut. Aber könnte sie es herausfinden? Ich meine, dein Wohnort ist ja bestimmt im Büro irgendwo bekannt."

„Ja, das könnte sie sicherlich erfragen, schließlich ist sie meine Assistentin. Aber ich glaube nicht, dass sie ihren Job für dich riskieren und in meine Privatsphäre eindringen würde... Hey, Moment mal! Warum reden wir eigentlich darüber?! Ich hab doch noch gar nicht ja gesagt!"

Ich setze meinen besten Hundeblick auf und lasse die Schultern mitleidig hängen. „Ich will wirklich nur ein paar Tage untertauchen, vielleicht eine Woche... und du als mein bester Freund, da dachte ich halt..." Den Rest lasse ich absichtlich unausgesprochen. Meine Bitte noch einmal direkt auszusprechen, würde nur erneut seinen Widerstand wecken und den ganzen Effekt des „mein bester Freund" zunichtemachen. Ich weiß nach all den Jahren, auf welche psychologischen Knöpfe ich bei Paul drücken muss.

Eigentlich missfällt es mir, andere zu manipulieren, und ich bin auch nicht besonders gut darin, aber die Wahrheit ist: Ich habe in dieser Stadt, bis auf ein Hotel, keine weiteren Optionen. Zumindest keine angenehmen. Alle Verwandten sind zu weit weg und einige, allen voran meine Eltern, gehören gerade zu dem Personenkreis, dem ich aufgrund unangenehmer Fragen vorerst aus dem Weg gehen will, und die wenigen anderen Freunde traue ich mich entweder nicht um so etwas zu bitten oder sie sind ebenfalls Melanie-kontaminiert.

Lisa verdreht die Augen, sie scheint meine billige Manipulation durchschaut zu haben. Dafür, dass sie trotzdem nichts sagt, bin ich ihr unendlich dankbar. Ich weiß nicht, ob ich noch einen frechen Kommentar von ihr hätte runterschlucken können.

Paul macht nur: „Mhh..." Yes!!! Ich habe gewonnen!

In all der Zeit, die ich Paul nun schon kenne, geht er fast immer gleich mit Entscheidungen um. Wenn er etwas nicht will, sagt er in den meisten Fällen gleich nein. Wenn er allerdings positiv gestimmt ist, also ja, überlegt er und legt sich, mehr für sich selbst, Begründungen zurecht, weshalb er sich positiv entschieden hat.

Also ist sein „Mhh…" ein sehr gutes Zeichen.

Er beginnt leise zu niemand bestimmten zu reden: „Naja, das Haus kann schon manchmal ganz schön leer sein. Ein bisschen Gesellschaft würde sicher gut tun und ganz unschuldig bin ich ja an der Situation auch nicht. Also… ja verdammt! Zieh bei mir ein, solange du willst!" Er besiegelt das Angebot mit einer wegwerfenden Handbewegung.

Ich umarme ihn. Er im halboffen stehenden Morgenmantel mit angeklebtem Schnauzer und ich in einer Kluft, die mich wie einen bedauernswerten Fußballtrainer ohne Sponsoren aussehen lässt.

„Danke Mann, dank!" Ich strahle. Paul lächelt milde zurück. Dann bekommt sein Gesicht einen entschlossenen Ausdruck.

„Wir müssen aber noch einige Sachen klären. So ein Rückzug aus dem gesellschaftlichen Leben muss gut vorbereitet sein", sagt er.

Jetzt ist er schon wieder ganz in seinem Element und holt sogleich eine kleine Tafel aus einer Ecke. So eine Miniaturausgabe einer Restauranttafel, wie man sie als Gag dazu verwendet, um das Menü für einen Dinnerabend mit Freunden anzuschreiben, um sie dann irgendwo gut sichtbar zu platzieren. Die Tafel sieht verdächtig unbenutzt aus.

Statt wie ein normaler One-Night-Stand spätestens nach dem Frühstück zu verschwinden, bleibt Lisa wie selbstverständlich sitzen und beteiligt sich an der Planung. Ich habe nichts dagegen und Paul offenbar auch nicht. Wir sitzen also zu dritt in der Küche, trinken Kaffee und stellen Stichpunkte zusammen, die zu erledigen sind. Gegen Mittag, bzw. Nachmittag, denn wir sind ja erst mittags zu uns gekommen, stehen auf der Tafel Dinge wie:

Tarnstory Privat, Arbeit
Sachen aus Wohnung holen
Urlaub / von Zuhause arbeiten?

AB besprechen, Handy abstellen
Zeitung abbestellen
~~Verkleidung zum Rausgehen~~

Wir haben jeden der Punkte im Detail durchgesprochen und die Durchführung mehr oder weniger genau geplant. Auch wenn einige der Punkte banal sind und das Ganze sich ja eigentlich nicht großartig von einer längeren Reise unterscheidet, fühlt es sich gut an, einen konkreten Plan zu haben.

Die Tarnstory diskutieren wir mit am längsten. Paul ist für eine hochkomplexe Geschichte, die er, glaube ich, aus irgendeinem Spionagefilm geklaut hat, und will mich kurzerhand an einem geheimnisvollen Programm der Regierung teilnehmen lassen. Ich dürfe aber nichts verraten etc. Er meint, er hätte sogar Kontakte, die das bestätigen könnten. Da es schließlich um mich geht, setzt sich schlussendlich aber meine Variante durch. Für mein privates Umfeld bin ich kurzfristig auf Geschäftsreise in einem nicht näher benannten Krisengebiet und deswegen dort auch nicht erreichbar. Und für die Arbeit bin ich einfach beurlaubt, aus familiären Gründen.

Das Wichtigste sind erst mal meine Sachen, die Paul möglichst heute noch aus meiner Wohnung holen soll. Bei der Gelegenheit kann er auch gleich meinen Anrufbeantworter neu besprechen, das geht nämlich leider nicht von der Ferne aus. Ich quatsche ihm also einfach ein Memo auf sein Handy, das er dann nur noch ans Mikrophonlöchlein vom AB halten muss.

Lisa schaltet sich ab dem Punkt aus der Sache aus und will nur, dass Paul sie auf dem Weg zu meiner Wohnung zuhause absetzt.

Ich verabschiede mich etwas reserviert von ihr und nach ein paar unentschlossenen Mund-auf-Mund-zu bringe ich lediglich ein schlichtes „Danke“ hervor.

„Kein Problem. Hat irgendwie Spaß gemacht“, sagt sie und lächelt mich doch tatsächlich herzerwärmend freundlich an. Dann nimmt sie mich in den Arm und wünscht mir viel Glück.

Paul gebe ich eine genaue Liste mit allen Sachen und wo was in der Wohnung zu finden sei.

Als ich die Liste kurz noch mal durchgehe, schlage ich mir an die Stirn und schreibe noch Toni! Irgendwo in der Wohnung dazu.

„Was soll das hier sein?“, fragt Paul, als er kurz die Liste überfliegt.

„Na Toni, mein Haustier.“

„Seit wann hast du denn ein Haustier?“

Offenbar hat Paul den Waschbären in meiner Wohnung schon wieder vergessen oder das Ganze war so skurril, dass er es einfach verdrängt hat. In beiden Fällen würde die Erklärung jetzt etwas schwierig werden.

„Naja... er ist mir quasi zugelaufen... und... du hast ihn doch auch schon...“

Paul unterbricht mich hektisch: „Ja, ja, ich muss los. Lisa sitzt schon im Wagen. Aber du zahlst für die Schäden, die deine Töle hier anrichtet, klar!“

Der Groschen ist scheinbar immer noch nicht gefallen. Ich will ihm eigentlich sagen, dass Toni gar keine „Töle“ ist. Ich will das wirklich aufklären. Ehrlich! Aber bevor ich Paul bei diesem winzig kleinen Detail möglichst schonend auf die Sprünge helfen kann, ist er schon zur Tür raus und ich höre nur noch sein Auto davonfahren. Kurz überlege ich, ihn auf dem Handy anzurufen.

Ach, er wird schon klarkommen. Und wenn er Toni sieht, wird er sich sicherlich wieder an ihn erinnern.

Paul hat recht, sein Haus wirkt wirklich etwas leer. Vermutlich ist die moderne offene Bauweise schuld daran. Das untere Stockwerk ist vom Eingang aus gesehen fast wie ein großer Raum. Links der Küchenteil, leicht abgetrennt durch eine halbe Wand, an der weiter hinten die Treppe nach oben führt und rechts ein riesiges Wohnzimmer mit großer Glasfront. Rechts neben der Treppe führt nur noch eine Tür in einen schmalen Trakt, wo ein kleines Bad und Haushaltsräume liegen.

Da stehe ich also, Trainer Karl, in einem großen leeren Haus.

Sofort überkommt mich die Einsamkeit.

Um Langeweile und Einsamkeit zu überbrücken, wasche ich ab. Paul hat natürlich einen Geschirrspüler und ich hasse abwaschen, aber irgendwie muss ich was tun und fernzusehen kommt gegen die Einsamkeit nicht in Frage. Dafür ist mein Sozialempfinden noch nicht kaputt genug.

Als ich fertig bin, mache ich noch die restliche Küche sauber.

Und das Bad.

Ich staubsauge gerade die Couch ab, als Paul wiederkommt. Er sieht nicht sonderlich glücklich aus. Eigentlich sieht er sogar ziemlich sauer aus. Sein Gesicht und seine Arme zieren etliche Kratzspuren und er presst sich ein blutiges Taschentuch ans rechte Ohr. Hinter ihm läuft ein Mann mit einer Katzentransportbox unterm Arm. Oh, oh, ich ahne Böses... Es klingt zwar fies, aber der Mann sieht aus wie die schlechte Karikatur eines Waldarbeiters und wirkt gelinde gesagt etwas unterbemittelt.

Ich kann mir fast schon denken, was geschehen ist, lasse aber trotzdem das obligatorische „Was ist denn mit dir passiert?!" vom Stapel.

Wenn Blicke töten könnten... Doch Paul beginnt ganz ruhig und gelassen zu sprechen, was mir unter diesem Blick jedoch nur noch mehr Angst einflößt: „Naja, ich packe grade deine Sachen zusammen und will, wie es auf der Liste steht, alle verderblichen Lebensmittel aus der Küche holen, als mich dieses Vieh anfällt."

Er zeigt auf den Kasten, den der Waldtölpel in der Hand hält. In dem Kasten rappelt es.

„Waschbär", verbessert der Tölpel.

Paul verliert kurz die Beherrschung, flucht etwas Unverständliches, scheint sich dann aber wieder zu beruhigen und spricht weiter: „Also, falls dieser Waschbär nicht grade deinen Toni gefressen hat, ist DAS wohl Toni."

Ich traue mich noch nicht so recht, ihn anzusprechen, und nicke nur zur Bestätigung.

„Als ich nach einem kleinen Kampf, dessen Spuren du sicherlich nicht übersehen hast", er entblößt sein Ohr, das ein paar fiese kleine Löcher aufweist und ziemlich blutig aussieht, „es endlich geschafft hatte, dieses kleine Biest in einen Schrank zu sperren, hab ich Jakob hier..."

Jakob, der die ganze Zeit in der Gegend rumguckt, unterbricht Paul und schaut mich an: „Meine Freunde nennen mich den lustigen Jack oder einfach nur Jack.“

Paul versucht, die letzten paar Worte von Jakob zu übertönen: „Also habe ich Jakob hier angerufen. Er hatte mir schon einmal geholfen, Wildschweine von meinem Grundstück zu vertreiben. Ich war so kurz davor, ihn zu bitten, ein Gewehr mitzubringen.“ Dabei funkelt er mich böse an - glaub ich zumindest, denn eigentlich verändert sich sein Dauerfunkeln nur ein Mü.

„Danke, dass du es nicht getan hast“, sage ich kleinlaut mit demütig gesenktem Kopf.

Pauls Tonfall wird noch eine Spur verrückter: „Oh nein, versteh mich bitte nicht falsch. Ich hab es nur nicht getan, weil man nicht einfach mitten in einem Mietshaus anfangen kann rumzuballern!“

„Du hättest Toni also wirklich erschießen lassen? Aber du hast den Kleinen doch schon kennengelernt, er ist harmlos. Das wollte ich dir vorhin noch erzählen, aber du hast…“

Paul hört mir schon längst nicht mehr zu und fängt an, mit den Zähnen zu knirschen.

„Den kleinen… den… den kleinen Toni?!“, presst er hervor und stürzt sich einen Augenblick später auf mich.

Überrascht von dieser Attacke schaffe ich es nicht mal mehr, meine Arme zum Schutz zu heben, und werde von Paul einfach umgerissen. Wir fallen über das Sofa hinweg direkt auf den gläsernen Couchtisch.

Memo an mich selbst: **Nie einen gläsernen Couchtisch kaufen.**

Wale, Prinzessinnen und Wackelpudding

Wir sitzen in einem Behandlungszimmer bei Pauls „diskretem Hausarzt“. Ich habe mich immer gefragt, wofür man als Normalbürger so einen Arzt braucht, nun bin ich froh, dass Paul einen hat.

Wir hielten es beide nicht für ratsam, uns so, wie wir aussehen, in den Wartesaal eines Krankenhauses zu setzen.

Da Paul auf mir gelandet ist, zog er sich außer seinen vorhandenen Verletzungen nur ein paar Schnitte an den Händen zu. Vom Aufstützen vermutlich. Der Couchtisch ist zwar aus irgendeiner Art Sicherheitsglas gewesen, aber man konnte sich trotzdem immer noch erheblich verletzen. Ich bin mit dem Rücken direkt auf dem Tisch gelandet und habe ebenfalls keine größeren Schnitte davongetragen. Dafür hat sich aber das Gestell des Tisches, das leider nicht aus Sicherheitsglas bestand, unangenehm in meinen Rücken gebohrt und wenigstens ein paar Rippen angeknackst, wenn nicht sogar gebrochen. Mein ganzer Oberkörper schmerzt und das Atmen fällt mir schwer.

„Sorry", sagt Paul leise.

Meine Stimme ist noch leiser, da mir jedes Wort in der Brust weh tut: „Schon okay... tut... mir... auch leid."

„Vergessen wir's einfach", sagt Paul und klopft mir auf den Rücken, was ich mit einem Schmerzensschrei bekunde.

„Oh... Tschuldige!"

Der Arzt kommt rein und mustert uns: „Soll ich fragen?"

Paul schüttelt den Kopf. „Fangen Sie bitte mit meinem Freund hier an."

Ergebnis unserer kleinen Auseinandersetzung: Bei mir drei angebrochene Rippen, etliche Prellungen im Rückenbereich und die paar kleinen Schnittwunden an Armen und Händen. Paul bekommt seine Kratzwunden versorgt und ihm wird Blut abgenommen, um ihn auf übertragene Krankheiten und Parasiten zu untersuchen. Die Löcher im Ohr, wo Toni sich festgebissen hat, würden wohl wieder von alleine zuwachsen, meint der Arzt, aber es könne eine Weile dauern. Das Ohr wird versorgt und abgeklebt.

Ich erhalte Schmerzmittel. Starke Schmerzmittel. Sie verfehlen ihre Wirkung auf jeden Fall nicht.

Hui! Wo hat er die denn ausgegraben? Ist sowas erlaubt? Benebelt trete ich ins Wartezimmer und winke Jakob fröhlich zu. Er hat uns hergefahren und hört sich gerade die Leidensgeschichte einer älteren Dame an. Es wirkt, als fände er dies sehr spannend.

„Hey, na, hat euch der Doc zusammgeflickt? Das is Marta." Jakob deutet auf die alte Frau.

„Hallooo, Marta!", begrüße ich sie überschwänglich und will sie umarmen.

Sie schlägt mir ihren Gehstock gegen das Schienbein. Ich spüre es nur leicht, schaue auf mein Bein und lasse von meinem Umarmungsversuch ab.

Da fällt mein Blick auf die Box zu Jakobs Füßen.

„Na, wie geht's denn meinem kleinen Kuschel-Wuschel?", frage ich ziemlich debil und steckte einen Finger in Tonis Transportbox.

Wie gebannt schaue ich auf meinen Finger, während das Blut an meiner Hand herläuft.

Paul, der gerade mit der Empfangsdame flirtete und ihr einen Bären von Story aufband, kommt kopfschüttelnd angelaufen.

Der Doktor behandelt dann noch eine Bisswunde und nimmt auch mir Blut zur Kontrolle ab. Währenddessen wettert er die ganze Zeit: „Ihr spinnt wohl! Dieses wilde Tier auch noch mit in meine Praxis zu schleppen!"

Er legt uns noch nahe, das „Ding" von einem Tierarzt auf Krankheiten untersuchen zu lassen. Danach setzt er uns unsanft vor die Tür. Nur Pauls Geld und Status halten ihn wohl davon ab, die Polizei zu rufen.

Ich setze mich im Schneidersitz auf den Bürgersteig und starre in die Wolken. Unglaublich schön! Ein Schwarm Vögel zieht über mich hinweg, wobei sich jeder Vogel mehrmals teilt, bis es ganz viele sind. Dann werden sie von einer Wolke verschluckt, die aussieht wie ein riesiger Wal.

Etwas zerrt an meinem Bewusstsein.

„Komm endlich hoch Karl!", dringt Pauls Stimme wie durch Wackelpudding zu mir durch.

„Hey Paul!" Ich freue mich riesig, ihn zu sehen.

„Setz dich, setz dich! Machs dir bequem. Fühl dich ganz wie zu Hause!", sage ich zu ihm.

Jemand zieht mich hoch und setzt mich in ein Auto. Meine rechte Wange ans herrlich kalte Fenster gedrückt, sehe ich, wie Häuser und Menschen vorbeifliegen und zu einer einzigen undefinierbaren Suppe verschmelzen. Mir wird schwindelig und ich mache die Augen zu. Mit einem Farbenfeuerwerk auf den Augenlidern döse ich langsam weg.

Ich schlage die Augen auf und weiß mal wieder nicht, wo ich bin. Bewegen kann ich mich nicht und alles tut weh. In dem Bereich, den ich, ohne meinen Kopf zu drehen, einsehen kann, mache ich eine Nachttischlampe, ein Bild über mir, ein Fenster links und eine weiße Decke aus. Dem Gefühl nach liege ich auf einem Nagelbrett, vermute aber, dass es sich um ein normales Bett handelt, zumindest bin ich zugedeckt und mein Kopf ist etwas höher gelegen. Diese Mühe hätte man sich bei einem Nagelbrett sicherlich nicht gemacht.

Nach 10 Minuten starte ich einen neuen Versuch, mich zu erheben. Meinen Kopf kann ich immer noch nicht richtig bewegen, aber immerhin schaffe ich es, meinen Oberkörper unter großen Schmerzen und Stöhnen aufzurichten. Es muss aussehen wie Dracula, der sich aus seinem Sarg erhebt. Die Geräusche stimmen auch. Ich denke, wenn ich eine Akupunktur mit heißen Nadeln bekommen und man mich dann einfach auf den Rücken gedreht hätte, während die Nadeln noch drin stecken, würde es sich vermutlich so ähnlich anfühlen.

Ich bleibe weitere 10 Minuten regungslos sitzen. Der Raum ist klein, bietet aber außer dem Doppelbett und den Nachtischen zu beiden Seiten auch noch einem Kleiderschrank direkt gegenüber dem Bett Platz. Ansonsten ist der Raum sehr spartanisch. Die Möbel sind glatt und überwiegend in Weiß und Metalloptik gehalten. Alles in allem nicht sonderlich gemütlich.

Ich schwinge mich so langsam aus dem Bett, dass man es eigentlich gar nicht als *Aus-dem-Bett-schwingen* bezeichnen kann. Trotz aller Vorsicht tut jede Bewegung weh.

Ich entdecke eine Packung Tabletten auf dem Nachttisch.

Schmerztabletten. In Ermangelung von Wasser schlucke ich zwei davon einfach trocken hinunter. Keine gute Idee... Sie bleiben mir halb im Hals stecken und ich humpele röchelnd, so schnell es eben geht, aus dem Zimmer ins Bad. Wo das ist, weiß ich, nachdem ich den Flur im Oberschoss von Pauls Haus erkenne.

Auch nach dem Runterspülen spüre ich die Tabletten noch eine ganze Weile in meinem Hals stecken. Mein kleiner Sprint über den Flur hat zwar äußerst weh getan, aber dafür kann ich mich jetzt schon etwas besser bewegen. Beim Anblick meiner Hände kommt auch endlich meine Erinnerung zurück. Ein Stöhnen entringt sich meiner Kehle.

Ich mache mich frisch, ziehe mich an und gehe runter in die Küche. Paul sitzt in der Küche und liest Zeitung.

„Guten Morgen, Prinzessin. Du hast fast einen ganzen Tag geschlafen. Hattest 'n schönen Trip?"

Mehr als ein „Mhh" bringe ich nicht hervor.

Paul gießt mir ohne zu fragen Kaffee ein und stellt mir Toast und Belag aus dem Kühlschrank vor die Nase. Erst jetzt fällt mir auf, was für einen Bärenhunger ich habe. Kein Wunder. Ich habe einen Tag lang geschlafen und davor hatte ich auch nicht wirklich viel gegessen.

Nach einer Weile finde ich auch meine Stimme wieder und bitte Paul noch mal in aller Ausführlichkeit um Entschuldigung.

„Ja ja", wehrt er ab.

Eigentlich traue ich mich ja kaum zu fragen, tue es aber trotzdem, ganz vorsichtig: „Was ist mit Toni?"

„Das Vieh hab ich bei Jakob gelassen. Er wollte auf ihn aufpassen, bis du wieder fit bist. Hat einen Haufen Käfige und so 'n Kram. Er wohnt draußen am Waldrand. Was er da genau macht, weiß ich nicht, glaube aber, dass es nicht nur legale Sachen sind. Ein Nachbar hat ihn damals alarmiert, als eine Horde Wildschweine meinen Garten umpflügte. Wenn du mich fragst, ist er etwas beschränkt, kann aber gut mit Tieren."

Vor meinem inneren Auge hängt ein todtrauriger Toni in Gefängniskluft an seinen Gitterstäben.

„Wo genau wohnt dieser Jakob?"

Paul schaut mich skeptisch an. „Warum? Du willst dieses Vieh doch nicht etwa wieder abholen?"

Mein Blick sagt ihm jedoch schon, dass ich genau das vorhabe.

„Nein, nein, nein! Nicht in dieses Haus! Das vergisst du mal schön schnell wieder!"

Hundeblick.

„Nee Alter! Nee!!!" Paul wendet sich ab. „Vergiss es! Vergiss es einfach! Der braucht doch seine natürliche Umgebung und so. Du kannst das Ding nicht im Haus halten. Du hättest mal sehen sollen, was der mit deiner Küche angestellt hat. Da sah es aus wie in Pearl Harbour!"

Flehentlich versuche ich ihn zu überzeugen: „Vermutlich hat er nur was zu essen gesucht. Ich war ja fast einen Tag nicht da. Ach komm schon, Paul, bitte! Ich hab so 'ne Art Verbindung zu dem Kleinen aufgebaut. Genau kann ich's dir auch nicht erklären, aber ich will ihn nicht einfach da alleine bei diesem Jakob lassen."

„Er hat dich gebissen, zum Teufel! Und mich hat er angefallen wie eine wilde Bestie!"

„Er kannte dich halt nicht oder war eingeschüchtert oder so. Außerdem, sieh es mal so: Für ihn warst du ein Fremder in meiner Wohnung und ich war nicht da. Ein Hund hätte dich ebenso als Eindringling betrachtet."

„Trotzdem! Er kann nicht hierher!", sagt Paul entschieden.

Trauriger Blick. Wieder guckt Paul weg.

„Biiittee!!! Er bleibt auch oben im Zimmer, und wenn er Ärger macht, fliegt er sofort raus, versprochen!"

Paul lässt sich schließlich doch erweichen. Mehr der Form halber zetert er noch ein Weilchen weiter. Ich höre es mir in aller Ruhe und mit bestätigendem Dauernicken an. Schlussendlich gibt er mir die Kontaktdaten von Jakob. Dann sagt er schon etwas ruhiger: „Du solltest so aber nicht fahren. Beim kleinsten Huckel zuckst du doch vor Schmerz zusammen und fährst mein Auto gegen den nächsten Baum. Und Huckel gibt es 'ne Menge auf der Strecke. Außerdem bist du voll auf Schmerzmitteln."

Das sehe ich ein und begnüge mich damit, bis morgen zu warten. Ich rufe aber trotzdem bei Jakob an, heimlich, ohne dass Paul es mitkriegt, und erkundige mich nach Tonis Befinden.

„Joah, dem geht's gut. Wildes kleines Kerlchen, aber isch komm zurecht", versichert er mir.

Ich mache mir auch eher Sorgen um Toni und nicht um Jakob, aber das sage ich ihm natürlich nicht.

Jane

Mit einer Morgenlatte aufzuwachen, ist man(n) ja gewohnt, aber als Morgenlatte aufzuwachen, dürfte den meisten doch eher fremd sein. Seid froh!

Ich liege also wieder eine Weile stocksteif in meinem Bett und starre an die Decke. Solche Momente haben die unangenehme Eigenschaft, dass man dabei über sein Leben nachdenkt. Was soll man sonst auch groß machen? Furchtbar!

Meins ist gerade gelinde gesagt etwas aus den Fugen geraten. Natürlich wegen einer Frau. Oder wegen den Frauen im Allgemeinen? Oder vielleicht auch meiner Einstellung zu Frauen? So sicher bin ich mir da jetzt nicht.

Sicherlich bin ich auch allein ganz gut dazu in der Lage, mein Leben aus den Fugen zu bringen, auch ohne Frau. Aber jetzt ist es nun mal so. Auf jeden Fall lebe ich gerade nicht in sehr geregelten Bahnen. Aber wer möchte das schon? Sind doch alles Spießer! Möchte ich ein Spießer sein? Eigentlich nicht, aber irgendwie gefällt mir das Chaos, das sich da aktuell mein Leben nennt, auch nicht so richtig. Also könnte man auch sagen: Ich weiß nicht, was ich will. Das, was ich gerade habe, ist es zumindest schon mal nicht.

Ich muss also was ändern. Aber wie? Und was? Am liebsten würde ich mein inneres Ich, oder was auch immer sich da ständig Gedanken macht, auf der Stelle erschießen und in einem dunklen Wald verscharren.

Allerdings… hat das eben ja auch dieses Ich in mir gedacht.

Und das auch. Und das und das und... Da drehst dich im Kreis, kannst machen, was de willst. Was ist dieses Ich überhaupt? Gibt's davon viele oder nur das eine? Wenn sich zwei davon treffen, wie verhalten sie sich dann? Sind ja beide ich. Wie ich mich kenne, würde das Treffen wahrscheinlich in betretenem Schweigen enden oder sie tun einfach so, als ob sie sich nicht erkennen.

Immer obskurer, diese Gedanken. Ich muss endlich aufstehen! Mich alleine mit meinen Gedanken zu lassen, ist keine gute Idee, zumindest im Moment nicht.

Toni sitzt auf dem Kleiderschrank und guckt mich an. Er hat sich da oben aus Sachen, die im Zimmer verstreut lagen, ein Nest gebaut. Ich glaube, bei Waschbären nennt man das zwar nicht Nest, aber das ist mir völlig egal. Im Laufe der Zeit fehlten mir immer mehr Socken, Unterhosen, ganze T-Shirts und auch ein paar halbe, die er offenbar nicht komplett benötigte und die abgerissen Stücke einfach wieder runterwarf. Ich überließ ihm großzügig die Sachen und nahm sie ihm nicht wieder weg, denn erstens waren sie teilweise zerfetzt und zweitens hatte ein Waschbär darin geschlafen.

Für mich habe ich ein paar neue gebrauchte Sachen gekauft. Ich lege keinen Wert auf aktuelle Mode und außerdem sind bei gebrauchten Sachen wenigstens schon die ganzen Herstellungschemikalien komplett ausgewaschen. Zudem würde beim jüngsten Gericht der Vorbesitzer die Hauptschuld für die Arbeitsbedingungen in den Billiglohnländern auf sich nehmen müssen und ich muss nur noch für einen Bruchteil davon brutzeln.

Seit einer Woche wohne ich nun schon bei Paul. Das Einleben fiel mir deutlich schwer und ich habe nach wie vor noch keinen richtigen Rhythmus gefunden. Als ich Toni bei Jakob abholte, war ich noch fest entschlossen, es mir so richtig gemütlich zu machen. Wird sicherlich eine tolle Zeit und ich werde mich prächtig erholen, dachte ich. Mittlerweile bin ich mir da nicht mehr so sicher. Vielleicht war es doch keine so gute Idee, mich hier zu verstecken.

Paul hat momentan einiges um die Ohren und ist kaum zu Hause. Er sagt, das sei nur wieder eine „dieser Wochen“ und das gebe es immer mal.

Der Rückzug aus meinem sozialen Leben ist zwar frei gewählt, aber irgendwie gehe ich, erst recht in meinem jetzigen Zustand, sehr schnell ein, wenn ich nicht ab und zu einen vertrauten Menschen sehe. Mitte der Woche habe ich bereits wieder angefangen zu arbeiten, natürlich von hier aus. Eigentlich habe ich ja Urlaub und theoretisch bin ich krank, aber ich muss mich einfach etwas ablenken. Ich schreibe hauptsächlich kleine Artikel, für die ich auch von hier aus recherchieren kann, oder ich schreibe nur die Nachrichten der Nachrichtenagentur in kurze Artikel um. Der Chef machte natürlich einen riesigen Aufstand, als ich ihm sagte, ich könne die nächste Zeit nur von zu Hause arbeiten, aber wie immer war das nicht so ernst gemeint. Er schreit seine Leute halt gerne an, für ihn gehört das offenbar dazu, und ich sehe das recht gelassen. Soll er ruhig plärren.

Zum Glück ist Sommer und ich kann das Fenster immer offen lassen. So kann Toni raus und rein gehen, wie er Lust hat. Ich habe ihm eingeschärft, auch nur durch dieses Fenster wieder ins Haus zu kommen, und bisher hat das auch ganz gut funktioniert.

Gerade scheint er das Interesse daran verloren zu haben, mich anzustarren. Er springt vom Schrank aufs Fensterbrett, wirft mir noch einen kurzen Blick zu und verschwindet nach draußen. Hat ein bisschen was von Batman.

Ich gucke auf die Uhr. Mist, verdammt! Instinktiv will ich schnell aufspringen und ins Bad rennen... Keine so gute Idee. Jeder Muskel verkrampft sich sofort und ich falle zurück ins Kissen. Bleibe eine Minute so liegen, entspanne mich, um dann ruhig und kontrolliert aufzustehen.

Ich soll ja heute mit Toni zu Jakob kommen, um ihn untersuchen zu lassen. Ob Toni sich das gemerkt hat und deswegen gerade abgezischt ist?

Als ich bei Jakob in seiner Hütte am Waldrand war, hat er mir angeboten, eine Untersuchung von Toni zu veranlassen. Das ist nämlich gar nicht so einfach, weil Toni strenggenommen ein Wildtier ist. Jakob jedoch zwinkerte mir verschwörerisch zu und sagte: „Kenn'n Tierarzt, ders mitm Gesetzt nich ganz so genau nimmt."

Will wirklich nicht wissen, was der ‚lustige Jack' sonst noch so treibt.

Ich brauche eine geschlagene Stunde, um Toni einzufangen bzw. ihn dazu zu überzeugen, sich einfangen zu lassen. Wie um mich zu verhöhnen, verstreckt er sich nicht einmal, sondern setzt sich immer gut sichtbar irgendwo hin, wo ich nicht an ihn rankomme. Er klettert auf einen Baum und beobachtet mich dabei, wie ich eine Leiter anschleppe und an den Baum lehne, nur um sich dann auf den Dachgiebel zu setzen, wo ich mit der Leiter nicht hinkomme.

Seinem Frühstück kann er dann aber doch nicht ewig widerstehen und bequemt sich schlussendlich zu mir runter. Warum nicht gleich so, Toni? Warum nicht gleich so?

Der Doktor hat zwar weder im Blut von Paul noch von mir Bakterien oder Erreger gefunden, aber ich halte es trotzdem für ratsam, Toni mal auf sowas untersuchen zu lassen. Zudem hoffe ich, dadurch noch ein weiteres Argument zu haben, um bei Paul eine Erweiterung von Tonis Auslauf im Haus zu erwirken. Das Katzenklo stinkt zwar nicht, wenn ich es immer schön sauber halte, aber irgendwie ist es mir unangenehm, dass er sich in meinem Schlafzimmer entleeren muss.

Jakob wohnt am Waldrand in einer kleinen Holzhütte, auf einem riesigen Grundstück. Eine Scheune gibt es auch noch, aber da fragte ich lieber nicht nach. Bei meinem ersten Besuch hat er mir erzählt, dass seiner Familie früher mal der ganze Wald gehört hatte, aber inzwischen ist vieles in Landeseigentum übergegangen und Jakob ist sowas wie der Förster. Er hielt sich da sehr bedeckt, aber er sagte, mit ein paar Nebenverdiensten käme er ganze gut über die Runden, und solange er arbeiten könne, sei er zufrieden und glücklich.

Als ich ankomme, zieht Jakob gerade einen Karren Holz aus dem Wald. „Im Wald liegn viele Meter, aber isch bring imma nur so viel ein, wie isch für 'n Winter brauch."

Ich verstehe kein Wort, nicke aber freundlich. Wieso liegen Meter im Wald?

„Wir hatten leider keine Zeit verabredet und per Telefon hab ich dich nicht erreicht, also bin ich einfach mal losgefahren“, sage ich entschuldigend.

„Ach, ken Problem. Isch ruf schnell an, is nur ’n kurzer Weg“, antwortet Jakob und geht ins Haus.

Unschlüssig, ob ich hinterher gehen soll, bleibe ich erst mal stehen. Nach 2 Minuten steckt Jakob seinen Kopf aus dem Fenster.

„Dauert net lang. Kaffee?“

Die nächsten 20 Minuten trinke ich den schlimmsten Kaffee meines bisherigen Lebens und höre mir witzige Eskapaden vom lustigen Jack an. Die meisten davon haben Pointen, die ich nur deshalb als solche erkenne, weil Jakob jedes Mal anfängt, lauthals zu lachen, und Sachen fragt wie: „Gut, ne?“, „Hamma, oder?“

Ich lächele fleißig und trinke artig meinen Kaffee, unschlüssig, ob ich ihn lieber in kleinen Schlückchen trinken soll, um es erträglicher zu machen, oder lieber schnell, um das Martyrium nicht unnötig in die Länge zu ziehen. Allerdings bestünde dann die Gefahr, dass mir Jakob nachschenkt. Also halte ich mich lieber an der einen Tasse fest und würge das Zeug in kleinen Schlucken runter. Mein Magen rebelliert stark, aber ich will nicht unhöflich sein.

Ein Wagen fährt vor und kurze Zeit später steht sie in der Tür. Die schönste Frau, die jemals auf Jesus Ranch gewandelt ist. Lange braune Locken, kariertes Hemd, abgewetzte Jeans. Hätte alles um sie herum gestrahlt, während sie in Zeitlupe ihr Haar schüttelt, es hätte mich nicht gewundert.

Zumindest scheint die Sonne durch die Tür, wodurch ihrem Auftritt trotzdem ein effektvolles Hintergrundstrahlen verliehen wird.

Ich verschlucke mich an meinem Kaffee und bekomme einen widerlichen Hustenanfall, bei dem meine angeknacksten Rippen furchtbar schmerzen. Das Schlimmste ist jedoch, dass ich nun den Geschmack des Kaffees ständig im Hals habe und meine Stimme auch nicht so recht will. Vermutlich hat mir der Kaffee die Luftröhre verätzt.

„Ja ja, Jacks Kaffee kann einen schon umhauen“, flötet sie amüsiert und lächelt mich an.

Ein Lächeln bekomme ich leider unter dem Hustenanfall nicht so recht hin, es wird eher eine Grimasse.

„Wo is 'n Mika?", fragt Jakob statt einer Begrüßung.

„Der hat keine Zeit. In der Praxis ist zuviel los, aber ich guck mir den Kleinen trotzdem schon mal an." Dabei strahlt sie mich an.

Liebend gern darfst du dir meinen Kleinen angucken. Auch untersuchen, wenn du magst. Mein gereizter Hals hält mich zum Glück davon ab, das unbedacht auszusprechen.

Sie geht zwei Schritte in den Raum hinein, womit sie nun schon am Tisch in der Mitte des Raumes steht, streckt mir die Hand entgegen und stellt sich als Jane vor.

„*hust* Ka *hust* Karl *hust* freut *hust* mich."

Ihr Lächeln ist einfach umwerfend.

Jakobs Bruchbude wirkt auf einmal wie die schönste Ferienhütte, in der man gerne seinen Urlaub verbringen würde, und ich wette, der Kaffee hätte auch wie frisch aus Popayn geschmeckt, wenn ich noch etwas davon runter kriegen würde.

„So! Dann holen Sie ihn mal raus!", fordert sie mich munter auf.

Ich glaube, ich fantasiere. Sie schaut mich eine Weile an und wiederholt: „Hallo, Karl, würden Sie ihn bitte rausholen?"

Endlich fällt der Groschen und ich erinnere mich wieder, warum ich eigentlich hier bin. Ich greife unter den Tisch und hole die Transportbox hervor. Toni verkraftet es immer noch nicht so gut, darin eingesperrt zu sein, und verpasst mir erst mal einen Hieb, als ich rausnehme. In meinem durch Jane hervorgerufenen Delirium spüre ich es aber kaum. Toni schaut mich weiter böse an, als ich ihn auf dem Tisch absetze.

„Oh, der ist aber schon ein älteres Semester, wie?", kommentiert Jane amüsiert.

„Keine Ahnung, er ist mir zugelaufen", beantworte ich die eigentlich rhetorische Frage. Hauptsache Kommunikation, der Baustein einer jeden Beziehung.

„Na, dann wollen wir mal..."

Während der Untersuchung bin ich ziemlich unfähig zu reden, außer dass ich Jane immer wieder versichere, wie toll sie das doch macht. Woraufhin sie mich irgendwann fragt, woher ich mich denn so gut mit der Veterinärmedizin auskennen würde, um das zu beurteilen. Ich erröte. Aber sie lächelt, was mir nach wie vor die Sprache verschlägt und es unmöglich macht, ihr eine schlagfertige Antwort zu geben. Mal ganz davon abgesehen, dass mir keine einfällt.

Toni macht zwar einen mies gelaunten Eindruck, lässt sich aber erstaunlicherweise alles gefallen, was Jane mit ihm anstellt.

Würde ich genauso machen.

„Also sichtbare Parasiten hat er nicht, aber wir müssen natürlich noch die Labortests abwarten. Ich ruf Sie dann an, sobald ich sie habe."

Meine Telefonnummer platzt förmlich aus mir heraus. Nach zweimal Wiederholen hat sie sie dann in ihr Handy eingetippt.

Yes! Ich habe es geschafft, ihr meine Nummer zu geben. Was für ein Erfolg!

„Ich kenne mich jetzt nicht so genau mit Wildtieren aus, in der Regel behandeln wir in der Praxis nur Haus- und Nutztiere, aber ich würde sagen, für sein Alter ist der kleine Toni noch erstaunlich fit. Vielleicht sollte mein Mann aber noch mal ein Auge auf ihn werfen."

„Mann!?", rutscht es mir entsetzt heraus.

Sie überhört meinen Tonfall und antwortet ganz normal: „Ja, mein Mann, Dr. Mehllandt. Ich habe Veterinärmedizin nur zwei Semester studiert und dann eine Tierpflegerausbildung gemacht. Wir haben uns bei meiner Arbeit im Zoo kennengelernt und führen nun zusammen eine Praxis. Er konnte leider nicht persönlich kommen. Unser Terminkalender ist heute proppenvoll und eigentlich bin ich auch nicht zu entbehren gewesen, aber für meinen kleinen Bruder mache ich gern eine Ausnahme."

Ich kann mir gerade noch so ein ebenso erschrockenes „Bruder!?" verkneifen.

Sie setzt dazu an, Jakob durchs Haar zu wuscheln, doch der blockt es mit einem „Finger weg!" ab. Die Tatsache, dass sie anscheinend schon länger verheiratet ist, macht mir arg zu schaffen, und dass der hässliche Jakob ihr Bruder sein soll, verwirrt mich zutiefst.

„Danke!“, ist alles, was ich herausbringe.

Sie lächelt nach wie vor, schüttelt mir die Hand und meint, sie müsse jetzt schleunigst wieder in die Praxis.

Weg ist sie. In mein Leben geplatzt und genau so schnell wieder daraus verschwunden. Auch wenn ich sie bei der zweiten Untersuchung noch mal wiedersehen sollte, bleibt sie dennoch unerreichbar. Wenn mich ein Moment in meinem bisherigen Leben an die Liebe auf den ersten Blick glauben ließ, dann dieser. Für einen Augenblick schien ich vom Schicksal geküsst.

Doch dann ist es doch nur wieder ein Arschtritt.

Den restlichen Tag verbringe ich in einem Zustand totaler Verpeilung, ich weiß nichts mit mir anzufangen und sitze oder stehe einfach nur sinnlos irgendwo rum. Ich denke nicht mal nach. Ich bin einfach nur da, ohne jeglichen sinnvollen Gedanken.

Ich bin schwul! Ist das gut so?

Am nächsten Morgen denke ich schon wieder etwas klarer.

Okay, resümieren wir: Ich habe eine wunderschöne Frau getroffen, die ich vom Fleck weg heiraten würde. Sie ist aber unerreichbar für mich. Ganz zu schweigen davon, dass ich nicht wüsste, wie ich sie anmachen oder gar verführen soll, widerspricht es meinem persönlichen Ehrenkodex, mit Frauen, die schon eine Beziehung haben, etwas anzufangen.

Ich versuche, mir noch mit verschiedenen Argumenten meine Gefühle auszureden. Sowas wie: „Du kennst sie doch gar nicht“, „Du versuchst nur, eine Lücke zu füllen“, „Normale Dinge wirken in einer hässlichen Umgebung immer wunderschön“, „Du warst auf Schmerzmitteln“ usw. Es gelingt mir schließlich, durch die logische Schlussfolgerung, dass da eh nichts zu machen ist, die Gefühle zu einem unangenehmen Hintergrundrauschen zurückzudrängen.

Als ich wie immer meinem morgendlichen Ritual des extrem langsamen und vorsichtigen Aufstehens fröne, kommt Paul ins Zimmer geplatzt und wirft mir eine Zeitung hin.

„Einfach unglaublich! Was die sich alles ausdenken! Mal wieder typisch Sommerloch! Daran bist nur du schuld! Bieg das wieder grade! Keine Ahnung, wie ihr Pressefutzis das macht, aber du biegst das wieder hin!"

Wutentbrannt stürmt er raus.

Ich werfe einen Blick auf die Titelseite.

„Beliebter Lokalpolitiker schwul?", steht da in großen Lettern.

Oh interessant, wer denn?

Zu sehen ist ein Bild von zwei Männern am Pool, wie der eine dem anderen den Rücken eincremt. Die Szene kommt mir irgendwie bekannt vor.

Das war ca. zwei Tage, nachdem ich hier eingezogen bin. Ich hatte es satt, die ganze Zeit im Bett zu liegen, und schleppte mich an den Pool. Die Sonne brannte erbarmungslos, und aufgrund meiner Unfähigkeit, mich zu bewegen, bat ich Paul, mich einzucremen. Der lehnte kategorisch ab, aber schließlich konnte ich ihn doch erweichen, und er schmierte mir sehr unsanft und angewidert etwas Creme auf den Rücken. Ich versicherte ihm ständig, da wäre nichts dabei und er würde doch auch sicher seinem Vater den Rücken eincremen, wir wären doch langjährige Freunde, fast wie Brüder usw. Aber ihm schien die ganze Prozedur furchtbar unangenehm zu sein und nach 30 Sekunden war es auch schon vorbei.

Diese 30 Sekunden hat anscheinend irgendein gelangweilter Paparazzi festgehalten und daraus nun in der Flautezeit eine Klatschstory gemacht. Wenn er uns wirklich durch seinen Sucher beobachtet hat, muss ihm aufgefallen sein, dass an der Situation so gar nichts Homoerotisches war und Paul sich im Gegenteil stark bemüht hat, nicht den leisesten Verdacht in diese Richtung aufkommen zu lassen. Leider ist ein Foto nicht ganz so aussagekräftig und er hat einen Moment erwischt, aus dem man durchaus die gewollten Schlüsse ziehen kann. Das ist das Problem, wenn man nicht sieht, was davor und danach passiert, und vor allem, wenn einem vorgekaut wird, was man da auf dem Foto zu sehen hat.

Ich lese mir den Artikel durch. Wie nicht anders zu erwarten, ist er sehr reißerisch geschrieben und der gesamte Text lässt für den intelligenten Leser deutlich erkennen, dass hier keine Tatsachen behandelt, sondern nur wüste Vermutungen unglaublich hochgepusht werden. Leider hat diese Zeitung nicht nur intelligente Leser, ich wag sogar mal die These, dass die meisten ganz und gar nicht zu dieser Kategorie zählen. Es ist zwar nur die Lokalzeitung, aber die Auflage deckt vermutlich trotzdem die ganze Stadt und Umgebung ab. Zudem ist Paul ja auch fast nur hier aktiv.

Der Reporter behauptet, Paul sei vor einem halben Jahr nur deshalb umgezogen, damit seine Homosexualität nicht zufällig entdeckt würde, wenn ihn ein findiger Reporter - damit meint er wohl sich - näher beobachten würde. Derlei Behauptungen werden noch viele aufgestellt. Paul hat nie Politik für gleichgeschlechtliche Belange gemacht. In dem Artikel wird nun die Tatsache, dass er auch nie was dagegen gemacht hat, plötzlich zum eindeutigen Beweis seiner Homosexualität. Das einzig Kluge, von der handwerklichen Seite, ist, dass der Reporter nicht Stellung zur Frage der Homosexualität im Allgemeinen bezieht, sondern nur ‚neutral' die ‚Fakten' aufzählt.

Unterm Strich steht da aber für den gewöhnlichen Leser, dass sich der unfreiwillig geoutete Lokalpolitiker Paul Sommerfeld mit einem noch unbekannten Mann am Pool vergnügt hat. Zum Glück bin ich nicht zu erkennen, ich lag ja auf dem Bauch und wurde auch halb von Paul verdeckt.

Mhh, mir ist nicht direkt klar, was für Probleme das Paul bescheren könnte, immerhin ist er nicht bei den Konservativen. Aber vor allem als Reporter weiß ich, wie unangenehm so eine Geschichte werden kann. Wenn einen die Medien erst mal auf dem Kicker haben, hängt man da meistens eine Weile.

Ich dusche und ziehe mich an.

Paul sitzt griesgrämig in der Küche, trinkt einen Espresso nach dem anderen und starrt jedes Möbelstück so finster an, dass es mich nicht wundern würde, wenn eins davon spontan in Flammen aufgeht.

„Und nun?", frage ich vorsichtig.

„Ich sag dir, was nun. Du musst denen erzählen, was wirklich passiert ist, die schreiben eine Geschichte, die mich rehabilitiert, und gut ist!“

„Damit würde ich öffentlich machen, dass ich hier bin...“

„Mir scheißegal!“, unterbricht mich Paul. „Du machst das oder du fliegst gleich raus! Wenn du nicht hier wärst, wär das alles nicht passiert!“

Eigentlich kann ich Paul verstehen und mir auch viele von seinen Launen gefallen lassen, aber entweder liegt es an meiner eigenen Stimmung oder daran, dass es noch so früh ist, auf jeden Fall macht er mich gerade unglaublich sauer.

„Und!? Wenn du Melanie nicht eingestellt hättest, wäre das alles auch nicht passiert! Und wenn du nie Politiker geworden wärst, wäre das auch nicht passiert! Und wenn...“

„Schon gut, schon gut, ich verstehe, was du mir sagen willst“, sagt Paul etwas ruhiger. „Aber trotzdem musst du das richtigstellen, für mich.“

Ich massiere mir die Schläfen, um mich zu beruhigen, und denke nach. „Paul, ich bin auf dem Foto nicht mal zu erkennen. Selbst wenn ich denen die Wahrheit erzähle, weißt du nicht, was sie daraus machen. Im schlimmsten Fall haben sie dich wirklich auf dem Kicker und stellen meine Richtigstellung als Versuch dar, dich rauszureden.“

Schweigen.

„Hast du denen irgendwas getan, dass die dich fertigmachen wollen?“

Er seufzt. „Nicht, dass ich wüsste. Aber so genau kann man das nie wissen. Mit jeder Entscheidung, die du triffst, trittst du unweigerlich irgendjemandem auf die Füße. So ist das nun mal. Es soll ein neues Krankenhaus gebaut werden und die Abstimmung steht an, ob im Norden oder im Westen. Die privaten Träger und Finanziers sind beide gut, aber einer umgarnt halt ein paar Abgeordnete mehr als der andere und der Beschluss fällt auf den Norden. Die Mutter des Journalisten wohnt aber im Westen, und als sie einen Herzinfarkt bekommt, braucht sie zu lange ins Krankenhaus und stirbt auf dem Weg. Okay, das ist jetzt ein krasses Beispiel, aber so könnte es laufen. In den seltensten Fällen ist jeder einverstanden. Du bist Volksvertreter und sollst zum Wohle aller handeln. Bestenfalls kannst du zum Wohle der Mehrheit handeln, aber oft nicht mal das. Selbst in den kleinsten Entscheidungen stecken zig Interessen drin und oft gibt es nur wenig Kompromisse."

Mir fällt auf, dass Paul zum ersten Mal wirklich ernsthaft über seine Arbeit spricht. Natürlich ist mir bewusst, dass er Politiker ist, aber wenn wir zusammen sind, ist es höchstens mal scherzhaft Thema. Nun spülen mir offenbar die oberflächlichen Wellen einer tiefen Frustration entgegen, und um ehrlich zu sein, weiß ich gerade nicht so recht, wie ich damit umgehen soll.

Vorsichtig lege ich ihm eine Hand auf die Schulter.

„Wir überlegen uns was, irgendwie kriegen wir das wieder hin", versuche ich ihn zu trösten.

Unglaublich, aber so habe ich ihn noch nie gesehen. Wo ist der sonst so massive Paul, der so locker und leicht durchs Leben spaziert? Ich vermute, dass vor mir nicht nur das Ergebnis einer kleinen Verleumdungskampagne sitzt. Da bricht sich gerade noch viel mehr Bahn.

Als Psychiater tauge ich nicht viel und als Kummerkasten bin ich auch noch nie richtig gut gewesen. Im Moment brauche ich, glaub ich, mehr Ratschläge, als dass ich welche zu geben habe. Also begnüge ich mich vorerst damit, stillschweigend Frühstück zuzubereiten und eine große Kanne starken Kaffee zu kochen.

Paul ist anscheinend in tiefer Trübseligkeit versunken und sagt die ganze Zeit kein Wort. Es ist gar nicht gut, dass zwei solche Trauergestalten alleine in einem Haus sind. Die drückende Stimmung kriecht durch die Räume wie Kohlenmonoxid. Schleichend und unsichtbar füllt es sie langsam. Ist es draußen etwas dunkler geworden? Die ganze Woche habe ich mir Pauls Gesellschaft herbeigesehnt und nun will ich eigentlich nur noch flüchten. Aber alleine lassen will ich ihn auch nicht. Tatsächlich bin ich ja wirklich nicht ganz unschuldig an der Geschichte.

Schweigend nehmen wir unser Frühstück zu uns. Denn essen kann man das nicht nennen. Jeder in seinen Problemen versunken, hätten wir auch Pappmaché in uns rein geschaufelt, ohne es zu merken.

Gegen Mittag, wir sitzen immer noch in der Küche, nicht mal den Tisch haben wir abgeräumt, steht plötzlich Lisa in der Tür. Wie ist sie hier reingekommen?

Sie strahlt übers ganze Gesicht und hält eine Ausgabe der Lokalzeitung in der Hand. Ihre Freude fällt etwas in sich zusammen, als sie die Kohlenmonoxidstimmung im Raum spürt.

„Man, da geht's ja bei der Gruppensitzung der gescheiterten Selbstmörder fröhlicher zu als hier." Sie grinst uns schief an. Sie scheint aber ziemlich schnell zu erfassen, warum wir wie die Trauerklöße vor uns hinköcheln, und versucht, uns aufzumuntern.

„Ihr hättet mir auch ruhig sagen können, dass ihr ein Pärchen seid! Vielleicht wär ja 'n Dreier drin gewesen."

Klappt nicht.

„Ach kommt schon... jetzt sagt nicht, dass ihr wegen dem Scheiß hier Depri schiebt!? Nehmt das doch mal mit Humor! Ich meine, warum Karl hier wie ein Häufchen Elend sitzt, weiß ich, aber der Paul, mit dem ich die Kneipentour gemacht hab, hätte sich über diesen Artikel schlapp gelacht."

Als immer noch keiner von uns reagiert, verliert sie langsam die Geduld: „Steht auf! Zieht euch an! Wir gehen uns amüsieren! Los!"

Paul schaut auf und versucht zu lächeln.

Klappt nicht.

„Lass gut sein, Lisa. Nett, dass du uns aufmuntern willst, ehrlich. Aber bei mir hängt da echt noch ein riesiger Rattenschwanz dran. An den will ich eigentlich gar nicht denken, tue es aber die ganze Zeit. Aber da muss ich jetzt durch. Wird bald wieder besser... hoffe ich."

Ich fasse einen Entschluss. „Sie hat recht, Paul, es bringt nix, hier Trübsal zu blasen. Ich denke, ein kleiner Ortswechsel täte ganz gut, um den Kopf freizubekommen, und dann denken wir darüber nach, wie wir das wieder gradebiegen", sage ich.

Zusammen mit Lisa schaffe ich es tatsächlich, Paul dazu zu bewegen, sich anzuziehen.

Ich bin recht Stolz auf meinen Entschluss, die Sache anzupacken. Allerdings stößt es mir etwas bitter auf, dass das nicht ganz uneigennützig ist. Aber wenn wir alle darüber nachdenken und diskutieren, wie wir Pauls Misere lösen können, treten meine eigenen Probleme vorerst in den Hintergrund.

Mir ist immer noch nicht ganz klar, wieso sich Lisa so für die Sache interessiert. Ich habe sie doch nur als Schauspielerin für meine kleine Schmierenkomödie engagiert. Meine Erinnerungen sind da zwar lückenhaft, aber ich glaube, die beiden haben danach noch einen schönen Abend zusammen verbracht und miteinander geschlafen. Aber reicht das? Jetzt tut sie so, als würden wir uns alle schon Jahre kennen und als wäre es das Normalste auf der Welt, einfach in Pauls Haus zu spazieren und ihm zu helfen. Ein seltsames Mädchen.

Wir fahren mit dem Auto und Paul versinkt so tief in seinem Sitz, dass er damit zu verschmelzen scheint. Die ganze Fahrt über reden wir ihm weiter gut zu, was aber sein paranoides Gedankenkarussell offenbar nur wenig bremst.

Wir setzen uns in eine kleine Kneipe, es ist gerade mal Mittag. Dementsprechend besteht die restliche Gästezusammensetzung hauptsächlich aus Stammalkoholikern. In einer Ecke sitzen noch drei junge Mädchen, vermutlich Touristinnen, die entweder nicht zugeben wollen, dass sie sich in der Bar geirrt haben, oder inzwischen Angst haben, einfach wieder aufzustehen, ohne was zu bestellen. Man würdigt uns wie erhofft keines Blickes.

Ich hole für uns Getränke an der Bar und wir, bzw. hauptsächlich Lisa und ich, diskutieren über die Situation und was wir tun können. Aber irgendwie drehen wir uns mit unseren Ideen immer im Kreis. Paul hat es zum Glück nur in der Lokalzeitung und einigen Internetredaktionen in die Schlagzeilen geschafft. Doch die Lokalzeitung ist nun mal wie üblich die meistgelesene in der Stadt.

Ich bin nach wie vor der Meinung, die Geschichte mit der Wahrheit aufzuklären, könnte leicht nach hinten losgehen. Dafür bin ich schon lange genug im Geschäft um zu wissen, dass einen die

Medien zwar Wort für Wort zitieren können, aber unterm Strich eine ganz andere Aussage dabei herauskommt. Wenn ein Reporter etwas schreibt, lässt er fast immer seine eigene Meinung in den Text einfließen. Ob gewollt oder nicht, dem Leser wird meistens eine genaue Meinung suggeriert.

Lisa ist mittlerweile bei so hilfreichen Ideen angekommen, wie den Reporter zu entführen und ihn zu einer Richtigstellung der Geschichte zu zwingen. Ich frage nur zum Spaß, wie sie denn das zu tun gedenke. Nach ihrer erschreckend ausführlichen Antwort beschließe ich, mich niemals mit Lisa anzulegen.

Betretenes Schweigen. Mein Tatendrang ist inzwischen ebenso zusammengesackt wie Paul auf der Sitzbank. Mir will einfach kein vernünftiger Gedanke kommen, Lisa geht es offenbar ähnlich und Paul hängt nur da wie ein Sack Zwiebeln.

Lisa bricht frustriert das Schweigen: „So kommen wir nicht weiter. Sag du doch mal was dazu, Paul!“

Paul braucht einen Moment, um aus seinen eigenen Gedanken zu erwachen. „Wie bitte?“

Lisa verdreht die Augen: „Ob du nicht irgendeine Idee hast? Kennst du vielleicht irgendjemanden, der Einfluss auf die Zeitung hat?“

Plötzlich habe ich eine verrückte Idee. Sie kratzte schon seit geraumer Zeit an meiner Hirnrinde, aber ich konnte sie bis jetzt nicht so richtig fassen.

„Hör mal Paul, es ist vielleicht nicht der beste Vorschlag... um genau zu sein, ist es nicht mal ein konkreter Vorschlag, sondern mehr eine Tatsache. Einigen anderen Politikern hat ein Outing zur Homosexualität sogar einigen gewissen Auftrieb verschafft. Ich meine... du bist nicht bei den Konservativen und wir haben in unserer Stadt eine multikulturell und... sehr offene Gesellschaft...“

Pauls Augen verengen sich und ich höre auf zu sprechen.

„Willst du damit etwa sagen, ich soll jetzt schwul werden? Das kann doch wohl nicht dein Ernst sein!?“

„Nein, so meine ich das doch gar nicht. War ja nur so ein Einfall“, gebe ich mich kleinlaut geschlagen.

Mal ehrlich, ich habe keine Ahnung vom Politikerdasein und kann nicht im mindesten abschätzen, was dieser Artikel für Paul bedeutet. Deprimierend.

Wieder sitzen wir eine ganze Weile still da. Und wieder ist es Lisa, die zuerst redet: „Das könnte doch tatsächlich funktionieren. Ich meine, wenn du jetzt in die Offensive gehst, zeigst du Stärke und machst deutlich, dass du dich nicht dafür schämst, schwul zu sein."

„Aber ich bin nicht schwul!!!"

Einige der Lokalalkis drehen sich so weit auf ihren Stühlen, dass sie ein Ohr in unsere Richtung bekommen.

Lisa beschwichtigt ihn. „Ich weiß, du musst ja jetzt auch nicht in der Öffentlichkeit mit Karl Händchen halten oder rumknutschen..."

„Hey, Moment mal!", protestiere ich jetzt, „Ich wurde doch gar nicht als schwul hingestellt, also warum soll ich mich auch outen?"

„Ja, jetzt siehst du mal, wie bescheuert diese Idee ist", zischt Paul mich an.

„Klappe, alle beide!", fährt uns Lisa dazwischen. „Karl, du musst dich natürlich nicht outen. Und ich rede gar nicht davon, dass du dich in der Öffentlichkeit auch so verhalten sollst, Paul. Denk wenigstens mal drüber nach. Aber lass dir nicht so viel Zeit dafür. Wenn du zu lange wartest, wirkt es umso mehr, als hätten dich die Medien gehetzt. Es ist der beste Plan, den wir bis jetzt haben, er könnte funktionieren, aber nur, wenn er zügig umgesetzt wird."

Ich sage erst mal gar nichts. Aber natürlich denke ich mit. Paul müsste in der Öffentlichkeit sagen, dass er schwul ist, aber so auftreten müsste er nicht. Das könnte ihm sogar eher negativ ausgelegt werden. So ist unsere Gesellschaft nun mal, wir haben nichts gegen Leute, die anders sind, aber sie sollen doch bitte hinter verschlossener Tür anders sein.

Paul seufzt. „Okay, ich denk drüber nach, aber erst mal muss ich ins Büro, ich wette, ich hab schon 100 entgangene Anrufe auf dem Handy."

Er steht auf und macht sich zum Gehen fertig.

Ich bin froh zu sehen, dass Paul wieder etwas gefasster wirkt als vorhin. Entweder er hat sich mit der Situation abgefunden und versucht sie nun zu lösen, oder er hat fürs Runterschlucken von dem Kloß nur etwas länger gebraucht und kriegt vermutlich irgendwann Magengeschwüre. Ich hoffe, es ist Ersteres.

„Ruf mich an, wenn du was brauchst, vielleicht kann ich auch was drehen, wenn ihr eine Erklärung rausgeben wollt", sage ich zum Abschied.

Er lächelt etwas unbeherzt. „Danke Karl, nett von dir, aber ich glaube, wenn, dann wäre eine Presseerklärung mit allen Medien am Besten."

Lisa schaut Paul noch nach, dann dreht sie sich entschlossen zu mir. Ich ahne Schlimmes.

„Nun zu dir!" Es klingt fast wie eine Drohung. „Deine Probleme müssen wir ja schließlich auch noch in Griff kriegen!", verkündete sie fröhlich.

„Bist du heute die Sorgentante vom Dienst oder was?"

Lisa ist mir nicht unsympathisch, aber irgendwie ist mir auch nicht wohl dabei, dass sie schon jetzt so tiefen Einblick in mein Privatleben hat. Allerdings hat sie damit auch noch nichts Böses angestellt, sondern mir viel geholfen.

Meine Schultern geben noch ein Stück weiter der Schwerkraft nach und ich beginne zu berichten: „Eigentlich hat sich noch nicht wirklich was geändert. Ich konnte mich bis jetzt zwar erfolgreich vor Melanie verstecken, aber irgendwie hat die Zeit im Exil nicht den erhofften Effekt. Es ist ziemlich trostlos in Pauls Haus. Er ist kaum da, und wenn er mal da ist, ist er oft zu beschäftigt mit anderem Kram. Und jetzt auch noch diese Geschichte. Da wird er bestimmt noch weniger da sein. So bin ich also die meiste Zeit mit meinen Gedanken allein und irgendwie schaffe ich es nicht, die in eine positive Richtung zu lenken." Ich mache eine kurze Pause, in der mir noch mal schmerzlich bewusst wird, wie unzufrieden ich mit der ganzen Situation bin. „Und Toni musste ich..."

„Wer ist Toni?"

„Toni ist mein Waschbär." Ich versuche, es so klingen zu lassen, als wäre das die normalste Sache der Welt.

„Waschbär?“

„Ja, Waschbär. Kurzfassung: Er ist mir zugelaufen, ich hab ihn behalten und jetzt ist er so ’ne Art Haustier. Wie auch immer, Toni musste vom Tierarzt untersucht werden, da Paul und ich von ihm gebissen wurden.“

„Ist mir jetzt schon sympathisch“, grinste Lisa.

„Haha, Paul hat Toni scheinbar erschreckt, als er ihn aus meiner Wohnung holen sollte, und da war er halt ziemlich reizbar. Aber egal. Also, ich musste ihn untersuchen lassen und hab ihn zu einem Bekannten von Paul gebracht, der das regeln wollte, die Haltung von Waschbären ist nämlich, glaub ich, nicht ganz legal.“

„Was heißt nicht ganz legal?“

„Also, die Untersuchung führte eine Tierarzthelferin namens Jane durch. Sie ist wunderschön und stellte meine Gefühlswelt kurzzeitig auf den Kopf, um sie dann sofort wieder in sich zusammenkrachen zu lassen, als sie sagte, dass sie verheiratet sei. Das alles und meine immer noch anhaltenden Schmerzen von... einem kleinen Unfall tragen also nicht grade dazu bei, dass ich mich besser fühle.“

Lisa schweigt.

Ich starre ins Nichts und denke auch an fast nichts. Erst recht nicht an meine Situation oder wie ich da wieder rauskommen kann. Also eigentlich denke ich schon daran, versuche aber, das immer wieder mit dem Gedanken *‚Bloß nicht dran denken!‘* zu unterbinden.

Beim Nicht-daran-denken fällt mir allerdings etwas auf. Ich habe meine Probleme gerade in nur ein paar Sätzen zusammengefasst und man könnte sie wohl noch weiter auf einige Stichpunkte reduzieren. Auf diese Art wirken sie gar nicht mehr so groß und schwerwiegend. Der Gedanke ist recht interessant und ich fühle mich tatsächlich etwas leichter. Der Problemriese, den ich die letzten Tage huckepack getragen habe, scheint tatsächlich etwas abgenommen zu haben. Obwohl er sich so wenig sportlich betätigt. Die letzten Tage habe ich mich so in Selbstmittleid gesuhlt, dass ich keinen klaren und schon gar keinen positiven Gedanken fassen konnte.

Unglaublich, aber an der Phrase *Die Probleme von der Seele reden* ist anscheinend doch etwas dran.

Ich denke, es wird Zeit, sich zu stellen.
Ich springe auf. „Danke Lisa, danke!"
Ich umarme sie, werfe einen Schein auf den Tisch und lasse sie völlig verdattert in der Kneipe zurück. Ich will sofort loslegen.

Alles prima!.......?

Sofort als ich bei Paul ankam, habe ich mir all meine Sachen und Toni geschnappt und bin ab nach Hause.
Im Briefkasten hat sich traurig wenig Post angesammelt.
Die Euphorie ist nun, wo ich vor meiner Haustür stehe, etwas abgeflaut. An der Tür hängt ein neongrünes Post-it, darauf steht ganz groß: Danke!
Hä? Mein erster Gedanke ist Melanie, aber es ist nicht ihre Handschrift. Ziemlich betrüblich zwar, aber mir fällt echt nicht ein, wer mir für irgendetwas dankbar sein sollte. Naja, egal.
Paul hatte recht. Ich habe es zwar nie gesehen, auch nicht auf Fotos oder so, aber in der Küche sieht es wirklich aus wie in Pearl Harbor. Vermutlich hätte aber auch jedes anderes Kriegsgebiet Vergleichspate stehen können. Schränke offen, der Inhalt überall verstreut.
Ich erinnere mich daran, dass Paul von Toni angefallen wurde, als er in die Küche kam. Toni hat wohl vorher nach Leibeskräften versucht, sich selbst zu versorgen. Dabei gingen ihm verständlicherweise sämtliche menschlichen Maßstäbe anheim und so sieht es nun in der Küche auch aus.
„Für einen Waschbär bist du aber nicht besonders ordentlich."
Toni versucht nicht mal, mich entschuldigend anzugucken. Er klettert einfach in seinen Korb und macht es sich dort gemütlich.
Kopfschüttelnd mache ich mich daran, das gröbste Chaos zu beseitigen. Zum Glück hat Toni die Schränke immer nur so weit ausgeräumt, bis er entweder sicher war, dass nichts Essbares drin ist, oder er etwas gefunden hat.
Nach zwei Stunden Aufräumen koche ich mir einen Kaffee, setze

mich vors Telefon und höre den Anrufbeantworter ab. Auch hier traurig wenig Nachrichten. Das Band läuft zu Ende, ohne dass ich eine Nachricht von Melanie gehört habe. Vorsichtshalber checke ich noch mal die Mailbox vom Handy: nichts. Ich sehe die Post durch, meine Emails: nada.

Hä? Ich hole tief Luft und rufe sie auf dem Handy an.

„Diese Nummer ist vor..."

Mhh, seltsam. Könnte es tatsächlich sein? ... Nein, so viel Glück habe ich nicht. Ich schaue auf die Uhr, mittlerweile ist es Abend geworden. Nochmals nehme ich all meinen Mut zusammen und wähle mit unterdrückter Nummer Steefs Anschluss.

„Hallo?"

Ich kriege keinen Ton raus.

„Hallo???"

„M... Melanie?"

„Karl?"

Stille.

„Hör zu, ich... versteh das bit..."

Ich lege auf. Melanie ist also bei Steef zu Hause und geht wie selbstverständlich ans Telefon. Das kann eigentlich nur eins bedeuten. Obwohl, bei mir hat sie das zu meinem Leidwesen vom ersten Tag an gemacht. So hat sie auch meine Mutter kennengelernt.

Aber Steef?!? Anscheinend hat mein Plan viel besser funktioniert als gedacht. Gruselig. Da hatte ich wohl wirklich mehr Glück als Verstand. Aber warum fühle ich mich jetzt nicht besser? Damit hat sich das Grundproblem von einem Moment auf den anderen doch eigentlich erledigt. Oder will mein Gehirn es einfach noch nicht wahrhaben? Melanie hat offenbar einen anderen, somit sind wir getrennt und ich bin wieder frei. Ist doch alles wunderbar.

Doch es fühlt sich irgendwie nicht so an. Am besten, ich gehe noch mal in mich und mache einen gründlichen Seelencheck.

Mhh. Ne, immer noch dieselbe Stimmung wie vorher. Etwas leichter als die letzten Tage, aber immer noch drückt irgendwas. Ist doch nicht Melanie das Problem? Psychoanalyse an sich selbst ist gar nicht so leicht.

Das Telefon klingelt.

Ich nehme ab, ohne ein Wort zu sagen.

„Karl, bitte hör mir zu, ich wollte nicht, dass das alles so kommt, aber der Abend mit Steef war so... so... ach, ich weiß auch nicht... und vorher war's bei uns ja auch eher so... naja... und dann warst du auf einmal weg und da hat Steef mich überredet, noch was trinken zu gehen. Ach, er ist ja so erfrischend spontan. Ich dachte, du würdest dich dann schon melden und nachkommen. Ich... ich..." Sie bricht ab. Es macht nicht den Eindruck, als ob sie gleich anfangen würde zu weinen, aber die Worte scheinen ihr auch nicht gerade leicht über die Lippen zu kommen.

„...ich wollt's dir erklären, wirklich, aber du warst nicht zu Hause und bist auch nicht ans Telefon gegangen, aber auf deinen Anrufbeantworter wollt ich dann auch nicht... und..."

Ich versuche, einen aufmunternden Klang in meine Stimme zu bekommen, sie wird aber genau so leer wie mein Kopf.

„Schon gut, mach dir keine Sorgen, is alles Okay. Grüß Steef von mir und einen schönen Abend euch noch."

Melanie will offenbar noch was sagen, aber ich lege vorher auf.

Gut.

Schön.

Damit ist es nun endgültige Gewissheit.

Schön.

Gut so.

Komisch, dieses Gefühl von keinem Gefühl.

Ich wache mit dem Kopf auf der Tischplatte auf. Mein senkrechter Blickwinkel fällt auf die Müslischüssel und eine umgekippte Packung bunter Cornflakeskringel. Dem drückenden Gefühl an einigen Stellen meiner Wange nach zu urteilen, liege ich auf einigen davon. Ich glaube, ich habe gesabbert. Meine Augen erfassen weiter eine halbleere Flasche Birnenschnaps. Die habe ich irgendwann mal geschenkt bekommen und mich ehrlich darüber gefreut. Das mach ich immer so, wenn ich was geschenkt kriege, was ich nicht brauche. Wozu aufregen? Lieber freuen, dass man jetzt was hat, wenn man selber mal wieder nicht weiß, was man schenken soll. Das Geschenkkärtchen hängt noch an der Flasche, das erspart mir die Beschriftung. Nichts ist unangenehmer, als Geschenke aus Versehen dem ursprünglichen Schenker zurück zu schenken. Noch lieber wäre mir ja eine Geschenkkarte mit Schenkungshistorie. Mit so einer Tabelle wie in Büchereien:

Anlass	Anmerkung	Von	Über
Zur Einweihung		Marlen	Johannes
Zum Geburtstag	alles Gute!	James	Johann
Zum Geburtstag	Prost auf dich!	Johann	Sabrina
Zu Weihnachten		Sabrina	Mama & Papa
Zu Ostern	Gesucht und gefunden	Deine Tante	James

Ups, da hat wohl jemand die Historie nicht verfolgt.

Das würde einiges vereinfachen und unangenehme Situationen vermeiden:

„Oh schön... Heinz, komm doch mal kurz her! ... Hab ich dir die nicht letztes Jahr zu Weihnachten geschenkt?!? Also wirklich! Sogar noch dieselbe Geschenkschleife."

„Jetzt reg dich mal nicht so auf, die hast du doch vor zwei Jahren von mir zu Ostern bekommen!"

Ebenso würde ich Geschenkkärtchen rausbringen: *„Für den glücklichen Ebaykäufer!", „Für die Müllabfuhr!", „Fürs nächste Weihnachtswichteln!"* Aber für solche Fortschrittlichkeiten ist unsere Gesellschaft, glaube ich, einfach noch nicht reif. Alle wollen Ehrlichkeit und Aufrichtigkeit, aber dann doch bitte nicht so wirklich ehrlich und aufrichtig.

Schade eigentlich, dass die Flasche jetzt offen ist. Nun habe ich die Geschenkhistorie für immer gekappt. Wer weiß, wo die Flasche sonst mal gelandet wäre. Vielleicht im Museum in der Ausstellung

‚Kapitalismus des 20./21. Jahrhundert': „Anhand von DNA und Bewusstseinsspuren hat man herausgefunden, dass diese Flasche über 60 Jahre hinweg auf unterschiedlichsten Wegen über die ganze Welt verschenkt wurde. Währenddessen hat sie 47 mal den Besitzer gewechselt. Ein typisches Beispiel für die Schenkun…"

Ich habe der Flasche die Zukunft genommen.

Dabei taugt der Schnaps nicht mal wirklich was als Milchersatz für die Cornflakes. Naja, immerhin was mit Frucht. Fürs gute Gewissen.

Da man eine halbe Flasche Birnenschnaps schlecht weiterverschenken kann, wird er wohl mal irgendwo in eine Bowle wandern.

Langsam richte ich mich auf. Mein Kopf versucht, sich möglichst schwer zu machen und mich davon zu überzeugen, ihn da doch noch etwas liegenzulassen. Die Cornflakeskringel bleiben noch etwas an meiner Wange kleben, fallen dann aber einer nach dem anderen ab. Sie hinterlassen verschiedenfarbige Abdrücke.

Ich schleppe mich ins Bett.

11 Uhr.

Mein Kopf brummt von den ganzen Grübeleien und dem ihm zugeführten Zucker-Alkohol-Müsli.

Den ganzen Abend habe ich in der Küche gesessen und nachgedacht. Warum ich mich nicht besser fühle, jetzt wo Melanie endgültig weg ist, hat sich mir aber leider immer noch nicht erschlossen. Sie war definitiv die falsche Frau, obendrein anstrengend und leicht psychopathisch. Aber wir hatten auch unsere schönen Momente. Vielleicht sind es die, die ich vermisse.

Toni bekommt etwas zum Frühstück, ich bekomme viel Wasser.

Ich schalte den Fernseher an und hätte das Wasser beinahe in Pauls Gesicht gespuckt. In großen Lettern fliegt die Meldung in einem Balken unter seinem Bild vorbei: Lokalpolitiker Paul Sommerfeld outet sich als homosexuell!

Schnell schalte ich den Ton an.

„…finde ich es unerhört, dass ein Journalist so massiv in mein Privatleben eindringt. Das wird noch Folgen für denjenigen haben.

Aber ich betone nochmals, dass ich mich meiner Sexualität keinesfalls schäme. Ich bin schwul und ich stehe auch dazu. Meine Aufregung dürfte wohl trotzdem jedem verständlich sein. Jeder würde so reagieren, wenn ihn jemand in intimen Momenten des privaten Lebens fotografiert wie ein perverser Spanner. Es geht hier nicht um meine sexuellen Vorlieben oder dass ich etwas verheimlichen will. Die wenigsten Leute würden wohl mit ihren eigenen Vorlieben hausieren gehen. Und so wie derjenige dort im Gebüsch gehockt und mich und meinen Partner beobachtet hat, sollte er sich wohl mehr Gedanken um seine eigenen Vorlieben machen und damit vielleicht mal einen Psychiater aufsuchen."

Der hat gesessen. Ich starre noch eine Weile mit offener Kinnlade den Fernseher an. Paul beantwortet ein paar lapidare Fragen und schon geht die Sendung mit anderen Meldungen weiter.

„Hast du... hast du wirklich... bist du wirklich...?", stammle ich Paul am Telefon an, nachdem ich es knapp eine halbe Stunde erfolglos bei ihm versucht habe.

„Nein, ich bin natürlich nicht schwul, Karl, das solltest du wissen."

„Ja stimmt, sorry, ich bin nur etwas... verwirrt. Ich hätte nicht gedacht, dass du unseren Vorschlag ernst nimmst."

„Naja, ehrlich gesagt war das nicht nur dir und Lisa geschuldet. Ich hab zwar, nachdem ihr das vorgeschlagen hattet, darüber nachgedacht, aber den Gedanken dann doch schnell wieder verworfen und eher als Ausweichlösung im Hinterkopf behalten. Aber als dann das Büro und sogar einzelne Leute aus der Parteispitze mir ähnliche Ratschläge gaben, hab ich's dann einfach gemacht."

„Einfach gemacht!? Paul, du hast dich grade in aller Öffentlichkeit geoutet, das macht man nicht einfach mal so."

„Ja ja, schon richtig... ich hoffe auch wirklich, dass es der richtige Schritt war. Aber bisher sieht's ganz gut aus. Ständig rufen Reporter an und wollen Statements von mir und das Feedback ist allgemein sehr positiv. Und du weißt ja, wenn die Medien positiv gestimmt sind, ist das schon mal ein gutes Zeichen. Denn die tragen die Stimmung ins Volk."

„Na dann... ähm... herzlichen Glückwunsch zu deinem Outing. Vielleicht stehst du ja nach der Sache sogar besser da als vorher. Aber sag mal, wie stellst du dir das denn bitte vor? Willst du dir jetzt auch 'nen Schauspieler engagieren, der deinen Alibilover spielt?"

„Daran hab ich in der Tat schon gedacht, aber ich denke, eine öffentliche Demonstration ist gar nicht von Nöten. Deshalb hab ich ja eindeutig klargemacht, dass mein Privatleben meine Privatsache ist."

„Du weißt aber schon, dass du im Umkehrschluss jetzt auch nicht mehr mit Frauen in der Art öffentlich auftreten kannst wie bisher. Das heißt, keine schöne junge Begleiterin mehr zu Bällen, Empfängen und dem ganzen Zeug."

Betretenes Schweigen am anderen Ende der Leitung.

Vermutlich ist das einer der wenigen Punkte, die Paul massiv stören. Sein Image muss er jetzt quasi komplett ändern. War er doch bisher sowas wie der schnittige freche Playboy der Politik, dem man keine seiner Eskapaden wirklich übelnehmen konnte. Das wird nicht leicht.

„Ja, ich weiß", sagt er schließlich betreten. „Das ist eben der Preis, den ich zahlen muss. Und eins kannst du mir glauben, dieses miese Reporterschwein muss das doppelt und dreifach zurückzahlen! Momentan klären wir verschiedene Anklagemöglichkeiten wegen der Art und Weise, wie er uns da aufgelauert hat, und auch wegen versuchter Verleumdung. Vieles wird sicher am Grundsatz der Pressefreiheit abprallen, aber zumindest heizen wir ihm ordentlich ein."

Aus journalistischer Sicht sag ich dazu jetzt mal lieber nichts, aber Pauls Rachegelüste machen mir schon irgendwie Angst.

Doch sein Tonfall ändert sich sofort wieder ins Normale.

„Hast du die ganze Pressekonferenz gesehen?"

„Den Anfang hab ich verpasst, aber einen Großteil hab ich gesehen."

„Dann hast du vielleicht schon mitgekriegt, dass wir versuchen, ihn mit seinen eigenen Waffen zu schlagen und ihn in der Presse schlecht dastehen zu lassen. Diese Strategie werden wir auch noch ausweiten." Er lacht.

„Nachtragend bist du ja gar nicht, was?"

„Na hör mal, das war ja auch wirklich eine miese Aktion! Ihm muss ganz klar gewesen sein, dass wir nicht schwul sind. Trotzdem hat er mit Absicht alles so zurechtgelegt, dass es so aussieht. Das hat nichts mehr mit Journalismus zu tun, das ist einfach nur ausgedachter Müll, um Schlagzeilen zu machen."

„Willkommen in der Medienwelt, mein Freund. Aber beruhige dich erst mal ein bisschen. Zuviel von dieser Hetzkampagne gegen ihn könnte dir auch wieder schaden. Erst recht, wenn sich der Verlag hinter den Reporter stellt. Ich gebe zu bedenken, dass da ja auch mehr dahinter stecken könnte als pure Sensationsgier. Vielleicht hat er ja nicht mal aus eigenem Antrieb so gehandelt, sondern musste für seinen Chef eine Reißerstory abliefern oder wurde sogar speziell mit diesem Ziel auf dich angesetzt. Das kann manchmal so vertrackt sein, da steigt keiner wirklich durch."

„Is mir ehrlich gesagt Schnuppe."

Man, der ist wirklich sauer bis ins Mark.

„Hör zu, ich muss Schluss machen. Momentan stürmt alles und jeder auf mich ein. Also, man sieht sich."

Ich halte den Hörer noch ein bisschen in der Hand und lausche dem leisen Tuten.

„Und Toni, was jetzt?"

Toni hebt leicht den Kopf, guckt mich mit einem Auge an und schläft dann weiter.

Am nächsten Tag ist immer noch alles im Arsch. Oder wieder? Auf jeden Fall fühle ich mich nicht wirklich besser. Glaube, ich werde langsam depressiv. Na toll, soweit ist es jetzt schon.

Also Melanie ist weg. Gut... und jetzt? Ich bleibe, glaube ich, lieber noch eine Weile liegen. Zum Glück ist heute Samstag, da kann ich das machen.

Toni springt auf meinen Bauch, hat wohl Hunger.

Wanke in die Küche, um Toni was zu essen zu machen und mir auch gleich mit.

Hole die Zeitung von unten.

Bzw. ich will sie holen, merke auf halbem Weg, dass ich nur eine Unterhose anhabe, und laufe schnell wieder die Treppe hoch in die Wohnung.

Zweiter Versuch. Fische die Freitagszeitung aus dem Briefkasten, wühle weiter darin rum, keine Wochenendzeitung drin.

Klingel bei der Nachbarin, um sie zu fragen, ob sie schon die Wochenendzeitung bekommen habe.

„Die kommt doch erst morgen, heut is erst Freitag."

Verdammt, ich komme zu spät zur Arbeit!

In der Hoffnung, dass die Arbeit mich ablenken würde, habe ich gestern Bescheid gesagt, dass ich wieder in die Redaktion komme. Hätte ich gewusst, dass gestern Donnerstag war und ich jetzt nur für einen Tag zur Arbeit muss, hätte ich mir das noch mal überlegt.

„Guten Morgen der Herr", werde ich etwas kühl von der immer noch aushelfenden Aushilfe am Empfang begrüßt. Wie heißt sie noch gleich? Verdammt, beim letzten Mal hatte ich sie zum Mittag versetzt. Hat sie sich das wirklich gemerkt? Hier gehen tagtäglich hunderte Leute ein und aus, also sehr unwahrscheinlich. Vermutlich hat sie einfach einen schlechten Tag.

„Sie hatten keine Zeit für Mittagspause letztens?"

Mist. „Tut mir leid... Natascha", lese ich von ihrem Namensschild ab, während ich mich betont lässig an den Tresen lehne.

Verspüre den Wunsch, ein Bier bei ihr zu bestellen.

Lasse es lieber.

„Ja, Sie haben recht, ich hatte viel um die Ohren und ich muss... ich musste... ja viel zu tun, wirklich ganz viel Arbeit!" Ich versuche, mit ausladenden Gesten den riesigen imaginären Arbeitsberg zu verdeutlichen.

Jetzt übertreib mal nicht. Nur weil sie Ausländerin ist, ist sie doch kein kleines Kind.

Sie wird etwas versöhnlicher und beginnt ungefragt zu erzählen, dass sie jetzt dauerhaft hier am Empfang arbeitet. Die eigentliche Empfangsdame Cherell fällt wohl länger aus. Ziemlich laut flüsternd steckt sie mir, dass Cherell „eine kleine Malheur" passiert sei. Dabei kichert sie wie ein 9-jähriges Mädchen, das gerade ihren

Freundinnen erzählt, wie die Jenny aus der Parallelklasse den Peter hinter der Turnhalle geküsst hat. Ob die 9-Jährigen von heute das überhaupt noch so besonders finden? Oder stehen sie eher in der Raucherecke und tauschen ganz lässig ihre Lieblingsstellungen aus?

Allein das ich Formulierungen wie „von heute" benutze, zeigt mir, dass ich die 30 überschritten habe. Fühle mich auf einmal sehr alt.

Verdammt, ich darf die negativen Gedanken nicht die Oberhand gewinnen lassen! Brauche Ablenkung. Brauche... Natascha?

„Hey, ich mach das von letztens wieder gut und lad dich zum Mittag ein, okay?"

Was ist da in mich gefahren?! Bitte sag nein, bitte sag nein, bitte...

„Ja gerne!"

Verdammt! Sie sieht gar nicht mal so schlecht aus.

Ich hielt ein Restaurant für angemessener als die Kantine und so sitzt mir Natascha nun an einem kleinen Tisch beim Italiener gegenüber. Sie plappert die ganze Zeit, davon wie sie mit ihrer großen Familie hierher kam und was sie schon alles für Jobs hatte.

Von ihrem Akzent bekomme ich auf die Dauer Kopfschmerzen. Wenn sie sich Mühe gibt, langsam zu sprechen, geht es, aber je länger eine Geschichte dauert, umso schneller wird sie, und zum Schluss kann ich sie kaum noch verstehen. Und wenn sie die letzten paar Sätze in ihrer Landessprache sagt, würde ich es vermutlich nicht mal bemerken.

Zum Glück darf sie nicht so lange Mittagspause machen und wir müssen bald zurück ins Büro. Am Empfang schreibt sie ihre Nummer auf ein Stück Papier und gibt es mir. „War sehr schönes Mittag. Sollten wir noch mal machen." Sie zwinkert mir zu.

Hat sie was im Auge oder solle es das heißen, was es normalerweise in Filmen heißt? Steht Natascha etwa auf mich? Wenn ja, warum bin ich nicht froh darüber? Sie sieht doch gut aus.

Naja, das ist auch schon alles, ansonsten ist sie eher eine nervige Person, aber hey... sie sieht gut aus und ich bin doch wieder frei. Freu dich, verdammt noch mal! Stürz dich auf sie! Ein bisschen Spaß täte dir ganz gut.

Scheinhomosexualität

Heute Abend bin ich mit Paul verabredet. Irgendwie klingt das, jetzt seit Pauls Scheinhomosexualität, ein bisschen seltsam.

Wir treffen uns in einer Bar. Paul ist schon da und ihm ist sichtlich unwohl. Stühle werden gerückt, doch nicht wie üblich zu ihm hin, sonder weiter von ihm weg. Wie fies. Eigentlich mochte ich die Bar bis jetzt immer. Hätte nicht gedacht, dass die Gäste hier so schwulenfeindlich sind.

Werde plötzlich ziemlich wütend. Von einer Sekunde auf die nächste brodelt es heftig in mir und ich fühle den nahenden Ausbruch. In letzter Zeit gehen irgendwie alle Gefühle mit mir durch. Ich habe einfach keine Kontrolle mehr. Wäre es mir nicht zu eklig gewesen, hätte ich jetzt am liebsten demonstrativ mit Paul rumgeknutscht.

Als ich ihm das unter zusammengebissenen Zähnen zuzische, wird er noch unruhiger. „Alter, sowas kannst du doch jetzt nicht bringen. Ich hab schon genug Probleme mit meiner eigenen Nichthomosexualität, da brauch ich deine nicht auch noch."

„So war das doch gar auch nicht gemeint. Ich meine aus Trotz und Protest gegenüber diesem... Pack!"

„Ach so", seufzt er. Ich glaube, Paul ist ziemlich abgespannt.

„Harter Tag?"

„Kannst du laut sagen. Also, alles in allem hat die, nennen wir es mal *Kampagne*, sauber funktioniert und den positiven Effekt erzielt, den wir erreichen wollten. Die Medien haben es geschluckt, gut verdaut, meinen Mut gelobt und sogar meine politische Linie und den ganzen Schnickschnack, der eigentlich gar nichts mit der Situation zu tun hat. Naja, die können einen schnell auf den höchsten Thron heben, aber auch schnell auch wieder an den Beinen sägen. So ist halt das Spiel. Bleibt also abzuwarten, wie lange ich da oben bleibe. Das bisherige Feedback von der Basis und denen in der Partei ist zur Hälfte positiv. Vielen ist es vollkommen egal und die wenigsten lehnen mich entschieden ab, aber die wird es immer geben."

„Heißt also, du bist jetzt offiziell homosexuell?"

Er lächelt gequält. „Quasi."

„Na dann, herzlichen Glückwunsch!", brülle ich so laut, als hätte er mir gerade von seiner kommenden Vaterschaft erzählt. Einige Gäste heben reflexartig ihre Gläser zum gemeinschaftlichen Kneipenprosten. Sie lassen sie aber schnell wieder sinken, als sie merken, aus welcher Ecke der Glückwunsch kam.

Gedanklich streiche ich die Bar von meiner ohnehin kurzen Weggehliste. Hätte ich gerufen: „Hey, ich wurde gefeuert! Jetzt kann ich noch viel mehr Zeit hier mit Trinken verbringen!", wären sie sicher alle grölend mit eingestiegen. Ok, das ist vielleicht fies, aber ich bin gerade in feindseliger Stimmung.

Paul nimmt meinen ironischen Glückwunsch mit einem freudlosen schiefen Lächeln zur Kenntnis. Wir sitzen eine Weile nur so da. Paul entspannt sich etwas, irgendwann bekommt er sogar ein müdes Lächeln hin.

„Naja, ich werd mich wohl erst mal an die neue Situation gewöhnen müssen. Mir graust es nur vor Szenarien, an die ich bis jetzt noch gar nicht gedacht habe. Das hier grade ist eins davon."

„Szenarien?"

„Naja, zum Beispiel: wie soll ich jetzt Frauen ansprechen? Es könnte doch jemand sehen."

„Oder sie könnte dich im Fernsehen gesehen haben und würde vollkommen falsche Schlüsse daraus ziehen, wenn du versuchst, sie anzusprechen."

Augenblicklich senken sich Pauls Schultern und Mundwinkel wieder. Ups, daran hat er anscheinend auch noch gar nicht gedacht.

„Aber das wird schon, du kommst damit klar. Vielleicht sind sie ja dann auch viel offener. Und in ein paar Tagen haben das die meisten sowieso wieder vergessen. Du musst halt in Zukunft nur etwas vorsichtiger sein."

Er packt das. Alles andere wäre für mich undenkbar. Wenn Paul damit nicht klarkommt und nicht weiterhin der Playboy bleibt, den ich kenne, würde das mein Weltbild vollends zerstören. Wer sollte denn dann diese Rolle übernehmen? Ich bestimmt nicht.

Den restlichen Abend ist uns nicht so recht nach Reden zumute und wir trinken uns lediglich stillschweigend durch einige Bars.

Als ich aufwache, ist es schon 14 Uhr. Zum Glück ist diesmal wirklich Samstag.

Ich spüre eine Präsenz neben mir im Bett. Es ist Paul.

Er ist nackt!

Zumindest denke ich das eine Schrecksekunde lang, es ist aber doch nicht so. Puh, noch mal Glück gehabt! Wie man plötzlich überall vom Fernsehen vorgaukelte Realitäten zu sehen glaubt. Der fließende Übergang von Reality-TV zu TV-Reality.

Versuche, mich zu entsinnen, was letzte Nacht los war. Gespräch, trinken, schweigen, weiter trinken, endlose Leere.

Warum muss der moderne Mensch seine Probleme immer in Alkohol ertränken? Ich frage mich manchmal, was wohl passiert wäre, wenn Alkohol nicht entdeckt worden wäre und auch sonst keine Droge, mit der man vermeintlich vor seinen Ängsten und Problemen fliehen kann. Ob dann die Selbstmordrate höher wäre? Oder würden dann alle einfach mit ihren Problemen klarkommen oder sogar versuchen, sie zu lösen? Sollte ich vielleicht auch mal ausprobieren. Bin ja auch nicht mehr der Jüngste und der Schädel danach ist wesentlich schlimmer als vor ein paar Jahren, obwohl ich schon mit dem Rauchen aufgehört habe.

Viel zu dolle Kopfschmerzen für solche Gedanken. Schüttle den Kopf, um nicht mehr nachdenken zu müssen. Gehirn klatscht mehrfach schmerzvoll gegen Schädelwand. Trägt nicht gerade zur Besserung meiner Kopfschmerzen bei. Aber zumindest vergesse ich über den Schmerzen tatsächlich das Nachdenken.

Versuche, Paul zu wecken.

Sein Handrücken rast ziemlich langsam auf mein Gesicht zu. Mein immer noch anhaltendes Delirium macht ein Ausweichen undenkbar. Ich nehme die lustlos ausgeführte Ohrfeige einfach hin und lasse das Prinzesschen noch etwas weiter schlafen.

Toni sitzt auf dem Schrank und mustert Paul argwöhnisch. Er hat die Eskapade mit Paul anscheinend immer noch nicht verdaut.

Klar, er kam, hat ihn mitgenommen und ab da war nichts wie vorher: das Hin- und Hertransportieren, der Aufenthalt beim Arzt, bei Jakob und in Pauls Haus. Vermutlich hält ihn nur meine Anwesenheit davon ab, Paul als Wetzstein für seine Krallen zu benutzen.

„Runter da, Toni, essen."

Toni springt auf meinen Rücken. Es lässt mich immer noch zusammenzucken, wenn er das macht. So gehen wir in die Küche.

Ich bin immer wieder erstaunt über Toni. Entweder er ist wirklich sehr intelligent und lernt schnell, was ich ihm mitteilen will, wenn ich dies oder das sage, oder... ja keine Ahnung. Gedankenlesende Waschbären? Geheime Forschungen? Menschliche Geister in Tierkörpern eingesperrt? Ich weiß es nicht. Auf jeden Fall ist Toni schon ein erstaunliches Tier. Gut, er ist der einzige Waschbär, den ich kenne, also weiß ich nicht, ob er auch unter seinen Artgenossen etwas Besonderes ist, aber ich bin froh, dass er bei mir aufgetaucht ist. Vielleicht war es ja Schicksal.

Nein, nicht schon wieder ein Schlagwort, was zu ewigem Nachdenken führt! Lieber schnell Frühstück machen. Gucke in den Kühlschrank. Von *dem* Zeug krieg ich doch garantiert nichts runter.

Ich hole Toni was zu essen raus und setze mir einen Kaffee auf. Knabbere währenddessen etwas Zwieback und trinke etwa einen Liter Wasser. Wasser ist gut.

Ich nehme mir jedes Mal vor, auch während ich Alkohol konsumiere, ab und zu ein Glas Wasser zu trinken, aber irgendwie vergesse ich das dann immer wieder. ‚Nach *dem* Glas trink ich erst mal 'n Wasser... nach *dem*... aber bestimmt nach *diesem*... jetzt muss ich aber mal... naja, genau genommen is' in Bier ja auch Wasser drin..."

Paul kommt in die Küche gewatschelt. Ein herrliches Bild für jedes Wahlplakat. Darunter der Spruch: „Ich bin wie ihr!"

„Guten Morgen, Schatz, Kaffee?", grüße ich ihn mit einer zuckersüßen hohen Stimme.

Seine darauffolgende Geste wäre wiederum nichts für das Wahlplakat. „War wenigstens noch eine Frau mit im Bett?", fragt er nach einer halben Tasse Kaffee. Wasser und Zwieback lehnt er kategorisch ab.

„Es war zumindest keine da, als ich aufgewacht bin. Also wenn sie uns nicht beklaut und kompromittierende Aufnahmen gemacht hat, als wir beide schliefen, und dann abgehauen ist... vermutlich nicht.“

„Gott, wie armselig ist das denn?“, sinnierte Paul.

Ich mache mir nicht die Mühe, darauf zu antworten. Komischerweise fühle ich mich durch seine Aussage sogar leicht gekränkt.

Die Stille wird mir schnell unangenehm, also schalte ich das Radio an.

„... zog er schon mit seinem Freund durch das Nachtleben. Nicht mal einen Tag nach seiner Pressekonferenz, in der er sich als homosexuell outete. Das ist wohl...“

Ich mache wieder aus. Irgendwie kommt in letzter Zeit nie was Gutes dabei raus, wenn ich ein Massenmedium anschalte oder in die Hand nehme. Zeitung, *bam*! Fernseher, *bam*! Radio, *bam*!

Vielleicht sollte ich das komplett lassen und nur noch Bücher lesen, da können mich ja wohl keine unangenehmen Neuigkeiten erwarten.

„Vielleicht meinen sie gar nicht uns“, gebe ich halbherzig zu bedenken. Ach, halbherzig, achtelherzig, wenn überhaupt.

„Klar... gibt bestimmt noch andere, die sich vorgestern öffentlich geoutet haben“, sagt Paul trocken.

Kaffee hat bei ihm anscheinend eine andere Wirkung als bei mir. Er wirkt schon wieder total nüchtern, außer dass er immer noch aussieht wie ein frisch geborener Vogel.

„Daran hab ich gar nicht gedacht, tut mir leid Karl.“

„Nicht so schlimm, ich wurde ja nicht namentlich erwähnt.“, hoffe ich.

„Trotzdem, ich werd das regeln. Es kann ja schlecht angehen, dass jeder Mann, mit dem ich unterwegs bin, automatisch für meinen Freund gehalten wird. Sicherlich wird es den Medien auch so irgendwann langweilig werden, über meine Homosexualität zu berichten, aber so lange will ich nicht warten. Ich werde das als Statement rausgehen lassen.“

Der Schuss geht nach hinten los. Aber voll.

Am Montag wird überall publiziert, dass Paul die Identität seines Freundes geheimhalten wolle, und nun wird nur noch emsiger diskutiert, wer der mysteriöse Mann an seiner Seite ist.

Ich fühle mich mal wieder richtig mies, weil ich in diesem Mediensumpf arbeite, indem echter Journalismus keinen Platz findet und nur noch geschrieben wird, was Schlagzeilen und Geld bringt. Einige Journalisten wären in der Tat besser in der Belletristik aufgehoben. Zu viele werfen schon wenige Jahre nach dem Studium ihre Werte über Bord oder mussten es tun, um mit ihrem löchrigen Ruderboot nicht unterzugehen. Zumindest ist das mein Eindruck. Sicherlich gibt es auch andere, das Verhältnis traue ich mich aber nicht zu schätzen.

Jetzt wird also zur medialen Hetzjagd auf *mich* geblasen. Zum Glück existieren anscheindend keine Fotos von dem Abend. Es waren auch nur wenige Menschen, die uns gesehen haben, und es ist recht unwahrscheinlich, dass ich jemandem von denen zufällig über den Weg laufe. Also tue ich erst mal so, als ob nichts wäre.

Ich schrecke aus meinen Gedanken. Natascha hält einen frischen Kaffee für mich bereit. Ich bedanke mich höflich und erkläre verlegen, dass ich heute leider keine Zeit fürs Mittagessen hätte, aber wir das so bald wie möglich nachholen müssen.

Eigentlich ist es nicht meine Art, Leute anzulügen, aber es ist auch nicht meine Art, Leuten offen ins Gesicht zu sagen, dass sie mir auf die Nerven gehen. Ebenso ist es nicht meine Art, dieses arglose und unschuldige Wesen auszunutzen. Ich will also keinen der mir offenstehenden Wege gehen. Ich werd mich einfach auf eine Bank am Wegrand setzen und gucken, was passiert.

Warum ich?

Es klingelt.

Mache die Augen auf. Geht nur eins.

Was da los?

Linkes Auge wieder zu, beide wieder auf, geht wieder nur linkes. Ah, verstehe, rechtes ist zugeklebt. Das heißt dann wohl, dass ich gerade geschlafen habe.

Wieder klingeln.

Linkes Auge schielt auf den Wecker. 1 Uhr, Dienstag.

Warum werde ich mitten in der Nacht wach, wo ich doch morgen früh raus muss? Verstehe nichts mehr.

Dann klingelt sich der Grund wieder durch die Ohren direkt in mein Hirn. Gehirn fährt an und befielt den Beinen, aus dem Bett zu schwingen. Körper zieht nach.

Jetzt aufstehen, leicht schwanken, innere Mitte finden, stehenbleiben. Innere Mitte verlieren, schwanken, stehenbleiben. Dann losgehen und Zeh an Bettkante stoßen. So ist das, wenn Befehle von unqualifizierten Befehlsempfängern ausgeführt werden. Scheiß Bein! Vor lauter Schmerz reiße ich jetzt aber immerhin auch das rechte Auge auf. Sehe trotzdem nicht allzu viel. Könnte an der vielen Tränenflüssigkeit liegen, die mir gerade in die Augen schießt.

Humple gedanklich fluchend in den Flur. Für lautes Fluchen sind meine Stimmbänder noch nicht bereit. Alles belegt.

Reibe mir die Augen.

Es klingelt ein viertes Mal und ich drücke genervt auf den Summer für die Tür unten. Das war dumm. Verdammtes Gehirn, wach auf! Da könnte sonst wer unten stehen. Vielleicht will sich's auch nur ein Obdachloser im Hausflur gemütlich machen.

Drücke mein linkes Auge auf den Türspion, das Rechte sieht irgendwie nur milchig. Natascha taucht vor meiner Tür auf.

„Hallo?", ruft sie zaghaft und klopft.

Erst minutenlang sturmklingeln und dann zaghaft klopfen.

„Was mach'n Sie'n hier?", nuschle ich durch die Tür.

Sie öffnet ihren Mantel.

Darunter Nix. Sehr schönes Nix.

Mein Gehirn gibt den Befehl, sofort die Tür zu öffnen. Vielleicht war's auch nicht mein Gehirn, aber auf jeden Fall ging die Entscheidung an meinem Bewusstsein vorbei.

Ich öffne. Sie kommt rein.

„Schlafzimmer?“, fragt sie nur. Klingt wunderbar, dieses gerollte R… Zeige stumm auf die Tür.

Sie nimmt mich an der Hand, führt mich ins Schlafzimmer, drückt mich aufs Bett und lässt den Mantel endgültig fallen.

Ah, verstehe, ich bin noch gar nicht wach. Einer dieser Träume, in denen man träumt, dass man aufwacht und irgendwas macht. Kann mir doch keiner erzählen, dass das real ist.

„Träume ich?“

Sie setzt sich auf mich und beißt mir in die rechte Brustwarze. Ich schreie auf. Also doch kein Traum. Schön.

Dafür tut mir jetzt mein rechter Nippel weh.

„Sag mal, Natascha…“

Schnell legt sie eine Hand auf meinen Mund und fährt mich an: „Nix sagen!“

Sie beginnt, mich auszuziehen. Irgendwie hat die Situation etwas Seltsames, aber ich lasse es einfach geschehen. Wie überraschend, wer täte das nicht?

Der Sex ist… anders. Irgendwie wirkt es so, als würde Natascha nach einer Strichliste vorgehen. Punkt für Punkt abarbeiten, fast mechanisch. Jedes Mal, wenn ich versuche, ein bisschen Leidenschaft oder auch nur Eigeninitiative einzubringen, werde ich von ihr zurückgewiesen. Zugegeben, ich bin kein großer Zauberer im Bett, den Witz über den Zauberstab lass ich jetzt auch mal sein, aber sowas habe ich noch nicht erlebt. Es ist schon guter Sex, aber mehr aus fachlicher Sicht. Irgendwie fehlen die Gefühle. Damit meine ich jetzt nicht Liebe oder Zuneigung, sondern einfach komplett die Leidenschaft.

Sie kommt, ich komme und das war's auch schon. Die Seligkeit, die einen nach dem Sex in aller Regel überfällt, bleibt komplett aus. Wir liegen schweigend nebeneinander und zumindest ich bin äußerst angespannt.

Ich biete ihr was zu trinken an, sie lehnt ab.

Irgendwie wird die Situation nicht besser, als sie ruckartig aufsteht, ihren Mantel anzieht und ohne ein Wort verschwindet. Ich mache nicht einmal den Versuch aufzustehen. Zu paralysiert. Die Tür fällt ins Schloss und ich lausche ihren Schritten im Treppenhaus und dem Geräusch der Haustür.

Eine ganze Weile liege ich noch so in der Stille. Ich checke noch mal, ob ich auch wirklich nicht träume. Gucke mich im Raum um, fasse einige Dinge an, unter anderem mich, und trinke ein Schluck Wasser.

Nö, sieht alles ziemlich nach der Realität aus die ich kenne. Aber das eben passt da einfach nicht rein. Es war einfach zu skurril.

Am nächsten Morgen bin ich mir immer noch nicht sicher, ob es wirklich passiert ist.

Mein Verstand sagt: „Neee... Ne, ne, ne du, das kann nicht sein!"

Doch das Kondom im Mülleimer behauptet dreist das Gegenteil.

Wem solle ich nun glauben? Wer hat die besseren Argumente?

Natascha begrüßt mich ganz normal nett und freundlich und fragt, ob ich heute Zeit für Mittagessen habe. Das macht die Wahrhaftigkeitsentscheidung nicht gerade leichter und straft die Beteuerungen des Kondoms Lüge.

Ich sage ihr zum Mittag zu und nehme mir fest vor, sie nach dem Essen darauf anzusprechen. Natürlich hoffe ich inständig, sie würde es zuerst zur Sprache bringen. Was, wenn mich das Kondom doch angeschwindelt hat? Ich würde mich ja voll zum Deppen machen. Grausame Szenen, wie mich das ganze Lokal und Natascha auslachen, verfolgen mich bis zu meinem Schreibtisch. Natürlich bin ich in allen komplett nackt.

Ich fange an, einen Standardartikel über die momentanen Querelen der Politik zu schreiben. Autobahnstreit hier, Opposition meckert da, Zerwürfnisse innerhalb der Parteien usw. Eigentlich könnte ich solche Texte ebenso gut einmal verfassen und dann nur gelegentlich mal die Namen und Zahlen ändern. Dann hätte ich quasi immer einen aktuellen Artikel. Da ich für diesen hier nicht ins Detail gehen muss, sondern nur die sogenannte ‚allgemeine Stimmung' wiedergeben und anhand einiger Beispiele erläutern soll, geht er mir recht leicht von der Hand.

Ein Schatten taucht vor mir auf. Es ist kein großer Schatten, er schafft es gerade mal bis zum Stiftbecher. Nachdem ich meinen Blick etwas senke, sehe ich, wer es ist.

Stellt man sich einen kleinen Buchhalter, etwas dicklich, mit großer Brille vor und macht ihn noch kleiner, die Wampe noch dicker und die Brille noch größer, landet man vielleicht annähernd bei einem Bild von Kollege Martino. Sein Vorname passt genauso wenig zu seiner äußeren Erscheinung wie sein Spezialgebiet. Er ist bei uns für die so liebevoll betitelte Tratschecke zuständig. Nicht so liebevoll nennen wir sie auch schon mal Galamüllkippe oder Bunteragout. Also den Kaffeeklatsch, Altweibertratsch, Gerüchte, Prominews usw. Ich befürchte Schlimmes.

„Du Karl...", beginnt er wie beilläufig.

Aasgeier.

„Mhh."

„Ich hab gehört, du bist mit Paul Sommerfeld, dem Politiker, schon seit der Schulzeit befreundet. Habt ihr euch in letzter Zeit mal gesehen?"

„Ja, haben wir, Marti, aber ich werde dir nix sagen. Er ist ein guter Freund von mir und ich werde nichts aus seinem Privatleben preisgeben!" Es regt mich schon auf, dass Marti es überhaupt versucht.

„Ja, ja, ich weiß. Hätte ja sein können, dass du da irgendwas richtigstellen willst", sagte er wieder so scheinheilig beilläufig.

Was jetzt wohl kommt?

„Schließlich bist du nicht aller Tage auf der Titelseite zu sehen, wie dir ein Politiker den Rücken eincremt."

Zack, das Messer voll zwischen die Rippen.

Meine Augen verengen sich zu Schlitzen. Dieses Ressort macht auch aus den besten Menschen irgendwann Bestien, die tagtäglich nur noch nach der nächsten Sensation geifern.

„Wie kommst du darauf, dass ich das bin? Nur weil wir befreundet sind?" Ich könnte mir selbst über die Zunge fahren. Er lächelt gewinnend. Hab ich ihm mit meiner Aussage doch quasi die Bestätigung gegeben. Verdammt, ich bin wohl noch nicht richtig klar im Kopf.

„Es ist nicht so deutlich zu sehen, aber ich glaube, da ein Muttermal auf dem Rücken der Person entdeckt zu haben, an derselben Stelle, wie du auch eins hast."

„Woher..." Doch da fällt es mir schon ein. Blöder Betriebsausflug! Blödes Boot! Scheiß sengende Sommerhitze!

Na gut, geben wir uns diplomatisch.

„Gut beobachtet, Marti, gut beobachtet. Aber das war letzte Woche und muss dir doch schon früher aufgefallen sein. Und du hast meinen Namen immer noch nicht ins Spiel gebracht. Also was willst du?"

„Na hör mal, schließlich bist du ein Kollege! Was denkst du von mir?" Seine gespielte Entrüstung kann er sich schenken.

Als ich nicht antworte, rückt er endlich damit raus: „Also ich will eine Stellungnahme von dir. Unsere Boulevardsparte ist eher klein, das weißt du, mehr damit die Frauen auch was zu lesen haben, wenn sie die Zeitung ihres Mannes in die Finger kriegen."

Sein Geschlechterbild ist anscheinend äußerst altertümlich.

„Ehrlich gesagt, ich könnte ein bisschen Aufwind in meinem Ressort gebrauchen." Etwas versöhnlicher fügt er hinzu: „Aber ich will mir auch deine Geschichte der Dinge anhören. Um wirklich objektiv zu berichten."

Das sind ja ganz neue Töne. Das laut zu äußern kann ich mir zum Glück verkneifen, ich denke, es ist nicht gut, Marti jetzt gegen mich aufzubringen.

„Okay", sage ich resigniert. Was soll's. Genau genommen ist die Geschichte ja auch nicht wirklich spektakulär. Ich lehne mich in meinem Stuhl zurück und beginne zu berichten: „Also viel gibt es da eigentlich nicht zu erzählen. Das Eincremen war nur eine Handlung unter Freunden und hatte gar nichts Sexuelles an sich. Ich hatte es mit dem Rücken und konnte mich schlecht bewegen, du erinnerst dich, ich war ein paar Wochen krank. Widerwillig ließ sich Paul dazu überreden, mir den Rücken einzucremen, was wie gesagt überhaupt nichts Zärtliches oder Sexuelles an sich hatte. Das muss dem Fotografen wohl auch klar gewesen sein, aber aus Sensationssucht hat er ein Foto rausgesucht, das mit entsprechenden Kommentaren schon den erwünschten Eindruck vermitteln konnte."

„Also bist du nicht sein Lover?", fragt Marti etwas enttäuscht.

„Nein, bin ich nicht und ich bin auch nicht schwul!"

„Und Sommerfeld?"

Ich log: „Offenbar schon. Ich habe ihn bisher nicht für schwul gehalten und sein Outing in der Presse hat auch mich überrascht. Ich konnte ihn nur kurz sprechen und da hat er mir nix Genaueres dazu sagen wollen. Nur dass er diese unangenehme Situation gleich für sein überfälliges Outing genutzt hat."

Skeptisch zog er die Augenbraue hoch. „Wie? Das ist alles?"

„Das ist alles."

Die freudige Anspannung entschwand aus Martis Schultern.

„Schade, hätte gedacht, da wär' mehr zu holen."

„Es wäre dir also lieber, wenn ich Sommerfelds heimlicher Liebhaber wäre, was?!", giftete ich ihn an.

„Naja, würde zumindest 'ne Schlagzeile geben. Aber vermutlich hätte ich deinen Namen sowieso nicht ins Spiel bringen dürfen. Das hätte der Boss bestimmt verhindert." Er wirkt ernstlich deprimiert.

„Sorry Marti, I'm not gay! Und jetzt muss ich zum Mittagessen mit einer reizenden Dame. Also bis später."

Ich werde in den nächsten Tagen trotzdem ein Auge auf Martis Artikel haben. Vor dem Druck darf zwar eigentlich niemand außer dem Redakteurteam alle Artikel in der Gesamtheit einsehen. Aber es ist auch kein Problem, mal ein Auge über den einen oder anderen Schreibtisch zu werfen. Ich muss ja nur wissen, ob was über Paul geschrieben wird, und wenn dem so ist, kann ich immer noch Marti oder dem Chef die Bude einrennen.

Das Mittagessen mit Natascha verläuft irgendwie genau wie das erste. Sie plappert allen möglichen Kram, während ich artig mampfe und versuche, ihrem Redefluss zu folgen. Was schwierig ist, da meine Gedanken immer wieder um gestern Nacht kreisen.

Ich versuch es mal auf telepathischem Wege.

Gestern Nacht. Du weißt genau, was ich meine! Ich werfe mein Kopfpornokino an und rufe mir die Bilder, Gefühle und Empfindungen ins Gedächtnis. Du denkst auch die ganze Zeit daran. Sprich! Sprich es endlich an! Ach verflucht noch mal, Natascha!!!

Die Suggestion schlägt fehl. Was bestimmt nicht an meiner mangelnden Konzentration liegt.

Außer einer kurzen besorgten Unterbrechung: „Du haben Krampf? Verstopfung? Ich hab Lu...Lu...Luuutschtabletten bei“, labert sie weiter ungebremst vor sich hin.

Jetzt nimmt sie einen weiteren Minibissen von ihrem Muffin. Bestimmt beißt sie immer nur so kleine Krümelchen ab, um den Mund auch ja nicht zu voll zu haben und immer noch reden zu können, ohne dass ich dabei unfreiwilliger Augenzeuge der Einspeichelung und Verbreiung des kleinen süßen Teiggebäcks werde.

Doch diesmal bricht ein großes Stück heraus, das sie erst mit Lippen und Restmuffin festhält und dann mithilfe der anderen Hand zur Gänze in den Mund schiebt. Meine Chance.

„Wie war dein Abend gestern? Also ich hab ein bisschen gelesen und bin dann ins Bett, ich war total fertig.“ Es klingt nicht besonders sicher und meine Stimmlage ist ein stetiges Auf und Ab in dem Versuch, ruhig und unverfänglich zu klingen.

Sie kaut in aller Ruhe, verzieht keine Miene und schluckt runter.

„Normal.“ Nicht mal ein Ansatz eines irgendwie zu deutenden Ausdrucks. Und schon plappert sie ganz normal weiter.

Ich höre mit halbem Ohr ihrem Redefluss zu und überlege, wie ich das Thema noch mal indirekt anschneiden kann. Ohne Ergebnis. Und um es direkt anzusprechen, bin ich gerade zu feige.

Sie erlöst mich von meinem Nachdenken, als sie sagt, sie müsse jetzt wieder schleunigst zurück zur Arbeit.

Wir gehen das kurze Stück zusammen, schweigend.

OK. Nur Mut, Karl. Was ist denn schon dabei? Ich hole einmal tief Luft, richte meinen Blick fest auf die neben mir laufende Natascha, sauge noch mehr Luft ein, um Zeit zu gewinnen, spüre ein Stechen in der Brust und pruste alles ziemlich unkontrolliert wieder raus.

„Alles ok?“
„Mhh.“
Da vorne ist das Büro. Noch einmal hole ich tief Luft, schaue zur Seite, hole mir doch lieber noch etwas mehr Luft, so ein Thema anzusprechen verbraucht schließlich einiges an Luft, na komm, noch ein bisschen, Bruststechen ignorieren, Natascha schaut mich an und ich tarne das Ganze als großes Gähnen. Was ziemlich schwierig ist mit bereits zum Bersten gefüllter Lunge.

Wenn sie meinen Versuch, etwas Bedeutungsschweres zu sagen, mitgekriegt hat, lässt sie es sich zumindest nicht anmerken.

Am Empfang verabschieden wir uns höflich und gehen wieder an unsere Arbeitsplätze. Was für ein Erfolg.

Karl du Held!

Was mache ich hier?

„Praxis Dr. Mehllandt, guten Tag, wir wollten Ihnen nur mitteilen, dass Ihre Testergebnisse da sind“, sagt die Stimme aus meinem Handy.

Ich werde kreidebleich. Testergebnisse? Was denn für Testergebnisse? Mit der Prognose, wie lange ich noch zu leben habe, hätte ich noch nicht so früh gerechnet. Aber Moment mal... wann war ich denn das letzte Mal beim Arzt?

„Wer ist da noch mal?“

„Praxis Dr. Mehllandt. Es geht um die Laborergebnisse. Die sind jetzt da und Dr. Mehllandt würde sich Ihren... Warum steht hier keine Rasse? .... er würde sich Toni auch noch mal gerne anschauen.“

„Ah, der Tierarzt?“

„Ja natürlich, oder sagen Sie bloß, Sie haben noch einen Sohn, den Sie auch Toni genannt haben?“ Die Frau lacht glockenhell.

„Nein... ähh... natürlich nicht... ich... hab’s nur vergessen. Also wann kann ich vorbeikommen? Abends wäre immer am besten wegen der Arbeit.“

„Das trifft sich ja, Dr. Mehllandt und Frau Mehlland bestehen auch auf einen Abendtermin. Sie sagten, ich solle Ihnen am besten den allerletzten geben."

Bei der Erwähnung von Jane schießen mir sogleich Bilder in den Kopf, die meine Knie weich werden lassen. Ich fange mich aber schnell wieder.

Den Grund, warum es unbedingt der letzte Termin sein soll, enthüllt mir die Dame allerdings nicht. Vielleicht kennt sie ihn auch nicht. Na egal, ich kann froh sein, dass sich überhaupt jemand den illegalen Toni anschaut. Aber natürlich, das ist es! Toni ist ja gar kein reguläres Haustier. Vermutlich will der Doc nicht, dass andere was davon mitbekommen.

„Ja, kein Problem, ist morgen okay?"

Seitenblättern. Seitenblättern. Seitenblättern. So viele Seiten kann morgen doch gar nicht entfernt sein.

„Morgen haben wir bis 18 Uhr auf. Kommen Sie einfach um die Zeit vorbei, evtl. müssen Sie aber trotzdem noch etwas warten."

In der Nacht tue ich kein Auge zu.

Was mache ich morgen bei diesem Termin? Die Frage stellt sich eigentlich nicht, da Jane ja offensichtlich schon länger glücklich verheiratet ist. Deswegen ist jedwede Hoffnung auf irgendwas von vorneherein total unrealistisch. Leider dringt diese Erkenntnis irgendwie nicht komplett bei mir durch. Das heißt, ich formuliere sie klar und deutlich, aber irgendwie wollen Teile meines Gehirns einfach nicht zuhören und malen mir trotzdem die halbe Nacht Fantasien mit Jane aus. Ich muss unbedingt cool bleiben, da läuft nichts und wird auch nichts laufen, also kein Grund, hier Hormonschübe zu kriegen.

Tagsüber werde ich zum Glück etwas nüchterner. Vermutlich habe ich alle Endorphine und Hormone schon in der Nacht verbrannt. Früher konnte das Nachkribbeln eines feuchten Traumes schon mal den ganzen Tag anhalten, aber man wird ja auch nicht jünger. Der Tag verstreicht viel zu schnell. Ich versuche, ihn krampfhaft festzuhalten und dazu zu bewegen, nicht so hurtig zu machen, aber zack, zack, zack, schon stehe ich um 18 Uhr vor dem Messingschild Veterinärmedizinische Praxis Mehllandt.

Das zweistöckige große Einfamilienhaus erinnert mich an eine Mischung aus... zwei unterschiedlichen Baustilen, die ich mal irgendwo gesehen habe. Ich habe keine Ahnung von Architektur. Auf jeden Fall hat es einen großen, mit Säulen abgestützten Eingang, darüber liegt, wie es aussieht, ein Balkon. Große Fenster, Klinkerfassade, sieht alles in allem recht neu aus. Der Garten ist überschaubar bepflanzt und gepflegt, hätte aber niemals einem Vergleich mit dem Gartenkatalog standgehalten.

Die Praxis befindet sich im linken Teil des Erdgeschosses. Eine freundliche, sichtlich überarbeitete Empfangsdame begrüßt mich: „Guten Abend, was ist Ihr Begehr?“

Wer redet denn heute noch so? Ich begehre Jane Mehllandt und würde gerne in ihr Schlafgemach geleitet werden. Hoffentlich ist das keiner dieser Momente, in denen ich ungewollt laut denke.

„Sie haben gestern telefonisch nach mir geschickt, ich solle mich hier um 18 Uhr einfinden.“ Jetzt übernehme ich das schon.

Sie lächelt und spricht wieder normal: „Ach, Sie sind das. Okay, ich informiere den Doktor, dass Sie da sind. Der letzte Termin für diesen Tag ist grade bei ihm, also nehmen Sie doch bitte noch ein Weilchen Platz.“

Im Wartezimmer ist tatsächlich niemand mehr. Seltsam, in einem leeren Wartezimmer beim Arzt zu sitzen, auch wenn es nur ein Tierarzt ist. Der Raum sieht so aus wie jedes andere Wartezimmer auch. Was habe ich erwartet? Spielzeug für Hunde und Katzen? Laufräder für Nagetiere? Eine kleine grüne Wiese für Nutzvieh? Einen Dompteur für... lass das!

Nur der Geruch, die Broschüren und Zeitschriften verraten, dass man sich hier wohl nicht bei einem Arzt für Menschen befindet. Oder können Menschen auch Tollwut und Würmer bekommen?

Toni wird langsam unruhig seinem Katzenkorb und ich versuche, besänftigend auf ihn einzureden. Hilft aber nicht.

Dann endlich tappt ein alter, gebeugter Mann mit einem kleinen schlappohrigen Hund aus dem Behandlungszimmer. Ihm hinterher ein anderer Mann. Ich schätze ihn so an die 40. Er hat schwarzes kurzes Haar, das an den Seiten schon leicht ergraut. Sieht ziemlich erholt aus, so erholt würd' ich auch gern aussehen. Könnte aber auch an seiner sonnengebräunten Haut liegen. Leider hat er ein sehr offenes und freundliches Gesicht und ist mir ungewollt sofort sympathisch. Das ist dann wohl Janes Mann, Dr. Mehllandt.

Er verabschiedet seinen Patienten. Dann spricht er kurz mit der Schwester. Wenn ich die Wortfetzen richtig zusammensetze, sagt er ihr gerade, sie könne Feierabend machen, wenn sie möchte.

Anschließend kommt er auf mich zu.

„Ahh, sehr schön, sehr schön! Sie sind schon da."

Hat einen kräftigen Händedruck. Ich erwidere ihn nach Leibeskräften. Blöder schwächlicher Leib!

Er geht mir voraus ins Behandlungszimmer. Seine Schultern sind viel breiter als m... verdammt, jetzt hör endlich auf!

„Meine Frau hat mir schon ein bisschen was erzählt und ich bin gespannt, den kleinen Toni mal genauer unter die Lupe zu nehmen. Ist er das?"

Ich stelle die Transportbox auf den Behandlungstisch und öffne die Klappe. Toni hat sich nach ganz hinten verkrochen und starrt mich misstrauisch an.

„Na los, Toni, du darfst jetzt rauskommen."

Als ich mit der Hand nachhelfen will, verpasst er mir einen kleinen unwesentlichen Tatzenhieb, lässt sich dann aber doch aus der Box heben.

Der Doc scheint völlig fasziniert. „Oho, ehrlich gesagt hatte ich noch nie mit Waschbären zu tun und ich finde es erstaunlich, dass dieser hier ja fast handzahm ist. Wie haben Sie das gemacht?"

Er beginnt Toni zu untersuchen und strahlt dabei wie ein kleines Kind. Der lässt das Ganze sichtlich widerwillig über sich ergehen. Kurz überlege ich, ihm einen (Wasch)Bären aufzubinden, wie ich Toni als total verwildertes und widerspenstiges Monster bei mir aufgenommen habe, um ihn zu dressieren. Wie ich ihn dressiert habe, müsste allerdings leider mein Geheimnis bleiben. Ich habe nämlich gerade keine Lust, mir diesbezüglich Details auszudenken.

„Ehrlich gesagt habe ich gar nix gemacht. Er tauchte auf einmal bei mir in der Wohnung auf. Da war er schon so und seitdem ist er bei mir. Eigentlich kommt er mir eher nicht domestiziert vor. Er hat seinen eigenen Kopf, und wenn er nicht möchte, dann möchte er eben nicht. Ich hatte zwar nie eine, würde aber am ehesten den Vergleich zu einer Katze ziehen."

Er murmelt lediglich: „interessant", während er seine Untersuchung fortsetzt.

„Wo... wo ist denn eigentlich ihre Frau?", frage ich beilläufig.

„Ach, die müsste oben irgendwo rumschwirren. Ich glaube, sie wollte Abendbrot vorbereiten. Soll ich sie mal holen?"

„Ach, nööö... nee... da will ich sie jetzt nicht stören. Sie wohnen also auch hier im Haus?"

„Ja, wir bewohnen quasi das gesamte Obergeschoss. Auf der anderen Seite im Untergeschoss sind noch ein paar Wirtschaftsräume und ein kleines Gästezimmer mit Bad."

Schweigend schaue ich dabei zu, wie er Toni untersucht, mal hier raufdrückte, da raufdrückt und sonstige Dinge tut. Es überrascht mich, dass Toni das ohne Murren über sich ergehen lässt. Wer weiß, vielleicht wurde er früher schon mal von Tierärzten untersucht.

„Sooo, ich denke, das war's. Trotz der Tatsache, dass ich mich mit Waschbären nicht auskenne, würde ich sagen, der kleine Toni ist kerngesund. Die Laboruntersuchungen bestätigen das ebenfalls. Keine der typischen Erreger oder irgendwelche Auffälligkeiten, die sonstige Erkrankungen vermuten ließen."

Er versucht, Toni den Kopf zu kraulen, was der komischerweise nicht mehr über sich ergehen lassen will und behände auf den Boden springt, um dann an mir hoch bis auf meine linke Schulter zu klettern.

Der Doc fühlt sich offenbar alles andere als beleidigt und bekundet das mit einem Ausruf: „Lustiges Kerlchen." Er strahlt und schaut Toni begeistert an. Der schaut nur ausdruckslos zurück.

„Ja... ähhh, dann sag ich mal Danke! Was bekommen Sie von mir?"

Er winkt ab, ohne seinen Blick von Toni abzuwenden: „Ach, lassen Se mal stecken. Abrechnen kann ich das sowieso nicht, und da Sie ein Freund von Jakob sind, betrachten Sie es sozusagen als Freundschaftsdienst. Außerdem bestand ja auch ein Interesse meinerseits."

Nach wie vor betrachtet er Toni, als hätte ich einen Condor auf der Schulter sitzen.

„Ehrlich gesagt bin ich nicht mit Jakob befreundet, die Bekanntschaft kam mehr zufällig zustande." Warum erzähl ich ihm das?

Er lacht auf. „Ja, auch verständlich. Unter uns, ich kann den verschrobenen Hinterwäldler auch nicht leiden, aber Familie ist halt Familie."

„Soso, du kannst also meinen Bruder nicht leiden, ja?"

Jane steht plötzlich in der Tür und klingt sehr vorwurfsvoll.

Wir drehen uns beide erschrocken und ruckartig um, wodurch Toni von meiner Schulter fällt und meckernd auf einen Schrank flüchtet.

Der Doktor schaut ertappt betreten, und was soll ich sagen, ja, er tut mir leid. Doch im nächsten Moment lächelt seine Frau schon wieder, zuckt die Schultern und sagt: „Naja, verständlich ist es irgendwie schon." Sie lacht, geht zu ihm und küsst ihn auf die Wange. Dann begrüßt sie mich.

Mehr als ein stocksteifes Hallo bringe ich nicht heraus.

„Ich hab oben ein paar Brote fertiggemacht. Kommst du bald hoch?"

„Ja, gleich."

Ich bin schon damit beschäftigt, Toni wieder vom Schrank runter zu locken, als Jane fragt: „Wollen Sie auch eine Kleinigkeit essen, bevor Sie fahren?"

Völlig überrumpelt stammle ich: „Ich... ähh... möchte n... Sie haben schon so viel... na... Okay."

Was mache ich hier?

Ich sitze am großen Esstisch der Mehllandts und fühle mich äußerst unbehaglich. Der Tisch steht am Übergang zwischen geräumigem Wohnzimmer und offener Küche. Die Teile der Wohnung, die ich gesehen habe, sind allesamt sehr schön und geschmackvoll eingerichtet. Wahrscheinlich Janes Werk, also wen wundert's. Mit Innenarchitektur kenne ich mich zwar genauso wenig aus, trotzdem scheint mir die Zusammenstellung der Möbel keinem klaren Prinzip zu folgen. Von modernen bis alten Stücken ist alles bunt zusammengewürfelt, fügt sich aber irgendwie zu einer Einheit. Ich überlege, ob ich einen Kommentar in diese Richtung machen sollte, lasse es dann aber vorerst bleiben. Obwohl ich die Stimmung schon gerne etwas auflockern würde.

Herr Mehllandt schien genauso überrascht von dem Angebot seiner Frau an mich zu sein und sitzt auch etwas unbehaglich auf seinem Stuhl, während wir unsere belegten Brote essen.

„Was haben Sie jetzt mit Toni vor?", fragt Jane im selben Moment, in dem ich mein Kompliment über die Wohnungseinrichtung ausspreche. Wir lachen verlegen.

Auch Herr Mehllandt lacht. Dann sagt er: „Das ist hier ja wie beim ersten Date in der Pubertät. Also lockern wir das doch mal ein bisschen auf. Ich bin es nicht gewohnt, dass Patienten ...ähm Herrchen... ähm Herrchen und Patienten mit in meine Wohnung kommen, und Sie scheinen das ebenso unbehaglich zu finden. Aber jetzt sind wir ja schon mal hier." Er seufzt, offenbar erleichtert, seinen Gedanken Luft gemacht zu haben. Dann fährt er fort: „Also ich bin Mika. Eigentlich Michael, aber außer meinem früheren Lehrer hat mich nie jemand so genannt. Meine Frau Jane kennen Sie ja bereits."

„Ähm...ja. Ich heiße Karl. Einfach Karl."

Jane schlägt die Hände zusammen und lächelt.

„So, das Eis ist zwar noch nicht gebrochen, aber immerhin ist schon mal ein Riss drin. Sie... du brauchst dich nicht unwohl zu fühlen, Karl. Ich hab dich aus einem spontanen Impuls heraus zum Essen eingeladen und auf meinen Bauch höre ich in der Regel, er wird schon seine Gründe haben. Aber noch mal zurück zu Toni, was wird jetzt mit ihm?" Sie schaut auf den Boden in die Küchenecke, wo Toni an einem Stück Brot knabbert.

„Wie meinen Sie das?", frage ich etwas verdutzt.

„Du."

„Ach ja richtig... du."

„Naja, er ist nun mal ein Wildtier, und auch wenn er sich an das Leben mit dir gewöhnt hat, bleibt er doch immer ein wildes Tier."

„Ja schon, aber... ich hab ihn ja nicht eingefangen und eingesperrt oder so. Er kam zu mir, und wenn er wollte, könnte er auch jederzeit wieder auf demselben Wege verschwinden. Welcher Weg das auch immer war, das frag ich mich heute noch. Also überlasse ich ihm die Entscheidung."

Mika zeigt kauend mit seiner Stulle auf mich.

„Ich denke... dann wird er sich nie von dir trennen. Schließlich gibst du ihm Nahrung und ein warmes Plätzchen, wo er ausruhen kann, da wird er nicht freiwillig gehen."

Wollen die beiden, dass ich ihn wieder auswildere oder was?

Leicht trotzig sage ich: „Dann ist das seine Entscheidung und ehrlich gesagt mag ich den kleinen Kerl und will mich auch gar nicht von ihm trennen."

Toni kommt wie auf Kommando angerannt und setzt sich auf den freien Stuhl neben mir, als wüsste er, dass wir über ihn reden. Ich kenne diese menschliche Eigenart, aufrecht auf einem Stuhl zu sitzen, ja schon und schiebe den Stuhl zurück, so dass er uns auch sehen kann.

Die beiden scheinen äußerst verblüfft.

„Faszinierend. Macht er das öfter?", fragt Mika.

„Ja, ich hab ihn quasi so kennengelernt. Er saß plötzlich auf meinem Sessel und musterte mich lange und eindringlich. Manchmal hab ich das Gefühl, er könnte mir direkt in den Kopf gucken."

Toni betrachtet uns abwechselnd, wie um jedem diese Art von Blick zu demonstrieren.

„Wirklich faszinierend", sagen diesmal beide wie aus einem Mund.

Da kommen wohl die Tierliebhaber in ihnen durch. Verwunderlich, dass sie scheinbar keine eigenen Haustiere haben. Aber vermutlich will man das auch nicht unbedingt, wenn man schon den ganzen Tag mit Tieren zu tun hat. Ihre offene Faszination macht mich irgendwie richtig stolz, auch wenn sie natürlich Toni und nicht mir gilt. Wie um ihn weiter anzupreisen, sage ich: „Er hat auch eine sehr gute Menschenkenntnis, meine Freu... Exfreundinn zum Beispiel konnte er vom ersten Moment an nicht leiden... Leider bestätigte sich diese Einschätzung später."

Meine stolzgeschwellte Brust sackt wieder in sich zusammen.

Jane sieht anscheinend, dass mich der Gedanke an meine Ex stark belastet. Die berühmte weibliche Intuition in Aktion. Ich bekomme den Standardsatz „Du findest sicherlich eine Neue" zu hören.

„Eigentlich hatte ich ja auf dich gehofft, Jane", hätte ich am liebsten gesagt.

Plötzlich schiebt Jane ihre Hand über den Tisch und tätschelt sanft die meine, was zu leichten Implosionen in meinen Synapsen führt.

Mika, der jetzt offenbar auch begriffen hat, worum es geht, will die Stimmung nicht umschwenken lassen und schlägt vor, Toni könnte doch meine nächste Partnerin aussuchen.

Ich muss lachen. Nicht wegen des Spruchs von Mika, sondern weil ich denke, dass Toni das ja im Prinzip schon getan hat. Schließlich sitze ich nur wegen ihm hier am Tisch mit meiner Traumfrau und ihrem leider viel zu sympathischen Mann.

Jetzt hör aber auf! Genieß doch einfach den netten Abend.

Ich hoffe, die beiden, vor allem Jane, merken nicht, dass meine bedröppelte Miene nicht nur von den Gedanken an meine Ex herrührt. „Lassen wir das Thema", winke ich ab.

Nach dem kleinen Essen trinken wir Wein, viel Wein. Die Stimmung und die Gespräche werden zunehmend lockerer und ich muss zugeben, dass ich mich so wohl fühle wie schon lange nicht mehr. Vielleicht liegt es an Jane. Aber wenn ich daran denke, dass das nie was werden wird, zieht es mich gleich wieder runter. Also versuche ich, nicht dran zu denken und mich einfach in dem wohligen Gefühl zu baden, das mich gerade immer mehr befällt.

Ich höre mir die Werdensgeschichten der beiden und einige lustige Anekdoten aus ihrer täglichen Arbeit an. Anschließend fragen mich die beiden nach selbiger aus und ich plappere mit vom Alkohol gelockerter Zunge drauf los. Wir lachen viel.

Als der Abend zu Ende geht, tauschen wir noch unsere Nummern aus und geben das Versprechen ab, das auf jeden Fall mal zu wiederholen.

Dann kündigt Jane noch an: „Ich hab übrigens in ein paar Wochen Geburtstag. Wird zwar recht voll, aber für dich findet sich bestimmt noch ein Plätzchen."

„Etwas früh, um mich deiner Familie vorzustellen, oder?"

Verfluchter Wein!

Zum Glück fangen die beiden an zu lachen und ich stimme sofort heiter mit ein.

Mika legt mir einen Arm um die Schulter und raunt mir verschwörerisch zu: „Bring Toni doch mit, vielleicht gefällt ihm ja eine von Janes Freundinnen. Hehe."

Jane gibt ihm einen Knuff auf die Schulter und kichert.

„Also, ich sag dir dann noch Bescheid", schließt sie das Thema ab.

Wir verabschieden uns herzlich und kurz vor Mitternacht trete ich wieder raus auf den Gehweg. Ich fühle mich äußerst gelöst und entspannt, was sicher nicht nur am Wein liegt.

Was für ein Abend. Wer hätte damit gerechnet?

Beschwingt schwebe ich nach Hause.

Eine halbe Stunde später stehe ich wieder vor dem Messingschild „Veterinärmedizinische Praxis Mehllandt" und klingle vorsichtig. Als ob man vorsichtig klingeln könnte, entweder es klingelt oder es klingelt nicht. Aber wenn man mitten in der Nacht an einer Tür klingelt, hinter der man bereits schlafende Bewohner vermutet, klingelt man nun mal vorsichtig.

Mika öffnet in Boxershorts und weißem T-Shirt die Tür.

„Sehnsucht?", fragt er in seinem Tran, aber zum Glück ohne jeglichen Groll in der Stimme.

„Darf ich heute Nacht bei euch im Bett schlafen?", frage ich zurück.

Mika ist offenbar noch nicht wach genug, um diesen Spaß zu verstehen, und schaut mich nur verdutzt an.

Ich lache. Er sieht so herrlich verpennt aus.

„Kleiner Scherz. Tut mir leid, dass ich noch mal stören muss, aber ich... ähhh... ich hab... ich hab Toni bei euch vergessen“, sage ich kleinlaut. Einem Menschen, der sich mit Herz und Seele um Tiere kümmert, zu eröffnen, dass man so nachlässig war, seins bei ihm zu vergessen, ist schon ziemlich unangenehm.

Aber Mika nimmt es locker: „Echt jetzt?! Ist mir noch gar nicht aufgefallen.“

Toni liegt eingerollt auf seinem Stuhl und schläft. Vorsichtig bugsiere ich ihn in sein Körbchen, wobei er nur kurz ein Auge öffnet, um zu gucken, ob der Vorgang auch seine Richtigkeit hat, und schläft dann weiter.

Am nächsten Morgen bleibe ich noch etwas im Bett liegen und denke über den vergangenen Abend nach. Zum Glück muss ich recht bald aufstehen, was mich dazu zwingt, damit aufzuhören.

Ich denke definitiv zu viel nach.

Thomas

Die Restwoche vergeht wie im Flug. Das Medienhickhack um Paul und seinen angeblichen Lover ebbt sehr schnell ab, da auch nichts Neues zu berichten ist. Sogar Marti unterlässt es, die Sache weiter auszuschlachten und verfasst nur einen Artikel, in dem er Paul mit anderen homosexuellen Politikern vergleicht. Für seine Verhältnisse ein äußerst sachlicher Artikel.

Paul lädt mich für Samstag zu einem kleinen Empfang ein, über die Hintergründe will er mir nichts verraten. Allerdings, wenn er die Sache wirklich ernst nimmt, wird er wohl sein Outing feiern, wie er eigentlich fast alles zum Anlass nimmt, ein Fest zu feiern. So kennt man Paul.

In der Nacht von Freitag auf Samstag steht Natascha wieder unangekündigt und spartanisch mantelbekleidet vor meiner Tür. Der Ablauf ist ziemlich ähnlich. Ohne ein Wort zu sagen, haben wir seltsamen mechanischen Sex. Allerdings merke ich, dass Nataschas

Anspannung sich ein paarmal für einige Sekunden löst, als würde sie sich nur in diesen kurzen Momenten wirklich dem Liebesspiel hingeben. Als ich das bemerke, versuche ich, diese Phasen auszubauen, indem auch ich mich entspanne und meine bisher vergeblichen Versuche, auf sie einzugehen, wieder aufnehme. Wenn sie so angestrengt auf mir rumreitet, ist das nämlich nur äußerst schwer möglich. In diesen kurzen Momenten erschaffen wir fast so etwas wie Leidenschaft, aber Natascha verspannt sich immer sehr schnell wieder.

Nach dem Sex versuche ich, mit ihr zu reden, ihr Fragen zu stellen, was sie aber vehement abblockt, um dann einfach wieder zügig davonzurauschen.

Ich komme zu spät zur Party und die Veranstaltung ist schon in vollem Gange. Viele Gesichter kenne ich. Parteifreunde von Paul, Leute aus der Wirtschaft und auch einige Kollegen aus den Medien. Hier und da nicke ich jemandem freundlich zu. Meistens ohne zu wissen, wer genau das ist, aber das ist auf solchen Empfängen auch gar nicht nötig. Paul kann ich jedoch nirgends entdecken.

Dafür sehe ich zu meinem Entsetzen Melanie durch die Gegend wuseln. Daran habe ich gar nicht gedacht. Aber klar, was habe ich erwartet, schließlich ist sie immer noch Pauls Assistentin. Ich tue so, als hätte ich sie nicht gesehen, und sie macht entweder dasselbe oder hat mich wirklich noch nicht entdeckt.

Das Buffet ist reichlich, ich bediene mich reichlich und halte mich ansonsten reichlich bedeckt, wie immer auf diesen Veranstaltungen. Die meisten Anwesenden sind mir ohnehin suspekt und ich habe auch gar kein Interesse daran, geheuchelte Konversation zu betreiben.

Ich schnappe mir ein Glas Sekt vom Tablett eines Kellners und knalle einen Augenblick später mit einem weichen Körper zusammen. Warum nur bin ich nicht überrascht? Ich kenne doch inzwischen des Schicksals Vorliebe für meine Person.

„Oh entschuldigen Sie...“, fängt Melanie an, während sie mir schon eilig am Hemd rumwischt.

„Ohhh... Karl... was...?" Hätte ich innerhalb von ca. 3 Sekunden 10 Mal geblinzelt, hätte ich jetzt 10 klar unterscheidbare Rotabstufungen von Melanies Gesicht in meinem Gedächtnis abgespeichert. Auch mir ist das Ganze ziemlich peinlich.

Aber das ist doch total kindisch!

Na klar. Jetzt musst du diesen Beschluss nur noch durchsetzten.

„Hallo Melanie. Eigentlich sollte es weder dich noch mich überraschen, dass wir uns hier sehen. Irgendwann musste das ja mal passieren." Zu meiner Erleichterung wird meine Stimme während des Satzes immer fester. Weiter so!

„Stimmt." Sie lächelt. Ihr Lächeln tut irgendwie ein bisschen weh.

„Wie geht's dir?", frage ich, ohne dass mich die Antwort sonderlich interessiert, aber ich fühle mich gezwungen, das zu fragen. So viel zur Vermeidung geheuchelter Konversation.

„Gut, und dir?"

Bla, bla, bla.

Am Ende find ich es gar nicht so schlimm. Es ist zwar keine Aussprache, nur langweiliger Smalltalk. So wie bei ehemaligen Kollegen oder Klassenkameraden, die sich schon früher nicht so wirklich mochten. Wenn man sich dann zufällig über den Weg läuft, will man aber auch nicht so tun, als würde man sich gar nicht kennen. Warum eigentlich? Wie wohl eine Welt aussieht, in der wir alle ehrlich sind? Oh mein Gott, hör bloß auf, das führt viel zu weit!

An einer Aussprache mit Melanie ist mir aber auch gar nicht mehr gelegen und ich bin froh, dass wir das so professionell und glanzlos über die Bühne bringen können. Die Tatsache, dass ich nicht in Tränen ausbreche und Melanie nicht auf Knien anflehe, mich zurückzunehmen, macht mich schon etwas stolz. Vielleicht bin ich ja endlich wirklich über sie hinweg. Sowieso sind diese ganzen Restgefühle für sie einfach absurd. Recyclinggefühle. Ich will doch, dass sie aus meinem Leben verschwindet.

Ich horche noch ein bisschen weiter in mich. Komm ich jetzt mit der Tatsache klar? Mhhh, glaube schon. Versteh jemand die Menschen. Am wenigsten versteht man sich selbst.

Als ich vom Klo wiederkomme, wo ich notdürftig mein Hemd

ausgewaschen habe, kündigt Melanie Pauls Rede an. Mein Hemd ziert jetzt ein noch viel größerer nasser Fleck, aber immerhin rieche ich nicht mehr wie ein vornehmer Alkoholiker, der nur Sekt säuft. Leider ist mir jetzt ziemlich warm, da ich, um den Fleck zu überdecken, mein Sakko wieder angezogen und zugeknöpft habe. Jegliche Versuche, im Bad mein Hemd zu trocken, sind kläglich gescheitert und haben mir nur kritische Blicke von anderen Toilettenbesuchern eingehandelt. Es muss so ausgesehen haben, als würde ich versuchen, Limbo unter dem Heißluftgebläse hindurch zu tanzen, aber einfach nicht checken, dass meine Knie immer wieder gegen die Wand stoßen.

Paul kommt auf die Bühne. Im weitesten Sinne wiederholt er die Passagen, die er schon in den diversen Pressekonferenzen gebracht hat, und geht noch mal eindrücklich darauf ein, dass er sich für nichts schämt, sein Privatleben nun mal immer noch privat sei usw. Dann hackt er noch einmal tüchtig auf den Medien rum und entschuldigt sich persönlich dafür, dass andere Personen darunter leiden müssen.

Sehr geschickt, Paul, sehr geschickt.

Dann macht er eine Pause, lächelt sein spitzbübischstes Lächeln und sagt: „Und nun, damit die ganzen Diskussionen endlich ein Ende haben, stelle ich Ihnen meinen derzeitigen Freund vor.“

Paul streckt die Hand aus und wandert mit einer ausladenden Geste durch den Raum.

Mein Herz setzt aus. Ich mache mich so klein wie nur irgend möglich und trete einen Schritt hinter eine Säule. Paul ruft mich auf die Bühne: „Na wo is er denn?... Ach komm schon, Karl, nicht so schüchtern.“ Umstehende Leute identifizieren mich. Sie heben mich hoch und tragen mich über alle Hände hinweg zur Bühne. Plötzlich hält die Menge vor mir Messer und Gabeln in den Händen. Melanie erscheint neben Paul auf der Bühne. Steef kommt von irgendwoher mit einer Schubkarre voller runder Steine angefahren. Melanie beginnt, in unglaublicher Geschwindigkeit die Steine zu beschriften, und bewirft mich damit ...

Ich reiße mich aus meiner Angstvorstellung und warte.

Die Menge beginnt zu applaudieren. Keiner schaut mich an. Vorsichtig luge ich hinter der Säule hervor.

Nicht zu fassen! Ein sehr junger Mann betritt schüchtern die Bühne und stellt sich neben Paul. Er ist ziemlich dünn und wirkt nicht sehr... männlich. Aber das ist wohl auch nicht zu erwarten bei... aber Paul ist doch gar nicht... Hä???

„Meine Damen und Herren, das ist Thomas. Wir sind seit ein paar Wochen ein Paar. Ich möchte Sie daran erinnern, dass dies keine Pressekonferenz ist! Meinen Standpunkt zum Thema Privatsphäre habe ich Ihnen ja bereits dargelegt. Also bitte, keine Fotos!"

Im Publikum verlegen gesenkte Blicke und Hände, die zurück oder gerade erst in Taschen wandern. Ich entdecke zwar niemanden, bin mir aber ziemlich sicher, dass morgen trotzdem das eine oder andere Handyfoto in den Zeitungen landen wird. Und Paul kann auch nicht ernsthaft das Gegenteil annehmen. Vermutlich rechnet er eher fest damit und sichert sich so lediglich ab.

Als sich das Getuschel langsam legt, stellt Paul Thomas kurz vor und beschreibt, wie sie sich kennengelernt haben. Ich schenke dem keinerlei Beachtung, da ich mir ziemlich sicher bin, dass die ganze Sache sowieso fingiert ist.

Doch dann zieht Paul Thomas plötzlich zu sich heran und die beiden geben sich einen mehrere Sekunden langen Kuss. Wenn das gespielt ist, dann aber filmreif.

Es ist mucksmäuschenstill. Man könnte sich einbilden, das Schmatzen zu hören. Für einen kleinen Moment bin ich total baff und zweifle an meiner Theorie.

Ach quatsch! Find ich aber schon ein wenig übertrieben, sich so öffentlich darzustellen.

Trotzdem bin ich einer der Ersten, die in den aufbrandenden Beifall mit einfallen. Doch es ist kein frenetischer Jubel, eher eine Art höflicher Applaus. Vereinzelt sind welche mehr aus dem Häuschen. An einigen Stellen wird auch gar nicht geklatscht. Irgendwo pfeift jemand anerkennend.

Ich kann es immer noch nicht glauben. Ob fingiert oder nicht, Paul hat gerade einen anderen Mann geküsst. Und zwar richtig.

Dass Paul jetzt wirklich schwul ist, glaube ich nicht, aber dass er für diese PR-Kampagne so weit gehen würde, hätte ich auch nicht gedacht.

Ganz am Anfang, als die Idee entstand, haben wir doch sein öffentliches Auftreten diskutiert und es ja eigentlich für nicht förderlich erachtet, wenn er seine Scheinhomosexualität öffentlich zeigt. Allerdings bin ich seither ja auch nicht mehr an der Durchführung der Kampagne beteiligt, also weiß ich natürlich nicht, was sich an diesem Standpunkt geändert hat. Ok, eigentlich weiß ich es schon, er sabbert und schmatzt sich ja gerade unwiderruflich in mein Gedächtnis.

Thomas verschwindet so schnell, wie er gekommen ist, und Paul kommentiert seinen Abgang, Thomas sei eben sehr schüchtern und wolle lieber seine Ruhe haben, als im Mittelpunkt zu stehen. Paul übernimmt das natürlich gerne für ihn, geht durch die Menge, schüttelt Hände und plaudert mit den Gästen, wie er es immer tut.

Bei der nächsten sich bietenden Gelegenheit nehme ich ihn zur Seite und bringe keinen Satz heraus. Ich starre ihn einfach nur ungläubig an.

„Du guckst so, als hätte Kennedy die Rede gehalten.“ Er grinst.

„Da wär ich auf jeden Fall nicht weniger überrascht gewesen. Was war *das* grade?“

„Thomas, mein Freund. Hab ich doch gesagt.“ Sein Grinsen wird noch breiter.

Wieder ein fragender Blick meinerseits.

„Es ist lustig, dich so schockiert zu sehen, das will ich, glaub ich, noch eine Weile behalten.“

Daraufhin lässt er mich lachend einfach stehen. Eine ganze Weile stehe ich verdutzt da. Dann beschließe ich, jetzt erst mal einen Drink zu brauchen, und steuere die Bar an. Mit einem doppelten Whiskey in der Hand sitze ich dann da. Am anderen Ende der Bar sitzt eine Frau, die mir irgendwoher bekannt vorkommt.

Als es mir dann dämmert, gehe ich zu ihr rüber und stupse sie an.

„Hey na. Hätte dich fast nicht erkannt. Hast dich ja ganz schön aufgebrezelt.“

„Ja… muss. Is ja auch ne piekfeine Veranstaltung. Schicker Fleck auf deinem Hemd“, begrüßt mich Lisa.

Sehr gut beobachtet, junge Dame.

Sie sieht wirklich… anders aus. Langes dunkellila Abendkleid, dezent geschminkt und die Kurzhaarfrisur modern in alle möglichen Richtungen gestylt. Ihre hochhackigen Schuhe liegen auf dem Boden und sie spielt mit den nackten Zehen an den Bändchen herum.

„Wie geht's dir?“, frage ich sie.

Schulterzucken. „Joah…geht so.“

„Und was machst du hier?“

Sie guckt mich schief an. „Ich wurde zu einer Veranstaltung eingeladen, wo es kostenlos Essen und Trinken gibt, und sitze jetzt an der Bar, um mir letzteres reichlich und in aller Ruhe zuzuführen, während mich ein komischer Typ blöde von der Seite anquatscht.“

Ich muss lachen. Immer noch die Alte.

„Wie geht's dir inzwischen so? Bist ja damals einfach aus dem Café gerannt.“

„Ja, inzwischen wieder ganz gut. Ich krieg mein Chaos, was sich da Leben nennt, so langsam wieder auf die Reihe, glaub ich. Hab vorhin Melanie getroffen.“

Sie zieht fragend eine Augenbraue hoch.

„Hat sich gar nicht so seltsam angefühlt, wie ich vermutet hätte.“

„Freut mich für dich.“

„Mich auch.“

Wir plaudern noch eine Weile über dies und das. Ihr Studium, was sie danach so vorhat, über Toni, ich erläutere ihr die Situation mit Jane und Mika, aber dass ich die beiden zu nett finde und mich außerdem auch gar nicht traue, was bei Jane zu versuchen. Dann ebbt unser Gespräch langsam ab und wir leisteten uns einfach nur noch beim Trinken Gesellschaft.

Irgendwann fangen wir an, uns einen Spaß daraus zu machen, die Leute zu beobachten und anhand ihres Auftretens zu bestimmen, was die wohl machen. Später wollen wir Paul aushorchen, wer sie wirklich sind. Unter zunehmender, vom Barmann immer fleißig nachgeschenkter Flüssigkeitszufuhr ahmen wir mit großem

Gekicher die Gespräche weit entfernter Gäste nach. Jeder sucht sich eine Person aus, und wenn die was sagt, denkt man sich spontan irgendwas Sinniges, bzw. meistens eher Blödsinniges, aus und spricht es nach. Dabei kommt eigentlich nur Schwachsinn raus, aber wir amüsieren uns köstlich.

„Hey, haben Sie einen fahren lassen?"

„Ich riech nix, das müssen Sie gewesen sein."

„Nein, niemals!" Was wunderbar passt, da derjenige dabei gerade eine ausschweifende Geste macht.

„Aber bei mir ist noch nichts angekommen, das müssen also doch Sie sein!"

„Moment, vielleicht war ich's doch. Warten Sie… oh ja, ich war's, tut mir leid."

„Ach kein Problem, passiert mir auch oft."

Sicherlich niedrigstes Niveau, aber im Moment ist uns das relativ schnuppe. Außerdem tragen wir damit signifikant zur Unterhaltung des Barmannes bei, der zum Dank die Getränkeversorgung großzügiger gestaltet als bei anderen Gästen. Dafür darf er ab und zu auf zwei Leute zeigen, die wir dann mit ähnlich kreativen Gesprächen versehen.

Später gesellt sich Paul sichtlich ausgepowert aber glücklich lächelnd zu uns. Als ich ihm meinen Barhocker anbieten will, gerate ich ziemlich ins Wanken und beschließe, bald einen Abflug zu machen. Es ist äußerst gefährlich, im Sitzen zu trinken und längere Zeit nicht aufzustehen. Dabei merkt man den Rausch meistens nicht, und wenn man dann doch mal aufsteht, schlägt er zu, aber richtig. Als ob der Alkohol durch die sitzende Position bisher im Bauchraum verharrt hat, nun mit einem Mal in die Beine fällt, auf den Boden aufschlägt und zurückgeworfen wird bis zur Scheitelspitze, dort aber auch nicht rauskommt, sich im Kopf verwirbelt und dann langsam zurückfließt und sich im ganzen Körper verteilt. Das bringt das innere Gleichgewicht natürlich völlig durcheinander.

Aus Paul ist immer noch nicht herauszubekommen, was es mit Thomas auf sich hat. Egal wie viel ich nachbohre, er grinst mich nur weiter unvermittelt an.

Lisa scheint das Ganze nicht wirklich zu interessieren und fragt Paul lieber nach den Personen, deren Berufe wir versucht haben zu erraten. Was die sich alles merken kann. Ich weiß nicht mal mehr, was ich geraten habe, geschweige denn, dass ich die Leute noch im Raum wiederfinden würde. Wir lagen nur bei einem richtig. Allerdings war unsere Bezeichnung „irgendein Parteiobermufti“ auch nicht sonderlich präzise.

„So! Ich mach dann mal los“, verkünde ich. „Aber Paul! Ich will immer noch wissen, was da im Busch ist und wer da im Busch ist, klar!?“

Er lächelt mich nur weiter an und deutet nebulös an: „Mhh...mal gucken.“

Wangenküsschen für Lisa, Handshake für Paul und ab nach Hause.

Hab irgendwie das Gefühl, der Taxifahrer fährt mich mehrmals um den Block, könnte aber auch an dem Drehen in meinem Kopf oder dem der Welt da vor dem Fenster liegen. Da der Preis okay ist, hake ich nicht weiter nach. Hauptsache zu Hause.

Kurz duschen, ab ins Bett, unmittelbar einschlafen.

Wie erwartet zeigt die Zeitung am Sonntag ein Foto von Paul und Thomas. Immerhin ist es keins beim Küssen. Entweder die Knipser waren selbst zu baff, um schnell genug ein Foto zu schießen, oder Pauls Appell an die Privatsphäre wurde zumindest ein bisschen ernst genommen. Es ist auch nicht die Schlagzeile, also alles in allem wurde kein riesiges Trara darum gemacht.

Noch mal Glück gehabt, Paul. Oder Unglück? Keine Ahnung.

Es wurmt mich immer noch, nichts Genaueres über die verfolgte Strategie und vor allem über die Hintergründe der Schmierenkomödie mit diesem Thomas zu wissen. Wenn es als Balanceakt zwischen aufsehenerregendem Skandal und normaler Publicity gedacht war, ist es offenbar gelungen.

Beim Durchsehen diverser Onlineausgaben stelle ich fest, dass auch die anderen Redaktionen sich weitestgehend an die milde Variante der Berichterstattung halten, bei einigen hat es die Nachricht gar nicht erst ins Blatt geschafft.

Auf der Seite einer kleineren Regionalzeitung finde ich ein anderes und überraschend scharfes Bild. Es ist offenbar von weiter weg und von seitlich erhöhter Position aufgenommen worden. Man sieht Thomas im Halbprofil, näher herangezoomt, als ich ihn von meinem Platz aus sehen konnte.

Irgendwas an dem Foto kommt mir seltsam vor. Ich überlege und betrachte es dabei immer wieder eingehend. Doch ich komme einfach nicht drauf, was mir daran nicht passt.

Das Unterbewusstsein gibt einem manchmal schon echt komische Signale. Es sagt: „Da ist was!"

Man fragt: „Was?"

Es sagt: „Sag ich nicht."

Da kann man noch so höflich nachhaken, es rückt einfach nicht damit raus. Nur um dir dann später, wenn es sich irgendwann doch mal aufgerafft hat, die Antwort zu geben.

Ich schiebe den Gedanken also beiseite und warte, bis sich mein Gedächtnis bequemt, mir die Antwort freiwillig zu geben, oder es sich zu wenig beachtet fühlt und dann wieder bei mir punkten will. Die Taktik des Ignorierens. Wie bei einem bockigen Kind. Ich ignoriere dich so lange, bis du zugibst, die Vase kaputtgemacht zu haben.

Ok, der Vergleich hinkt, aber weiter im Gedächtnis zu bohren, hat trotzdem keinen Sinn.

Denn sie wissen nicht, was sie tun

Der Wochenanfang verläuft recht unspektakulär.

Ich komme inzwischen fast gar nicht mehr ins Schwitzen beim Fahrradfahren, was einerseits an den kühleren Temperaturen liegen könnte, anderseits, und diese Seite will ich eher herausstellen, scheine ich langsam etwas fitter zu werden. Mein Auto habe ich längst wieder, aber für viele der kürzeren Wege hab ich mich irgendwie ans Fahrrad gewöhnt.

Mit Natascha ist alles beim Alten. Sie weigert sich weiter hartnäckig, ihre nächtlichen Besuche anzusprechen, und ich traue mich auch nicht, vehement nachzufragen. Zumal ich eins zugeben muss: So schräg dieser Sex auch ist, es ist immerhin Sex. Und wenn ich das Thema nun allzu offensiv zur Sprache brächte, würde diese Sexquelle womöglich versiegen.

Am Montagabend habe ich eine Einladung im Briefkasten. Janes Geburtstagsfeier. Sie hat überübernächsten Donnerstag Geburtstag und die Feier soll am Samstag stattfinden.

Ich ringe kurz mit mir und rufe sie schlussendlich einfach an, um mich für die Einladung zu bedanken. Was war schon dabei? Ich mache mir viel zu viele Gedanken.

Aus einem Impuls heraus lade ich die beiden zum Abendessen diesen Mittwoch ein.

„Du brauchst dich für nix zu bedanken, aber klar, wir kommen gerne!“

Verdammt! Wo kam das denn jetzt schon wieder her? Ich sollte mal zum Arzt gehen und mir irgendwas gegen solche Impulse verschreiben lassen. Da geht bestimmt irgendwas. Psychopharmaka oder so. Die können doch heutzutage alles. Und schließlich bezahle ich dafür massig Krankenversicherungsbeiträge. Normal ist das auf jeden Fall nicht, dass ich ständig Dinge tue oder sage, die ich definitiv vorher nicht mit mir abgesprochen habe und meistens auch nicht von mir gewünscht sind.

Nicht, dass ich die beiden nicht gerne einladen wollte, aber zum Essen!? Und auch noch bei mir? Ich kann nicht kochen. Wird denn Kochen bei solchen Treffen erwartet oder tut es auch Tiefkühlpizza?

Krame in meinem Gedächtnis, ob es schon mal irgendwo nichts Selbstgemachtes gab, wenn ich zum Essen bei jemandem zu Hause eingeladen wurde. Kann mich nicht entsinnen.

Eigentlich gibt es sogar immer irgendwas mehr oder weniger Besonderes, die meisten legen sich sogar richtig ins Zeug. Teures Fleisch oder Fisch mit irgendeiner verniedlichten Beilage wie Rosmarinkartöffelchen oder Buttermöhrchen, auf einem Spiegel aus irgendwas, mit einem Schaum von Dingsbums, verschieden Blüten, Kräutern etc. Und oft sogar mehrere Gänge, mit Nachtisch.

Man spürt beim Essen die erwartungsvollen Blicke der Gastgeber auf sich ruhen. Sie bohren sich so intensiv in einen, dass man sich gezwungen sieht, ein „... schmeckt gut" zu nuscheln, während man noch den ersten Bissen kaut. Aber ohne diese Bestätigung würden sie selbst nicht anfangen zu essen, quasi ein Hungerstreik. Da sagt man lieber schnell was, auch wenn man zu einer objektiven Einschätzung kurz nach der ersten Gaumenberührung noch gar nicht in der Lage ist. Aber bevor das Essen kalt wird. Wär doch sonst schade drum.

Bei Menschen, auf die ich in meinem Bekanntenkreis eigentlich auch gut verzichten könnte, habe ich manchmal schon überlegt, ob ich einfach in aller Ruhe esse, ohne was zu sagen, und sie elendig verhungern lasse. Hab ich aber doch nie gemacht.

Der Etikette nach wird also vermutlich Selbstgemachtes erwartet.

Mist!

Ich könnte mir ja auch was liefern lassen und es dann als selbstgemacht kredenzen. Aber allein der Aufwand, die Küche so herzurichten, als hätte ich wirklich gekocht... Nee, lieber nicht.

Rufe Paul an. Hat keine Zeit.

Lisa. 10 Sekunden Lachanfall, dann legt sie einfach auf.

Melanie? Du spinnst wohl!

Probiere es noch bei ein paar Freunden und Bekannten.

Alles in allem kriege ich die verschiedensten Tipps. Meistens sowas wie: „Wir haben neulich... gemacht... total einfach... kriegst sogar du hin... warte, ich schick dir mal das Rezept."

Manche sind auch kürzer angebunden mit: „Du schaffst das!" oder auch „Oh Gott, oh Gott, Karl du arme Sau!" Die Ironie beschließe ich zu überhören. Aber keiner kann oder will am Mittwoch mit dabei sein, um mir zu helfen.

Ich überlege 30 Minuten und begehe anschließend eine Verzweiflungstat. Ich rufe meine Mutter an.

„Ja... ja Mama, ich bin's... ja... ja... jetzt lass mich doch mal... nein, ich bin nicht mehr mit Mela... ja... nein... Mama, ich wollte eigentlich... nein... ja... sehr schön, aber ich... Mutter!!!", brülle ich ihr mitten in den Satz„„Ich brauche deine Hilfe."

Stille am anderen Ende. Darüber bin ich so perplex, dass ich auch nichts sage.

„Du brauchst meine Hilfe?“, fragt sie ungläubig.

Verdammt, jetzt hat sie mich. Die nächsten 10 Minuten höre ich mir an, dass ich ja sonst auch nie anrufe, nicht mal, wenn ich was brauche, sie würde mir natürlich gerne helfen, aber ich könnte mich ja auch sonst an sie wenden, und und und.

Überlege kurz, ob ich den Hörer jetzt nicht einfach Toni geben sollte. Halte ihm probehalber den Hörer hin, vielleicht nimmt er ihn. Toni schaut den Hörer an, mich, den Hörer, wieder mich und flüchtet in die Küche. Kluger Junge.

„Also Mama, ich muss bald... nein... ja... also, ich will am Mittwoch für zwei Freunde kochen und wollte fragen, ob du mir vielleicht helfen kannst? Nur bei den Vorbereitungen, danach... nein, ich möchte dich danach nicht losw... nein... du würdest dich doch bestimmt nur unwohl fühlen, du kennst sie ja gar nicht... ja, sicher würdest du sie dann kennenlernen, aber das... nein... nein... bitte Mutter, kannst du mir nicht einfach beim Kochen helfen? Du hast doch sicher auch was Besseres zu tun als an einem Mittwochabend bei mir rumzusitzen, mit wildfremden Menschen und... natürlich bin ich dir nicht wildfremd...“ Naja, irgendwie schon.

Nach weiteren 10 Minuten palavern lässt sie sich endlich überreden, für die Vorbereitungen vorbeizukommen. Puhh, das war ein hartes Stück Arbeit. Vermutlich werde ich das noch bereuen.

„Weißt du noch damals? Da hab ich dir auch geholfen, als du...“

Sie wird mich eiskalt erpressen. Das bedeutet mehr Anrufe, Besuche und langweilige Familientreffen in nächster Zeit. Ich habe nicht grundsätzlich was gegen Familie. Aber muss es denn unbedingt meine sein? Warum nicht mal etwas Abwechslung reinbringen, immer mal eine andere. Einfach halbjährlich einen Familienwechsel, das wär doch mal was. Da gäbe es immer wieder was Neues und nicht jedes Mal dieselben Geschichten und Anekdoten, die man eh schon 20 Mal gehört hat. Alle halbe Jahre neue Zwistigkeiten, Tratschereien und Familienfehden. Wäre doch immerhin abwechslungsreich.

Klingt bei genauem drüber Nachdenken wie eine Reality-TV-Show. Na toll. Was sagt es über den eigenen Verstand aus, wenn er anfängt, Reality-TV-Shows zu entwerfen?

Mir graust es jetzt schon vor Mittwoch. Vermutlich werde ich als Allererstes einem umfassenden Verhör zum Fall Melanie unterzogen. Das ist dann wohl der Preis.

Naja, abends könnte ich mich dann wenigstens richtig zulöffeln, zuhause bin ich ja schon.

Trotzdem freue ich mich irgendwie auf Mittwoch. Jane wiedersehen. Aber auch auf Mika freue ich mich. Noch immer breitet sich ein wohlig warmes Gefühl in meinem Bauch aus, wenn ich an den spontanen tollen Abend zurückdenke.

Diesmal ist Natascha etwas früher da und ich bin noch wach. Sie geht wie die letzten Male schnurstracks an mir vorbei ins Schlafzimmer. Ich lasse mir Zeit, ihr zu folgen, auch weil ich immer wieder mit dem Gedanken spiele, mich diesem seltsamen Spiel zu verweigern. Irgendwann mal. Vielleicht. Heute nicht.

Sie kniet auf allen Vieren auf dem Bett, den Po zu mir gestreckt. Ihr Rücken ist extrem gerade durchgestreckt und auch ihren Kopf hält sie genau in der Verlängerung zur Wirbelsäule, den Blick senkrecht nach unten gerichtet. Was erwartet sie jetzt von mir? Bisher war ich doch eher passiv unten gewesen.

Ich bleibe im Türrahmen stehen. Nach einer Weile fragt sie ohne den Kopf zu bewegen: „Du nicht wissen, was zu tun?“

Es ist eine Sache, unter ihr zu liegen und die mechanische körperliche Liebe hinzunehmen, die sie mir gibt, aber etwas vollkommen anderes, sie jetzt einfach so von hinten zu nehmen, vermutlich wieder, ohne dass sie die geringsten Anzeichen zeigt, dass ihr das Spaß macht. Dabei würde ich mir irgendwie wie ein Vergewaltiger vorkommen.

Als ich nach ein paar Minuten immer noch wie angewurzelt da stehe, löst sie ihre Hundestellung auf, kommt zu mir, zieht mich aufs Bett und alles fängt an wie gehabt. In einem dieser kurzen Momente, in denen sie wirklich Lust und Spaß an der Sache zeigt, drehe ich sie blitzschnell in die Missionarsstellung und übernehme den aktiven Part. Sie erschrickt, was ich witzigerweise auch direkt spüre, da sie… Auf jeden Fall verkrampft sie jetzt total.

Ich lasse von ihr ab und richte mich auf. Das scheint ihr aber auch nicht so recht zu passen und sie sagt, ich solle weitermachen.

„Nein."

„Wie nein?" Sie sieht mich verdutzt an.

Ich mich auch.

Naja, jetzt kann ich's auch durchziehen. Also rede ich mit ruhiger Stimme auf sie ein: „Ganz ehrlich, Natascha, so wird das doch nie was. Du entspannst dich überhaupt nicht und ich hab auch nicht das Gefühl, dass du wirklich Spaß dabei hast."

„Muss Spaß dabei sein?"

Ich kann mich ja nicht gerade als Sexexperten bezeichnen, aber Natascha hat offenbar gar keine Ahnung. Irgendwas stimmt anscheinend mit ihren Empfindungen nicht. Normalerweise kann man das doch instinktiv… oder?

„Du musst einfach lockerlassen. Lass dich von deinen Empfindungen leiten."

„Ich tue alles richtig! Habe viel gelesen darüber und daran halten ich mich."

Aha, ich denke, genau hier liegt das Problem. Ich setze ihr auseinander, dass sie beim Sex nicht so viel nachdenken soll, das schadet eher, als es nützt. Wenn sie im Kopf ständig irgendwelche Anleitungen durchgeht, ist die Verkrampfung quasi vorprogrammiert. Sie muss sich fallenlassen, abschalten und ihre Gefühle die Kontrolle übernehmen lassen.

Ich fange an, sie zu liebkosen, und wiederhole meinen kleinen Vortrag immer wieder wie ein Mantra. Irgendwann spüre ich, dass sie sich entspannt. Wir beginnen langsam.

Der Sex ist diesmal richtig gut, auch wenn ich fast die ganze Zeit aktiv sein muss. Meine Fresse, bin ich bequem geworden. Doch zum Schluss drehen sich sogar noch einmal die Rollen und Natascha wird regelrecht wild, für ihre Verhältnisse. So wird das doch noch was.

Als wir uns wieder beruhigt haben, wirkt sie sehr verlegen. Ich will jetzt zwar nicht den lobenden Oberlehrer spielen, aber irgendwas muss ich sagen. Doch bevor ich dazu komme, steht sie schon wieder auf und geht ohne ein weiteres Wort.

Daraus soll jemand schlau werden.

Aber immerhin dämmert mir jetzt, dass sie keine großartigen Erfahrungen hat oder definitiv die falschen. Offensichtlich will sie sich nur ausprobieren. Irgendwie fühle ich mich richtig geschmeichelt, dass sie mich zu diesem Zweck ausgewählt hat.

Karl, du alte *Love Machine*.

Ziemlich selbstzufrieden schlummere ich ein.

Okapi zum Dinner

Die Ereignisse überschlagen sich.

Ich werde zu einer Hochzeit eingeladen.

Am Mittwochmorgen liegt die Einladung in meinem Briefkasten.

Mit schwitzigen leicht zitternden Händen mache ich sie auf.

Ich hatte mal einen Traum, in dem ich von meiner eigenen Hochzeit durch eine solche Einladung erfahre. Kurz nachdem ich sie geöffnet und die Namen gelesen habe, - wer ist eigentlich Erika? - stürmt meine Mutter samt Tanten, Großtanten und vielen mir völlig unbekannten Frauen die Küche. Sie sind mit Anzügen, Krawatten, Unterwäsche, Westen, Hüftbändern, Schuhen, Frisierzeug, Kosmetik und einem Okapi bewaffnet. Ich schaue auf das Datum der Einladung, es ist von heute!

Die Welle aus Frauen aller Altersklassen bricht über mir zusammen und der stechende Duft von allen Parfüms der Welt verbrennt meine Nasenschleimhäute. Plötzlich stehe ich vorm Altar und werde nun offenbar zwangsverheiratet. Das Okapi hat jetzt eine Pfarrrobe an und verliest gerade die bindenden Zeilen. Den Teil mit „Wollen Sie, lieber Karl, diese hier anwesende…“ lässt es einfach weg. Mechanisch drehe ich mich zur Braut und lüfte den Schleier.

Darunter das Gesicht meiner Mutter.

Zwei Nächte traute ich mich nicht zu schlafen, bis die Schlafmangelhalluzinationen irgendwann in dieselbe schaurige Richtung gingen und ich dann doch wieder schlief. Deshalb bin ich jetzt etwas nervös, obwohl das hier natürlich kein Traum ist. Oder?

Kurz schaue ich mich um, ob nicht doch irgendwo ein Okapi hinter dem Küchenschrank hervor lugt. Ich atme tief durch und lese sie durch.

Dann noch mal. Jetzt bloß nicht verdutzt die Augen reiben.

Ach was soll's. Ich lese die Einladung ein drittes Mal.

Natascha und Alfons laden mich, selbstverständlich „recht herzlich", zu ihrer Hochzeitsfeier diesen Freitag ein.

Ich kenne keinen Alfons… und nur eine Natascha… aber das kann doch nicht… vor nicht mal zwei Tagen…

Ich komme zu spät.

Außerdem kann ich das sowieso nur mit einer Person klären.

Ich stopfe die Einladung in die Tasche und radle zur Arbeit. Getrieben. Viel zu schnell.

Als ich vor Natascha stehe, japse ich wie ein alter Hund.

„Was… soll…", ich wedele mit der Einladung, „…hä?"

„Das ist meine Hochzeitseinladung", sagt sie, als wäre das das Normalste auf der Welt.

„Ja das… sehe… ich auch. Aber… was soll das?"

„Ich wollte dich einladen. Du hast kein Zeit am Freitag?"

Ich seufze. Jetzt tu nicht schon wieder so!

Stockend bringe ich hervor: „Doch doch, aber… naja… du weißt schon… na die Nächte… Montag…", dann verlässt mich der Mut.

Natascha schaut mich fragend an.

Verdammt, sie kann doch nicht wirklich so tun, als wenn da nichts gewesen wäre!

Wütend bricht es aus mir raus, endlich: „Vorletzte Nacht hast du mich noch wie wild geritten und jetzt tust du so, als ob nix wär!? Heiratest am Freitag… lädst mich auch noch ein!? Was soll das alles!?!"

Die Leute in der Lobby mustern mich. Ihre Blicke wandern zwischen Natascha und mir hin und her. Ich bleibe still und blitze

Natascha lediglich weiter wütend an. Doch sie blickt weiter ausdruckslos zurück und sagt ebenfalls nichts.

Die meisten Leute kommen nach kurzer Zeit offenbar zu dem Schluss, dass es zu unwahrscheinlich ist, was sie da gerade verstanden haben, und dass ich doch niemals was mit Natascha haben könnte. Sie werfen mir noch einen abschließenden verächtlichen *So ein Spinner*-Blick zu und gehen wieder ihrer Wege.

„Ach das", erwidert Natascha trocken. Offenbar hält sie es für das Normalste auf der Welt, mitten in der Nacht bei quasi wildfremden Männern in die Wohnung zu spazieren, mit ihnen seltsamen Sex zu haben und sie dann zu ihrer unmittelbar bevorstehenden Hochzeit einzuladen. Ich sage nichts und starre sie nur weiter an.

„Ich musste üben", sagt sie in unverändertem Ton.

„Bitte was?!"

„Üben. Möchte mich nicht blamieren vor mein Mann in erste Nacht. Ich will guten Eindruck machen, gute Frau sein."

Der Ärger fällt von mir ab und ich bin einfach nur sprachlos.

„W… wie, ihr habt noch nicht…?"

Jetzt wird ihre Stimme ebenfalls etwas weicher und versöhnlicher.

„Nein, wir wollten nicht."

„Naja, du anscheinend sch…"

„Das is was anderes!", unterbricht sie mich barsch. „Das ist üben."

Damit scheint das Thema für sie beendet.

Ich begreife das immer noch nicht.

Verdammt, ich komme zu spät.

„Fortsetzung beim Mittagessen!", sage ich und fahre nach oben.

So richtig konzentrieren kann ich mich aber nicht.

Beim Mittag erklärt sie mir dann alles noch mal genauer.

Jungfräulichkeit ist ihr wohl egal, jedoch ist es üblich, vor der Heirat nicht mit dem Mann zu schlafen. Nach ihrer Aussage liebt sie ihren Mann wirklich sehr. Sie waren lange Zeit nur Freunde, wurden immer engere Freunde und schließlich wurden die Gefühle so stark, dass sie beschlossen zu heiraten. Doch sie war sehr unerfahren in sexuellen Dingen und wollte anscheinend wirklich üben, um ihrem Mann eine wundervolle erste Nacht zu schenken.

Für sie schien das kein moralischer Konflikt.

„Ich muss ehrlich zugeben, dass ich das nicht so richtig verstehe. Das ist doch... schon irgendwie... schräg. Du kannst doch nicht einfach mit einem anderen Mann schlafen, wenn du so gut wie verheiratet bist."

Sie zuckt nur die Schultern. „Ging doch."

„Ja... aber... das ist doch..."

Anscheinend hat Natascha eine völlig andere Sichtweise, die mit meinen normalen Moralvorstellungen einfach nicht vereinbar ist. Aber was ist schon normal? Woher kommen denn meine Moralvorstellungen? Sind doch eigentlich auch nur von der mich umgebenden Gesellschaft suggerierte Regeln. Und ihre Umgebung hat ihr offenbar komplett andere Regeln suggeriert. Vielleicht sollte ich es einfach so hinnehmen.

„Und dein Mann, weiß der davon?"

„Ja naturlich. Von ihm ist die Idee."

Na, jetzt wird es ja wirklich abgefahren. Was ist das denn für eine abartige Beziehung? Ok, aus! Jetzt fängst du schon wieder an.

„Irgendwie fühle ich mich trotzdem nicht ganz wohl bei der Sache."

„Aber du hast doch mitgemacht."

„Ja schon, aber da wusste ich ja auch noch nicht..." Ich gestikuliere verlegen.

Lächelnd zieht sie die Augenbraue hoch. „Hättest du dann nicht?"

Gute Frage. Was hätte wohl gesiegt, Verstand oder Schwanz?

„Bist du glücklich?", frage ich Natascha, um mich vor der Antwort zu drücken.

„Ja natürlich! Am Freitag ich heirate. Und dank dir, gut vorbereitet." Sie strahlt.

Mhh... was bleibt mir dann anderes übrig, als es einfach so hinzunehmen? Wenn alle glücklich sind mit der Situation, sollte ich es vielleicht auch sein. „Aber zur Hochzeit werde ich nicht kommen, das wäre mir zu peinlich."

„Doch, du musst! Wir bestehen darauf! Wär große Beleidigung!", empört sich Natascha.

Na super. Noch so ein komischer Brauch. Bring den Stecher der Braut mit zur Hochzeit, sonst steht die Ehe unter keinem guten Stern.

„Aber..."

„Nix aber! Du musst kommen! Bitte."

Ach menno, jetzt schau mich doch bitte nicht so an. Ich würde mich auf einen seltsamen und äußerst peinlichen Abend einstellen müssen.

„Und das ist Karl. Steh doch mal auf. Na komm, nicht so schüchtern! Karl hat nämlich meine liebe Natascha hier eingeritten. Nicht wahr, Karl? War's gut? Wie macht sie sich so? Na komm schon! Wir sind doch unter uns! War bestimmt richtig geil, oder? Ach, freu ich mich schon auf die Nacht. Du musst mir unbedingt noch ein paar Tipps geben, wie ich sie so richtig rannehmen kann! Applaus für Karl bitte!!!" Was für ein Albtraum.

Zum Glück kann ich nicht weiter darüber nachdenken. Meine Mutter ruft an. Naja... was bedeutet schon „zum Glück".

Wie immer lasse ich es eine Weile klingeln. Die Hoffnung, dass sie evtl. auflegt, „bevor ich rangehen konnte", stirbt nie.

Natascha und mittlerweile auch andere Mittagsgäste schauen mich an. Na, dann werd' ich wohl rangehen.

„Hallo, schön das ich dich erreiche. Ich muss dir leider für heute absagen. Hab was ganz Wichtiges zu tun. Tschüsschen! Bussi!" Aufgelegt.

Will sofort beim Guinnessbuch anrufen. Hab aber die Nummer nicht. Das war vermutlich das kürzeste Gespräch, dass meine Mutter... nein, ich behaupte, überhaupt jemals irgendeine Mutter mit ihrem Sohn per Telefon geführt hat.

Verkehrte Welt. Heute läuft wohl gar nichts normal.

Plötzlich steigt ein unglaubliches Glücksgefühl in mir auf. Das heißt ja, ich habe sie heute Abend nicht an der Backe. Yes!

Das Glück wird jedoch sogleich wieder zerstört. Jane und Mika kommen ja trotzdem!

„Kannst du kochen?", frage ich Natascha.

Abends stehe ich mit Natascha in meiner Küche.

Aus ihrer verqueren Sicht ist sie mir anscheinend zu tiefstem Dank verpflichtet und weit mehr als einen Gefallen schuldig. Diesmal sage ich nichts gegen ihre seltsame Auffassung. Denn ich brauche Hilfe. Und so hilft sie mir trotz Hochzeitsvorbereitungsstress bei meinem kleinen bescheidenen Dinner. Wie sich herausstellt für sie eine leichte Übung. Es sollte einen italienischen Nudelsalat geben und zum Nachtisch den Klassiker Crème Brûlée.

Im Wesentlichen stehe ich in der Mitte der Küche und beantworte Nataschas Fragen, wo was zu finden ist. In Gedanken sitze ich auf einem kleinen Hochsitz, brülle ihr durch einen Papiertrichter Befehle zu und sie wetzt unten hin und her.

„Große Schüssel?"

„Im Abwasch."

„Brett? Messer?"

„Abwasch."

„Teller?"

„Ab..."

„Schon gut, schon gut. Karl, du hättest wenigstens abwaschen können!"

Ich hasse abwaschen! Bin aber so schlau, das Natascha nicht zu sagen, aus Angst, sie könnte dann auf die Idee kommen, mich einer Schocktherapie zu unterziehen, und dass ich dann tatsächlich abwaschen muss.

„Naja... ich... hab da so ein alternatives Abwaschsystem... äußerst umweltfreundlich."

Sie schaut mich skeptisch an und ich frage mich, warum ich das gerade gesagt habe. Jetzt muss ich mir schnell überlegen, wie ich da wieder rauskomme. Mhhh... das wird wohl nichts, ohne meine Abwaschphobie eingestehen zu müssen. Dann eben tiefer ins Lügengeflecht.

„Naja, also statt das Geschirr und so immer gleich abzuwaschen, lasse ich es erst mal stehen. Wenn ich dann zum Beispiel in einem Topf Spaghetti gekocht hab, kann ich den ohne abzuwaschen locker noch mal für Nudeln, Reis, Kartoffeln, Gemüse oder sowas hernehmen. Oder ein Teller, wo nur Krümel drauf sind, den kann ich doch auch locker mehrmals verwenden und…"

Nataschas Gesichtszüge entgleiten zusehends und teilweise scheint es ihr auch vor Ekel kalt den Nacken runter zu laufen.

Ich steigere mich da gerade in was rein, kann mich aber nicht bremsen und plappere weiter drauf los: „Und schau mal, so spar ich extrem viel Wasser und umweltschädliche Abwaschmittel noch dazu. Außerdem ist es doch auch schade drum, was man da zum Teil an Lebensmitteln mit abwäscht. Beispielsweise, wenn ich Tomatensoße in einer Pfanne gemacht habe, die kriegt man ja quasi nie ganz ausgekratzt und es bleiben immer mindestens ein paar Löffel Soße zurück. Statt das dann sinnlos den Abfluss runterzuspülen, kann ich die Reste einfach trocknen lassen und für die nächste Soße in dieser Pfanne verwenden."

Okay, das find ich jetzt selbst ein bisschen eklig. Bin trotzdem ein wenig stolz, dass meine Theorie im Groben und Ganzen durchaus Sinn ergibt. Heutzutage gibt es ja die verrücktesten Auswüchse von ökologischem Bewusstsein, da würde so ein alternatives Abwaschsystem gar nicht weiter auffallen.

Natascha sieht das offenbar anders und kommentiert nur: „Das ist eklig!"

Ohne ein weiteres Wort fängt sie an abzuwaschen und auf einen bösen Blick hin schnappe ich mir das völlig unterforderte Geschirrtuch und stelle mich dazu. Wenn ich mal abwasche, dann trockne ich doch nicht auch noch ab! Da geht ja nochmal Zeit verloren und das Zeug trocknet doch auch irgendwie von alleine. Trotzdem ist mir Abtrocknen immer noch lieber als Abwaschen.

Ich bin mir ziemlich sicher, dass Natascha unglaublich effizient abwäscht. Nicht mal 10 Minuten und wir sind mit meinem kompletten angehäuften Abwasch fertig. Dafür hätte ich bestimmt Stunden gebraucht. Wenn das bei mir so schnell ginge, würde ich auch öfter abwaschen.

Anschließend schnibbeln wir gemeinsam Gurke, Tomate, Schinken, Mozzarella usw. Dabei halte ich mich haargenau an Nataschas Vorgaben. Ich wünschte, ich hätte ein Messgerät, um Länge, Breite und Höhe der Stücke noch genauer zu bestimmen. Da meine Küche aber fürs professionelle Kochen einfach nicht ausgelegt ist, nehme ich mir immer ein paar von den Stücken, die Natascha geschnitten hat, während sie sagte: „Guck Karl, ungefähr so." Dann halte ich sie lediglich jedes Mal an das Ausgangsmaterial an und schneide an den Kanten entlang. Stücke, die nicht genauso aussehen wie Nataschas, schneide ich noch mal penibel zurecht oder esse sie einfach auf.

Natascha schaut nach einer Weile von ihrem Schneidebrett auf meins. Ich spüre ihren kritischen Blick. Äußerst nervös versuche ich, noch exakter zu schneiden. Gerade als ich das Messer erneut auf die Gurke auflege und am Musterstück entlang gleitend mit leichtem Druck vorsichtig vor und zurück schneide, platzt es aus ihr heraus: „Was du machen!?!"

Oh man, ist die kritisch. Ich glaube, Kochen ist echt nichts für mich. Der pure Stress.

Ich setze meinen besten Hundeblick auf und säusele entschuldigend: „Ich schneide die Sachen doch nur so, wie du gesagt hast."

„Ja aber... das muss nicht... nicht genau so! Doch egal, wie die aussehen. Einfach schneiden!"

Dabei hackt sie auf eine Tomate ein.

Ach so. Also ich finde ja, dass es schöner aussieht, wenn alle Stücke gleich groß sind, aber um es mir mit Natascha nicht noch weiter zu verscherzen, hacke ich nun einfach munter drauf los.

„So groß nun auch nicht!", ermahnt sie mich wieder.

Ich habe keine Lust mehr. Ich kündige.

Aber das geht nicht, schließlich brauche ich Natascha, um das hier fertig zu kriegen. Zieh eine Fleppe und sage nichts. Schneide weiter irgendwie mein Gemüse.

Zu spät kriege ich mit, dass Natascha eine Schranktür öffnet.

„Hast du ein... Ihhh!" Sie kommt mit dem Kopf aus dem Schrank hervor, in der Hand einen von vielen sich in diesem Schrank befindlichen ziemlich verkrusteten Tellern.

„Was zum...?" Sie starrt mich entsetzt und gleichzeitig vorwurfsvoll an.

Ich gebe kleinlaut zu Protokoll, dass Spüle und Arbeitsplatte leider zu wenig Platz für mein ausgeklügeltes Abwaschsystem hergeben und ich so einiges von dem Geschirr wieder in die Schränke stellen musste. In Wahrheit wollte ich natürlich lediglich die Arbeitsplatte und den Tisch freiräumen, und da die Spüle ja schon voll war...

„Karl, das ist widerlich!"

„Alternativ!", konterte ich.

Das mag ich so an der heutigen Zeit, dass man fast alles, was früher unnormal, widerlich, nicht schick oder sonst wie negativ behaftet war, heute *alternativ* nennen kann. Aus Mülltonnen essen war früher widerlich. Heute ist es eine alternative Art der Ernährung, in der man die Konsumgesellschaft missachtet. Wenn man früher pleite war, war man pleite. Heute kann man es als Protest gegen das Finanzsystem hinstellen.

An Natascha jedoch prallen diese Argumente ab. Vielleicht ist sie ja noch nicht lange genug hier, um das zu verstehen. So wird es wohl sein, beschließe ich und bleibe stur. Um sie jedoch nicht weiter gegen mich aufzubringen, hole ich ihr den Schneebesen, den sie eigentlich gesucht hat, und wasche ihn sogar für sie ab.

Eine Weile arbeiteten wir, also hauptsächlich Natascha, stillschweigend weiter.

„Wo ist die Mozzarella?"

„Da. Hab ich doch schon geschnitten."

„Das ist eine, wo ist Rest?"

„Welcher Rest?"

„Wir brauchen mehr als ein."

„Du hast heute Mittag nur Mozzarella auf den Zettel geschrieben, also hab ich einen geholt. Da hättest du mir eine Anzahl dahinter schreiben müssen, dann hätte ich auch mehr mitgebracht."

Entnervt funkelt sie mich an.

Als ich im Supermarkt vor dem Regal mit dem Mozzarella stehe, fällt mir eine Reklame auf: Alles ab einem Tag vor dem Mindesthaltbarkeitsdatum zum halben Preis!

Das find ich super. Ich steh auf Rabatte.

Ich durchwühle die komplette Mozzarellakiste. Finde nichts.

Frage eine Verkäuferin, ob sie noch alte im Lager hätten.

„Fragen Sie meine Kollegin!"

„Welche und wo ist die?" Aber sie ist schon wieder hinter einem Regal verschwunden.

Suche wertvolle Minuten nach der Kollegin oder wenigstens irgendeiner Kollegin. Da!

„Weißsch nich. Klopfn se ma an der Tür da, de Lageristn solln ma nachguckn."

Klopfe in Abständen immer wieder an die Tür. Irgendwann kommt ein Mann aus einer anderen weiter entfernten Tür, mustert mich und verschwindet wieder.

Klopfe noch ein paar Mal. Nichts passiert. Verdammt, jetzt habe ich schon 20 Minuten hier im Laden vergeudet.

Ich schnappe mir eine halbvolle Kiste Mozzarella und eile zur Kasse. Brauche etwa eine halbe Stunde bis zur Kasse, da ich unterwegs immer wieder abgelaufene Ware einsammle, schließlich gibt's die ja zum halben Preis.

Ein super System ist das! Lohnt sich für mich und der Supermarkt muss nichts wegwerfen. Wird sowieso viel zu viel Essen weggeworfen in unserer Gesellschaft. Was bin ich doch für ein guter und vorbildlicher Mensch.

Fühle mich groß. Bin stolz. Auf dem Kassenband entlade ich den wackeligen Berg, der sich durch mein Gutmenschentum auf der Kiste gebildet hat. Jetzt, wo mein Einkauf das ganze Band belegt, wird mir die riesige Menge an Lebensmitteln bewusst, die ich da im Begriff bin einzukaufen. Mir kommen leichte Zweifel. In der Kiste sah das gar nicht nach so viel aus. Wie soll ich das nur alles in den nächsten Tagen essen?

Ach, das wird schon. War doch alles superbillig. Notfalls muss ich halt den Rest wegwerfen.

Natascha starrt meine 2 knackevollen Einkauftüten an. Ich bin völlig außer Puste vom Schleppen.

„Wenn ich schon mal... da bin... wollte ich gleich... meinen Wocheneinkauf erledigen", rede ich mich raus.

„Aber der Kühlschrank ist voll.“
„Ach, da passt immer noch was rein, wirst schon sehn. Ich bin gut bei Tetris.“ Hoffentlich.
Sie seufzt. „Mozzarella?“
Ich leere die Tüten auf den Tisch, sortiere und stapele einen kleinen Mozzarellaberg neben dem restlichen Kram.
„So viel brauchen wir nicht.“
Na toll, erst war es zu wenig und jetzt ist es zu viel.
„Wollte nur sichergehen, dass es diesmal auf jeden Fall reicht“, sag ich tonlos und fange trotzig an, den Mozzarella zu schneiden.
„Wo hast du Schalen für die Creme?“
„Was meinst du damit?“
„Na für Dessert, so kleine... Schalen.“
„Ich hab Schüsseln.“ Zeige ihr die Schüsseln, zum Glück sind sie sauber.
„Nein, ich meine so kleine aus Keramik, für Ofen.“
Ich gebe ihr zu verstehen, dass diese paar Schüsseln die einzigen kleinen Gefäße sind, wo ein Dessert reinpassen könnte.
„Aber die zu groß und halten die Hitze nicht aus!“
So langsam scheint sie der Verzweiflung nah.
„Welche Hitze?“
„Na Crème Brûlée wird mit Brenner rübergegangen zum Schluss.“
„Brenner?“
„Ja! Um die Zucker zu schmelzen.“
Ich bin verwirrt.
Entnervt fragt sie mich, wo mein Computer steht, und zeigt mir im Internet, was sie meint. Die Bilder zeigen kleine Keramikschalen mit welligem Rand und ein kleiner Bunsenbrenner brennt gerade die Oberfläche der darin befindlichen Creme an. Sieht schön goldbraun aus und sehr appetitlich. Darauf freu ich mich schon.
„Ja, aber sowas hab ich nicht“, gebe ich zu.
Jetzt wäre, glaube ich, der Zeitpunkt gekommen, wo man an Nataschas Stelle entweder komplett ausrastet oder resigniert aufgibt. Für sie gehören diese Utensilien offenbar zur Grundausstattung einer jeden Küche. Aber für mich, als versierten Pizzaauftauer und

Mikrowellenfutterzubereiter mit langjähriger Erfahrung, doch beim besten Willen nicht. Sie sieht mich als den hoffnungslosen Fall an, der ich bin, und entscheidet sich für resigniert aufgeben.

Das Menü wird trotz aller Widrigkeiten pünktlich fertig und sehr lecker.

Natascha lässt sich einfach nicht überreden zu verschwinden. Auch alle Suggestionsversuche wie: *Du hast doch bestimmt noch viel für die Hochzeit vorzubereiten. Dein Mann wartet sicher auf dich.“ „Bitte Natascha! Bitte!!!“* helfen überhaupt nichts. Sie bleibt stur.

„Ich will essen, was ich gekocht habe!“

Mist! So wird doch sofort auffallen, dass ich das nicht selbst gekocht habe.

Als die beiden dann kommen und Natascha immer noch da ist, kann ich sie ja schlecht wegschicken, das hätte dann definitiv blöd ausgesehen.

Das Essen ist gut. Ich meine wirklich gut. Vielleicht sollte ich mir noch mal überlegen, ob das mit dem Kochen nicht doch was für mich wäre. Allerdings stehen dem leckeren Essen stark erhöhter Abwasch, Aufwand und die Zubereitungszeit gegenüber. Auf jeden Fall ist es das Leckerste, was ich seit langem gegessen habe. Nicht mal in Restaurants isst man so gut. Auch Mika und Jane bekunden jeden zweiten Bissen mit einem „Mhhh“, manchmal hängen sie auch noch ein „köstlich“ oder „lecker“ hinten ran. Natascha freut sich wie Wonne.

Die unvermeidliche Frage kommt von Mika mit einem schelmischen Lächeln: „Wer von euch hat gekocht?“

Ich will gerade meine eigene Unfähigkeit eingestehen, da kommt mir Natascha zuvor: „Wir haben zusammen gekocht.“

Ups. Ich werfe ihr einen fragenden Seitenblick zu. Sie tätschelt meine Hand und nickt wissend.

Na, das ist doch mal was.

„Wohnt ihr zusammen hier?“, fragt Jane.

Wir bleiben beide still. Bzw. ich für meinen Teil öffne und schließe den Mund wie ein Fisch, ohne einen Laut hervorzubringen.

Mika sieht sich in der Küche um, dann wirft er einen Blick durch die Tür ins Wohnzimmer.

„Wohl eher nicht", ist sein Urteil nach dieser Bestandsaufnahme.

„Stimmt, ich wohne alleine hier."

Wie auf Kommando kommt Toni in die Küche gehuscht und postiert sich auf der Arbeitsplatte, wo er uns alle gut im Blick hat. Natascha erschrickt. Ach stimmt ja, sie hat ihn ja in den Nächten nie gesehen und vorhin hat er sich die ganze Zeit irgendwo verkrochen.

„Keine Angst, Natascha, das ist Toni, mein... ja, Mitbewohner könnte man sagen."

„Also er zahlt Miete, ihr teilt euch die Unterhaltskosten und so?", scherzt Jane.

„Ja, und ihr habt bestimmt auch einen Putzplan und er hat ein eigenes Fach im Kühlschrank", stimmt Mika fröhlich mit ein.

Das Zweite stimmt sogar fast. Momentan muss allerdings jeder Kubikzentimeter ausgenutzt werden und ich habe alles irgendwohin gequetscht.

Natascha kann ihren Blick offensichtlich nur schwer von Toni abwenden. Dass er sie die ganze Zeit anstarrt, macht die Sache vermutlich nicht einfacher.

„Er ist harmlos, wirklich", beruhige ich sie.

Toni wendet den Kopf und funkelt mich an, als hätte ich ihn damit in seinem raubtierhaften Stolz verletzt.

„Seht ihr: als könnte er mich verstehen", sage ich an Jane und Mika gerichtet.

„Hey Toni", sagt Mika versuchshalber.

Tatsächlich schenkt ihm Toni daraufhin eine kurze abfällige Musterung von oben bis unten und wechselt wieder zu mir.

„Lustiges Kerlchen, er scheint dich ja richtig zu mögen, Schatz." Jane lacht herzlich.

Ich stehe auf, um Toni was zu essen zu geben, mit dem er sich dann sogleich ins Wohnzimmer verkrümelt.

„Seit wann seid ihr zusammen?", lenkt Jane das Gespräch wieder auf die vorherige Bahn.

„Ähh, wir sind nicht zusammen", stelle ich schnell richtig.

„Genau, wir kennen uns von Arbeit“, ergänzt Natascha.

„Aha, kocht ihr denn öfters zusammen?“, fragt Jane weiter.

Schade, ich dachte, das Thema sei endlich durch.

„Naja, eigentlich…“, fange ich an, schaufle mir eine riesige Gabel Nudelsalat in den Mund und bedeute, dass ich gleich fortfahren würde.

Jane mustert die spartanisch eingerichtete Küche. Dann wandert ihr Blick zum Essen, zu mir und wieder zurück zum Essen.

„Du kochst überhaupt nicht, Paul, oder?“, fragt sie mich lächelnd.

Luft entweicht schlagartig aus meiner Lunge und fast auch der Nudelsalat im Mund. Ich kaue lächerlich lange, um Zeit zu gewinnen. Mir fällt aber nichts ein.

Kleinlaut gebe ich zur Antwort: „Nee, eher nicht so.“

Jetzt ist es auch egal. Dann kann ich wenigstens Natascha in das Licht rücken, in das sie gehört: „Um ehrlich zu sein, war Natascha heute nicht meine Verstärkung, sondern das ganze Regiment.“

Jane und Mika lachen laut los. In Gegenwart der beiden muss man ja automatisch fröhlich werden.

„Aber er hat mit geschnitten“, gibt Natascha lächelnd zu bedenken.

„Na, das sieht aber auch super aus!“, feixt Mika.

Ich sag nichts und lächle nur verlegen vor mich hin.

Die beiden scheint es aber in keinster Weise zu stören, unter welch verräterischen Umständen dieses Essen zustande gekommen ist, und so entspanne ich mich zunehmend.

Zum Nachtisch wird die Crème Brûlée in Kaffeetassen serviert. Natascha versucht, diese auch noch live am Tisch mit einem Feuerzeug zu karamellisieren. Funktioniert eher weniger, zumal sie sich ständig den Daumen ankokelt. Doch die Zuckerkristalle knuspern auch so schön im Mund, also ich brauch das nicht.

Nach dem Essen muss Natascha dann doch eilig nach Hause. Sie plappert was von „Platzwahl der Gäste zusammenstellen“. Meinen Wunsch, einen Einzeltisch in einer dunklen abgelegenen Ecke zu bekommen, nimmt sie nicht zur Kenntnis.

Wir sitzen noch zwei Stunden zusammen und plaudern viel. Die

Stimmung ist genauso locker wie am ersten gemeinsamen Abend bei ihnen. Dabei genießen wir wieder das ein oder andere Glas Wein.

Mika gibt einen passenden Spruch zum Besten, den ich in Zukunft wohl noch öfter bringen werde, wenn mein bedenklicher Alkoholkonsum weiter auf diesem Level bleibt: „Man sagt ja, ein bis zwei Glas Rotwein am Tag sind gesund. Also nie mehr als 2 Gläser trinken! Aber nachgeschenkt werden darf schon."

Was ich mir dann auch zu Herzen nehme.

Der Abend ist echt lustiger, als ich gedacht hätte. Wenn dieses blöde Kochen nicht wäre, könnte ich mich wirklich daran gewöhnen, sowas öfter zu machen. Vielleicht einmal in der Woche oder so.

Alles in allem eigentlich ganz nett.

Alles Quarks im Bus

Ich sollte nicht mehr so viel trinken. Erst recht nicht in der Woche. Früher ging das. Heute nicht mehr so. Es ist kein riesiger Brummschädel, aber ausreichend, um murrend zum fünften Mal den Wecker auf Schlummerfunktion zu hauen.

Irgendwann muss der doch mal kapieren, dass ich weiter schlafen will! Welcher normale Mensch will denn fünf Mal jeweils fünf Minuten schlummern? Aber er piepst nach den nächsten fünf Minuten einfach beharrlich weiter. Wir können auf den Mond fliegen, in Millionen Lichtjahre ferne Galaxien schauen und jede Obstsorte hat das passende Werkzeug, um es in exakt gleichgroße Stücke zu schneiden, aber keiner schafft es, dass mein Wecker nach dem fünften Weckruf aufhört, mich wecken zu wollen.

Der Klügere gibt nach, und da ich mich für klüger als diesen kleinen Elektroschaltkreis halte, stehe ich auf.

Hebe drohend den Finger Richtung Wecker: „Diesmal mein Lieber, diesmal!"

Wanke ins Bad. Bin zwar nicht mehr betrunken und könnte sicherlich auch gerade laufen, aber ich bin irgendwie eher in Wankstimmung. Danach gehe ich in die Küche und öffne den

Kühlschrank. Irgendetwas kommt mir entgegen. Ich schaue dem Gegenstand träge hinterher und beobachte, wie der Quark auf den Boden klatscht. Zum Glück ist er noch zu und nicht aufgeplatzt. Aber selbst wenn, ich habe ja noch 3 davon, die alle bis heute zu verbrauchen sind.

Nehme die restlichen Quarks aus dem Kühlschrank. Mhh, das klingt irgendwie nicht richtig. Wie ist die Mehrzahl von *Quark*? *Quarken*? Nee, is ja noch blöder. Oder doch einfach nur *Quark*? Ich stelle mir vor, wie ich im Supermarkt stehe, auf die Frischkäse schaue und dann auf... die Quark. Mhh, irgendwie alles blöd.

Mir wird kalt. Ach ja, der Kühlschank. Ich nehme also die Becher, die alle Quark beinhalten, aus dem Kühlschrank, dann Eier, Joghurt, Wurst und zwei Flaschen Bier. Nicht dass ich das alles zum Frühstück brauche, aber ich muss das rausnehmen, um mir so einen Weg zur Buttermilch zu bahnen. Ah, da ist sie ja.

Schaue kurz auf die Sachen, die ich dem Kühlschrank gerade entnommen habe, und frage meinen Bauch: „Frühstück?"

Der sagt: „Och... bin mir nicht sicher, ob das grad so ne gute Idee wäre."

Sag ihm, er solle sich melden, wenn er eine Entscheidung getroffen hat. Ich stelle die Sachen wieder zurück und mache die Tür zu.

Meine Nippel sind von der Kälte ganz hart. An ihnen rumzuspielen ist äußerst amüsant. Ich verliere aber schon nach wenigen Sekunden wieder die Lust. Außerdem ist das ja schon etwas merkwürdig. Zum Glück hat mich keiner gesehen.

Ich frage mich oft, wie es wohl wäre, wenn einen Freunde beobachten würden, was man so macht, wenn man allein ist. Was für ein Bild hätten sie dann?

Aber das wird wohl nie passieren. Denn wenn man in Gesellschaft ist, benimmt man sich immer anders. Zumindest etwas. Der eine mehr, der andere weniger, aber ich behaupte mal, jeder passt sich irgendwie an.

Sicherlich gibt es Dinge, die macht man alleine genauso. Essen zum Beispiel oder Fernsehen gucken. Obwohl, wenn man gerne in Unterhose und typischer Al-Bundy-Pose Fernsehen guckt, würde man das in Gesellschaft vermutlich nicht machen. Naja, kommt vielleicht auch auf die Gesellschaft an. Hätte ich gestern Abend vor dem Kühlschrank gestanden und mir an den Nippeln rumgespielt, der nette Abend wäre womöglich ganz anders verlaufen.

Aber was mache ich mir um sowas Gedanken? Außerdem sind die Warzen jetzt sowieso wieder normal. Teste kurz. Japp, sie haben ihren Reiz verloren.

Ich sammle Wäsche im Wäschekorb, schmeiß eine Maschine an und bleibe davor sitzen. Als sie endlich zu ruckeln beginnt, stelle ich die Buttermilch drauf. Auf der Packung steht: „Gut schütteln!“, und ich bin gerade einfach viel zu träge, um meinen Arm zu heben, den Becher in die Hand zu nehmen und durch ruckartiges Hin- und Herbewegen des Unterarms diesen Effekt zu erzielen.

Ich habe auf Zeitsparen gestellt und so beginnt die Maschine bereits nach 45 Minuten mit dem Schleudergang. Ein Hoch auf die moderne Technik! Durch die immerwährende Weiterentwicklung spart man doch heutzutage so richtig Zeit. Undenkbar, dass ich noch vor zehn Jahren mindestens doppelt so lange auf meine Buttermilch hätte warten müssen. In der Zukunft werden uns vermutlich sämtliche Hausarbeiten von allen möglichen Haushaltsgeräten abgenommen. Die sind dann noch schneller fertig und wir müssen gar nichts mehr machen.

Aber was machen wir dann? Dann könnte ja keiner mehr behaupten, er hätte keine Zeit. Und wenn man dann in Rente geht und auch nicht mehr arbeitet, was macht man dann als Rentner den ganzen Tag? Noch mehr zum Arzt gehen, geht ja wohl nicht. Und ewige Kaffeefahrten? So viele Wolldecken, Geschirrsets und Multifunktionsküchengeräte gibt's doch gar nicht.

Die Waschmaschine ist endlich fertig.

Die Buttermilch kam jedoch schon vorher zum Stillstand, da sie durch das viele Ruckeln seitlich von der Maschine gefallen ist. Ich beobachte, wie langsam Buttermilch aus einem Riss im Becher fließt und ein kleines Rinnsal in den Fugen bildet. Na, jetzt sehen die wenigstens wieder weiß aus. Wie viel Buttermilch ich wohl bräuchte, um alle Fugen in der Küche wieder weiß zu kriegen?

Stehe dann aber doch auf und gieße den verbliebenen Inhalt in ein Glas, das ich dann mit großen Schlucken leere. Verkatert kalte Buttermilch zu trinken ist einfach herrlich. Alleine dafür hat sich das ganze Saufen gelohnt.

Mein Blick fällt auf die Uhr. An irgendwas erinnert mich ihr Anblick. In meinem Kopf knackt es komisch. Dann fällt es mir wieder ein: Ich habe mir ja nicht ohne Grund den Wecker gestellt!

Wie ein gebrandmarktes Rind sause ich ins Schlafzimmer, ziehe mich an, schnappe mir meine Sachen und renne zum Bus. Es ist super eklig, zum Bus zu rennen. Also weniger das Rennen an sich, sondern mehr das Stehen danach. Schlimmer wird das Ganze noch, wenn es draußen kalt, im Bus total warm und am besten noch überfüllt ist. Vielleicht sollte ich einfach auf Arbeit rennen? Aber selbst wenn ich das schaffe, hätte ich den Stehmoment ja nur hinausgezögert. Irgendwann muss man ja mal stehenbleiben.

Wenn der Busfahrer jetzt, kurz bevor ich da bin, losfährt, schwöre ich mir, ich hol ihn bis zur nächsten Ampel ein. Es gibt ja solche Sadisten. Die sehen einen, warten noch, bis man ganz nah dran ist, und fahren erst dann los. Ich habe es sogar mal geschafft, noch an die Fahrertür zu klopfen. Nix, völlig ignoriert.

Diesmal schaffe ich es gerade noch so, bevor die Türen schließen. Ich stehe mit hochrotem Kopf im Bus und der Schweiß rinnt mir aus allen erdenklichen Poren. Und auch aus denen an die noch gar keiner gedacht hat. So lang war der Sprint doch gar nicht. Hoffentlich habe ich mir meine gesteigerte Fitness durchs Fahrradfahren nicht nur eingebildet. Bestimmt nicht.

Der Mann neben mir schwitzt auch so. Nur leider versucht er nicht so rücksichtsvoll wie ich, mit angeklappten Armen dazustehen und möglichst niemanden zu berühren. Nein, er hält sich schön mit beiden Armen an jeweils einer Halteschlaufe fest. Das mag ihm vielleicht etwas frischen Wind unter die Achseln wehen, aber eben dieser Wind erreicht Augenblicke später, leider nicht mehr ganz so frisch, die um ihn stehenden Menschen. Nicht sehr angenehm. Er keucht, prustet und schwingt in jeder Kurve unkontrolliert hin und her. Klatsch, klatsch, klatsch, immer hin und her. Einfach ekelhaft.

Er sieht aus wie ein Boxer, der in den Seilen hängt. Leider riecht er auch so. Also ich weiß natürlich nicht, wie Boxer nach einem Kampf riechen, aber wenn man diese verschwitzten Schwergewichte so im Fernsehen sieht, denkt man doch weniger an einen angenehmen Duft.

Der Busfahrer flucht die Autos vor ihm an und legt einen sehr ruppigen Fahrstil an den Tag. Stereotyp Busfahrer. Obwohl wahrscheinlich nicht mal fünf Prozent diesem Typ entsprechen, stellt man sich einen Busfahrer doch genau so vor. Das Krasse, Auffällige und Negative bleibt einem immer im Gedächtnis. Wer erinnert sich schon an den ruhigen Busfahrer mit dem gemütlichen Fahrstil? Wer erzählt schon davon, dass heute die Bahnen alle pünktlich kamen, normal gefüllt und angenehm klimatisiert waren? Es in der Supermarktschlange zügig voranging, die Kassiererin kompetent und flink war und die Oma vor einem mit Karte bezahlt hat? Wer erzählt schon davon, dass das Auto schnurrt wie ein Kätzchen, man zum normalen Preis getankt hat und in naher Zukunft keine Untersuchungen anstehen? Wer erzählt denn von sich aus, dass es ihm prima geht, man gesund ist, auf Arbeit alles läuft und zu Hause alles in Ordnung ist? Da würden einen die Leute doch komisch angucken und sich vermutlich beim Nächsten beschweren, dass einem dieser Arsch seine Zufriedenheit auch noch auf die Nase binden muss. Das Positive merken wir uns nicht und es will auch keiner hören. Höchstens wenn im Gegenzug auch etwas Negatives dabei ist, nur so um den Kontrast zu verdeutlichen.

Wir Menschen sind schon eine seltsame Spezies. Dabei kann ich natürlich nicht für die ganze Menschheit sprechen. Wer weiß, vielleicht läuft es anderswo auch anders. Klar, ist ja auch anderswo. Wenn es anderswo genauso wäre wie hier, wäre es ja hier. Möchte sagen: Vielleicht verhält es sich bei einem Volk im Urwald nicht so. Aber die haben ja auch keine Busse. Noch keine. Die Globalisierung dezimiert das Anderswo zusehends.

Das alles schießt mir durch den Kopf, als ich gefährlich nahe an der Achselgegend des Boxers vorbeirausche. Vielleicht sondert sein Schweiß irgendwelche Stoffe ab, die die Gehirnfunktion beschleunigen. Bin kurz davor, meine Nase unter seinen Arm zu pressen und einmal tief Luft zu holen, um diese Theorie zu prüfen. Kann mich aber in letzter Sekunde stoppen. Eigentlich halte ich mich auch nur so nahe bei Stinkie auf, damit mein eigenes Schwitzen nicht so doll auffällt.

Endlich kommt meine Station. Ich schlängle mich durch die anderen Fahrgäste nach draußen. Hier und da riecht einer sogar schön nach Parfüm. Wobei „schön nach Parfüm riechen" auch ganz schön unschön sein kann, wenn man davon zu viel benutzt. Leider benutzen viele viel zu viel Parfüm. Das kommt daher, weil man selbst die Empfindlichkeit für einen Geruch verliert, wenn man sich immer dasselbe Zeug raufschmiert. Man benutzt dann immer mehr, immer mehr und riecht irgendwann wie eine Parfümeriemitarbeiterin.

Es gibt ja viele Berufe, bei denen man abends auch nach seinem Beruf riecht. Imbissbude, Kanalarbeiter, Fischverkäufer, etc. Und eine Parfümverkäuferin stelle ich mir auch so vor. Wenn, dann wäre das ja wenigstens noch die angenehmere Variante. Dann wäre ich aber dafür, dass die anderen stinkigen Berufe in Rotation auch mal in der Parfümerie arbeiten. Dann kommen die auch mal ‚angenehm' riechend nach Hause. Und der einen oder anderen Verkäuferin aus der Parfümerie würde das Malochen in der Kanalisation oder die Betätigung als Pommesbademeisterin sicherlich mal ganz gut tun.

Früher war das Kochen in siedendem Öl ja Folter. Für manche Frutarier ist es das sicher auch heute noch. Die warten ja auch unter'm Apfelbaum darauf, dass der den Apfel freiwillig fallenlässt, und erst dann essen sie ihn. Alles andere würde dem Baum ja weh tun und ihn verletzen. Wenn man denen die Pommeszubereitung als Kartoffelmassenselbstmord verkaufen will, glauben die einem das doch nie. Das gewaltsame Entreißen der Kartoffel aus ihrem natürlichen Lebensraum, der anschließende Gefangenentransport über holprige Feldwege, die Feilbietung auf dem Sklavenmarkt, das Hautabschälen bei lebendigem Leib, der Einsatz des Tötungswerkzeugs Pommesschneider, das Baden in siedendem Öl und der schlussendliche Verzehr der Leichenteile ist für Frutarier sicherlich die reinste Horrorvorstellung. Starr vor Schreck sitzen sie mit angezogenen Beinen auf der Couch, gucken vorsichtig hinter dem Kissen hervor, während im Fernsehen gerade Galileo läuft und die Produktion von Kartoffelchips erklärt wird. Natürlich nicht ohne dass sich später ein riesenhafter Barbar aufmacht, um den größten Kartoffelchip der Welt zu essen.

Ich bin draußen. Frische Luft!

Ich atme mehrmals tief durch und muss sofort husten, weil die Luft so kalt ist. Aber wenigstens endlich raus aus dieser Büchse.

Beim Wiedereinfädeln in den Verkehr hupt der Bus schon wieder. Blinken braucht er seiner Meinung nach wohl nicht.

Vorsichtig schleiche ich mich ins Büro. Gar nicht so einfach in einem Großraumbüro.

Der Chef brüllt aus seinem Glaskasten nach mir.

Als ich bei ihm bin, sage ich: „Bin zu spät, entschuldige."

„Das hab ich bemerkt", antwortet er nur.

„Ich..."

„Interessiert mich einen Scheißdreck!", unterbricht er die Ausrede, die ich mir gerade ausdenken wollte. „Ich hab Phillip zu der Pressekonferenz geschickt. Du warst ja nicht da. Fang ihn dort ein, hör dir den Rest an und dann schreibt ihr das Ding zusammen!"

Phillip ist ein inkompetenter Idiot. Das zu erwähnen verkneif ich mir aber.

„Phillip ist ein inkompetenter Idiot, aber es war grad kein anderer entbehrlich. Ich hab ihm gesagt, er soll nur das Band mitlaufen lassen und bloß keine Fragen stellen."

„Sie wissen aber, dass er sich für einen großen Reporter hält. Ich denke, er wird irgendwelche journalistischen Heldentaten versuchen und sich mit dummen Fragen in die Nesseln setzen."

Er brüllt mich an: „Deshalb sollte ja da, wo du grade stehst, schon längst nur noch Luft sein!"

Ich salutiere wie immer und mache mich auf den Weg. Auf Spesenrechnung nehm ich mir ein Taxi, um schneller zu sein. Hoffentlich bringt mich der Fahrer schnell und auf direktem Wege dahin. Verdammt, schon wieder so ein Schubladendenken.

Kein Toast

Eng an eng mit unzähligen Osteuropäern stehe ich vor einer länglichen Tafel in einem netten kleinen Restaurant. Es wird Hochzeit gefeiert und ich fühle mich nicht ganz wohl in meiner Haut.

Eine gelinde Untertreibung, ehrlich gesagt. Seit ich beim Standesamt angekommen bin, steche ich irgendwie unangenehm aus der Gästemenge heraus. Lediglich dass ich von der Braut und peinlicherweise auch vom Bräutigam aufs Herzlichste begrüßt wurde, ersparte mir wohl noch mehr böse Blicke. Schulterzuckend wurde meine Anwesenheit als offensichtlich guter Freund des Brautpaares hingenommen. Wenn die wüssten.

Bis zuletzt habe ich im Kopf immer wieder meine Absage formuliert, aber je näher der Termin rückte, desto schwieriger wurde es, mich zu überwinden. Irgendwann war der Termin so nah, genauer gesagt 2 Stunden vorher, dass ich mich schlichtweg nicht mehr traute abzusagen.

Als ich meinen Anzug anprobierte, überkam mich eine Panikattacke. Ich riss mir einen Ärmel, einige Knöpfe und die Brusttasche vom Hemd ab, zerwuschelte meine Haare und wälzte mich wie wild auf dem Boden. Toni sah mir von einem Stuhl aus zu. Entweder hatte er ein sehr feines Gespür dafür, was ich da tat, oder es würde ihn einfach nicht interessieren, wenn ich einen echten Anfall hätte. Danach stand ich auf, glättete meine Sachen nicht und betrachtete mich im Spiegel. Draußen noch ein bisschen Dreck auf Hose und Sakko und man würde mir die Überfallgeschichte bestimmt abkaufen und es verstehen, wenn ich lieber nach Hause gehen wollte.

Minutenlang stand ich nur so da.

Wie lächerlich ist das denn?! Schau dich doch mal an! Was veranstaltest du hier?!

Mechanisch zog ich ein neues Hemd und meinen Zweitanzug an. Dann ging ich zur Hochzeit von Natascha und Alfons.

Nach der Ehelichung im Standesamt gingen wir in dieses kleine

Restaurant. Der Besitzer dieses zweifelhaften Etablissements umarmte alle außer mich und es wurden einige kurze Floskeln ausgetauscht, von denen ich das meiste nicht verstand. Anscheinend ein Freund oder vielleicht auch Verwandter der Familie.

Irgendwie wundert es mich, dass die beiden nicht kirchlich geheiratet haben, in welcher Kirche auch immer. Bei ihren Wertevorstellungen, mit kein Sex vor der Ehe und so, habe ich das eigentlich erwartet. Also entweder sind sie nicht gläubig oder ihre Religion sieht keine Trauung vor Gott vor oder sie nehmen die Glaubensmaxime einfach nicht so ernst. Auf jeden Fall blieb es bei der standesamtlichen Trauung und nun wird gefeiert.

Ich hatte aus irgendeinem Grund das Ebenbild einer jüdischen Hochzeit im Kopf, wie man sie aus diversen Filmen kennt. Glas zertreten, Brautpaar auf Stühlen tragen, Männer mit langen Bärten und Koteletten... Warum, weiß ich auch nicht. Dass sie keine Juden sind, ist mir vorher klar gewesen. Aber das Bild der Feier habe ich mir so ausgemalt.

Das Restaurant ist klein und die Festgesellschaft von ca. 50 Leuten passt gerade so rein. Überall an den Wänden hängen Blechschilder. Ein Muster oder eine bestimmte Schilderart lässt sich jedoch nicht ausmachen. Von Nummernschildern, Straßenschildern, Werbeschildern bis hin zu lustigen Sprüchen ist alles dabei. Auch die verschiedensten Sprachen sind vertreten, einiges kann ich nicht lesen, da es in Kyrillisch oder in sowas Ähnlichem geschrieben ist. Anscheinend wurde aus Platzmangel auch irgendwann die Decke damit bepflastert, die nun auch schon zu 1/3 voll ist.

Das Restaurant liegt abgelegen in einem Hinterhof, ist aber selbst dafür sehr dunkel. Der Eindruck wird durch das vorherrschende dunkle Holz noch verstärkt. Zudem besteht es offenbar nur aus einem Raum. Von dem Raum geht noch eine Tür ab. Ich vermute mal einen Gang dahinter, der zur Toilette und Küche führt. Zumindest hoffe ich das. Vielleicht ist aber auch draußen im Hof ein schickes Luluhäuschen aufgebaut, wer weiß. Gegenüber dem Eingang nimmt eine Bar die gesamte Rückseite des Raumes ein.

In meinem Kopfkino beginnt ein alter Schwarzweißkrimi zu

spielen. Den könnte man in dieser Szenerie hier locker drehen. Die stadtbekannten Gauner hocken in ihrer Spelunke, einem Raum wie diesem hier, nur mit vielen kleinen Tischen. Die Kommissare tauchen auf und fragen, ob jemand was von dem Mord unten am Pier letzte Nacht weiß. Natürlich sagt niemand was.

Die Stimmung wird zunehmend feindseliger.

Plötzlich geht das Licht aus. Ein Schuss fällt.

Das Licht geht an. Der Mann am Klavier, tot.

Der Barmann putzt weiter ungerührt die Gläser mit seiner schmierigen Schürze. Die anderen Gäste sitzen so da wie vorher. Dann setzen die Unterhaltungen wieder ein. Die Kartenspieler spielen weiter. Die Kommissare stehen unentschlossen in der Mitte des Raumes. Sie können doch unmöglich alle gleichzeitig festnehmen.

Warum musste der Klavierspieler sterben? Wusste er was? Hätte er womöglich seine Kompetenzen überschritten und neben dem Klavierspielen auch noch angefangen zu singen? Was wurde hier gespielt?

„Setz dich endlich, Karl!“, werde ich von Natascha aufgefordert und zu einem Platz dirigiert.

Links neben mir sitzt ein älterer Herr mit kurzen, schwarzen, aber vollen lockigen Haaren. Ich vergleiche kurz die äußerlichen Merkmale und komme zu dem Schluss, dass es wohl irgendjemand von Alfons Verwandten sein muss.

Links neben mir sitzt eine Frau. Irgendwie scheint mir der Ausdruck Lady bei ihr eher passend zu sein. Eine dieser Frauen älteren Semesters, bei der man aber deutlich erkennt, dass sie früher einmal eine Schönheit gewesen sein muss. Heute ist bei ihr nur noch ein Schatten dessen vorhanden. Aber ihr Gebaren lässt darauf schließen, dass sie sich immer noch für ebenso schön wie früher hält.

Wann passiert hier eigentlich mal irgendetwas? Bei anderen Hochzeiten werden Reden gehalten, Anekdoten zum Besten gegeben, dabei wird auf einige Gäste speziell eingegangen, kleine Anspielungen und Sticheleien verteilt und alle lachen. Das Brautpaar sagt auch ein paar Worte, bedankt sich und gibt die Feierlichkeiten frei.

Hier haben sich einfach alle hingesetzt und es wird wild durcheinander gequasselt. Das Brautpaar sitzt 3 Stühle voneinander getrennt. Hätte Natascha kein schlichtes Brautkleid an, hätte man es durchaus für eine ganz normale Festgesellschaft halten können.

Getränke werden gebracht. Erst denke ich, es wäre eine allgemeine Lokalrunde zum Anstoßen, jeder einen Sekt oder sowas. Aber es sind unterschiedliche Getränke. Viele kriegen Bier unterschiedlichster Art, einige Kaffee, wieder andere Erfrischungsgetränke oder irgendwelche Spirituosen. Der Kellner ruft nicht durch die Gegend und es schreit auch keiner: „Den Cappuccino zu mir bitte!“ Er scheint ein gutes Gedächtnis zu haben. Aber wann haben wir denn Getränke bestellt? Hatte ich einen Blackout und die Bestellung nicht mitgekriegt?

Alfons sieht mich verdutzt in die Runde blicken.

„Was möchtest du trinken, Karl?“

„Ein kleines Bier bitte. Aber sag mal, wann habt ihr denn bestellt?“

„Haben wir nicht“, sagte er nur, ordert beim Kellner das kleine Bier und zeigt auf mich.

Da meldet sich der Alte neben mir zu Wort. Er hat eine tiefe angenehme Stimme und rollt das R ein klein wenig. „Wir sind öfter hier. Der Besitzer ist ein Schwager von Alicia.“ Er zeigt auf eine Frau am anderen Ende des Tisches. „Deswegen haben wir alle einfach das bekommen, was wir immer als Erstes bestellen. Die nächste Runde wird dann ganz normal bestellt. So ist das immer.“

Ich stelle ihn mir in einem Ohrensessel vorm Kamin sitzend vor, wie er den ihn umringenden Kindern aus einem dicken Buch vorliest. Dabei ist er eigentlich noch etwas zu jung für eine solche Szene.

„Danke, ich dachte schon, ich hätte irgendwie die Bestellung verpasst.“

Er stellt sich mir als Alfons Großonkel vor. Seinen Namen sagt er nicht. Ich versuche kurz, das im Stammbaum nachzuvollziehen.

Großonkel, das heißt, er ist der Onkel von... ja keine Ahnung. Beschließe, ihn gedanklich als Onkel abzuhaken.

„Angenehm, ich bin Karl. Ein Arbeitskollege von Natascha."

Er runzelt die Stirn und mustert mich nachdenklich.

„Arbeitskollege? Natascha und Alfons haben nicht einmal Freunde zur Hochzeit eingeladen."

„Ähhh... naja ich...", ich versuche es mal mit einem Teil der Wahrheit, um evtl. auftauchende Fragen auf Natascha abzuwälzen, „... ehrlich gesagt war ich auch überrascht, dass ich eingeladen wurde."

Er schaut mich längere Zeit an. Seine Augen sind leicht glasig, allerdings ist das Licht hier auch echt mies.

Offenbar beschließt er, dass er mich zumindest nicht sofort unsympathisch findet, und prostet mir zu. „Na, jetzt bist du hier, nicht wahr." Er erzählt mir davon, wie er hier gelandet ist. In seinem Heimatland hatte er Medizin studiert, aber keine richtige Anstellung gefunden. Dann kam er hierher, wo er eine Stelle in einem Krankenhaus bekommen hatte. Er arbeitete in der plastischen Chirurgie und hat hauptsächlich schwere Brandverletzungen und Verätzungen behandelt. Das war für ihn aber auf Dauer nichts und so hat er mit zwei Kollegen zusammen eine Praxis eröffnet. Schönheitschirurgie.

„Die Menschen haben ein völlig überzogenes Verständnis von Schönheitschirurgie. Sie denken, bei uns gehen die Promis, die Reichen und die herrschende Klasse ein und aus. Lassen sich runderneuern. Sicher gibt es solche Praxen. Aber die meisten von uns behandeln ganz normale Leute wie dich und mich."

Wie dich vielleicht.

„Guck dir zum Beispiel Anjanka an." Er zeigt auf die Frau neben mir. Die hört auf, mit ihrem Weinglas zu spielen und schaut zu uns. Ich rücke vorsichtshalber mit dem Stuhl etwas zurück. Da hat er aber keine gute Arbeit geleistet.

„Anjanka hat es immer abgelehnt, was an sich machen zu lassen, dabei wäre das dringend mal nötig."

Charmeur.

Sie funkelt ihn an und dreht sich dann weg. Er grinst.

„Ich glaube, das war nicht sehr nett", sage ich.

Er winkt ab. „Ach, die verkraftet das. Ist unsere Art, miteinander umzugehen." Er mustert mich noch einmal und gibt mir wortlos seine Karte.

Na sehr schön. Wenn einem ein Schönheitschirurg ungefragt seine Visitenkarte gibt, ist das auf eine tiefgehende Weise ziemlich verletzend.

Wir trinken schweigend weiter und ich versuche, einigen der anderen Gespräche zu folgen. Zum Teil unterhalten sich die Leute auch in einer Sprache, die ich nicht verstehe und auch nicht einordnen kann.

„Sie sprechen einen fiesen Dialekt aus der Heimat. Selbst einige unser Landsleute tun sich damit schwer", erklärt der Onkel von Alfons neben mir.

„Wie heißen Sie eigentlich?"

„Lass das Sie, Junge, ich hab dich doch schon geduzt. Ich bin Barinos. Komischer Name, ich weiß. Wenn du dich mit Barry leichter tust, kannst du mich auch so nennen."

„Freut mich, ich bin Karl."

„Ich weiß."

Ah ja.

Das Essen wird aufgetischt, auch ohne Bestellung. Obwohl das wiederum nicht so unüblich ist. Oft wird bei solchen Veranstaltungen ja vorher ein festgelegtes Menü für alle ausgemacht.

Warmhalteplatten mit viel deftigem Essen werden in einer langen Reihe in der Tischmitte platziert, aber es gibt auch Salat, Brot und kalte Aufstriche. Jeder bekommt einen Teller und Besteck.

Eine zweite Getränkerunde wird bestellt. Ich warte, aber niemand macht Anstalten, das Buffet anzurühren. Na gut, dann warte ich halt weiter, irgendwann wird's schon jemand eröffnen.

Als nach ein paar Minuten die zweite Getränkerunde kommt, ist auch ein Tablett voller Schnäpse dabei, die artig durchgereicht werden, bis jeder einen hat. Niemand prostet sich zu, niemand sagt was. Alle kippen wie auf ein Kommando den Schnaps runter und fangen unmittelbar danach an zu essen.

Also wirklich unmittelbar danach, es macht den Eindruck einer fließenden Bewegung. Quasi beim Abstellen des Glases führen sie die Hand direkt weiter zu irgendeiner Kelle, Gabel oder was auch immer. Dann kommt auch schon die zweite Hand, greift sich den Teller und schiebt ihn der anderen Hand mit der Kelle entgegen.

Völlig verdattert halte ich immer noch mein Glas in der Hand.

„Auf das Brautpaar", flüstere ich zu mir selbst und kippte den würzigen Schnaps hinunter. Wie warmer Honig bahnt er sich langsam seinen Weg durch meine Speiseröhre.

Dann tue ich mir auch was zu essen auf.

Verplante Reise nach Jerusalem

Es ist und bleibt die seltsamste Feier, die ich je besucht habe. Ich fühle mich, als wäre ich von einer großen Hand aus meiner kleinen Welt gehoben und in einer völlig fremden wieder abgesetzt worden. Wie in einem Puppenhaus von einem Zimmer ins andere und die Regeln sind in jedem Zimmer anders. Ich beschließe, das Ganze einfach so hinzunehmen, und genieße sogar ein bisschen meine Beobachterposition. Mal gucken, was sonst noch so passiert.

Meine Gelassenheit wird nicht zuletzt dadurch beeinflusst, dass auch während und nach dem Essen immer wieder dieser Schnaps gereicht wird. Ich frage Barry, was das für Zeug ist, aber er grinst mich nur breit an. Na toll, ich hoffe, morgen bin ich nicht blind.

Tatsächlich bin ich nicht überrascht, als nach dem Essen immer noch keiner aufsteht, um zur Feiergemeinde zu sprechen. Auch einen Eröffnungstanz scheint es nicht zu geben. Obwohl dafür in dem kleinen Lokal wohl auch der Platz gefehlt hätte.

Natascha und Alfons setzen sich diverses Male um. Auch die anderen Gäste wechseln ihre Plätze ab und zu. Hätte man das Ganze durch eine Überwachungskamera betrachtet und vorgespult, würde es wohl wie ein chaotischer Stuhltanz aussehen, bei dem ständig Leute ihren Einsatz verpassen. Ich habe schon ein richtig schlechtes Gewissen, weil ich bisher auf meinem Stuhl sitzenbleibe. Rechts neben mir sitzt inzwischen nicht mehr Mr geheimnisvoller Schönheitschirurg Barinos Barry, sondern Klarissa. Oder vielleicht auch Klariesa. Oder einfach nur Klara. Keine Ahnung, ich habe es nicht genau verstanden. Sie nuschelt furchtbar. Ihr länger zuzuhören verursacht ein unangenehmes Pochen in meiner rechten Schläfe und ich bin kurz davor, sie anzuflehen, endlich mal den Mund beim Sprechen auf und die Zähne auseinander zu machen. Wer weiß, vielleicht ist es auch ein angeborener Sprachfehler oder unfallbedingt, aber der dumpfe Schmerz in meinem Kopf lässt solchem Verständnis momentan nicht viel Raum.

Jetzt wäre doch eigentlich ein guter Zeitpunkt, auch mal den Platz zu wechseln. Ich schaue mich in der Runde um und erkennte bei niemandem Anzeichen für einen bald bevorstehenden Platzwechsel. Es ist allerdings auch sehr schwierig, das genau festzustellen. Oft stehen die Leute einfach auf, obwohl sie offenbar gerade noch in ein Gespräch vertieft sind, und die Reise nach Jerusalem beginnt von neuem.

Was ist, wenn ich den Anfang mache? Ist mir das überhaupt erlaubt? Soll ich es wagen?

Ich mache Anstalten aufzustehen. Schwebe mit dem Arsch einige Zentimeter über der Sitzfläche, aber anscheinend will niemand mitmachen. Oder ich habe das geheime Signal noch nicht verstanden, nach dem das hier abläuft. Wie eine Flugente, die einfach nicht weiß, wem sie folgen soll, und immer einen Tick zu spät die Richtung einschlägt.

Na dann eben nicht. Ich setze mich wieder hin.

Meine Hose berührt gerade wieder den Stuhl, als plötzlich 5 Leute aufstehen, um den Tisch laufen und sich woanders wieder hinsetzen.

Plumps, da sitze ich wieder. Verdammt! Wie machen die das nur?

Kla...irgendwas fängt an, mir zu erzählen, wie sie sich im Sommer einen Thunfisch gekauft hat, den sie dann im Meer aussetzen wollte. Dann erklärt sie mir lang und breit die verschieden Thunfisch-Sorten, dass einige enorm groß werden und viele Arten durch Überfischung vom Aussterben bedroht sind.

Ich frage sie, ob ihr Thunfisch denn nicht auch vorher gefangen werden musste.

Sie guckt mich an, blinzelt ein paarmal unglaublich langsam und redet dann einfach weiter. Der Thunfisch ist offenbar irgendwie in ihrer Badewanne gestorben und sie hat dann einen Sushiabend mit Freunden gemacht.

Gott, was höre ich mir hier an?!

Leider höre ich mich fragen, ob sie denn öfters Sushi macht. Woraufhin ich erzählt bekomme, wie man Sushi zubereitet, dass es eine hohe Kunst sei, was man beim Reis beachten muss....bla bla bla. Ich stehe auf und gehe auf Toilette.

Als ich gerade am Pinkeln bin, kommt der Schönheitschirurg rein. Mein Strahl beginnt zu stocken.

Ich hasse im Stehen Pinkeln, aber aufs Klo will ich mich hier auch nicht setzen. Ich will beim Pinkeln gerne alleine sein und verstehe die Leute nicht, die sich dabei sogar noch unbeirrt weiter unterhalten können. In einem italienischen Restaurant habe ich mal zwei Italiener dabei beobachtet, wie sie sich noch beim Pinkeln wild gestikulierend unterhalten haben. Sie hatten nicht mal eine Hand zum Zielen frei. Also ich hätte mich dabei vermutlich total vollgesaut, aber sie hatten danach keinen einzigen Spritzer an der Hose. Veranlagung oder jahrelanges Training? I don't know.

Barry stellt sich neben mich. *Direkt* neben mich.

Wohl gemerkt, es sind noch 3 Pissoirs frei. Ungeniert schaut er an mir herab. Meine Blase stellt daraufhin komplett ihren Dienst ein. Unter diesen Bedingungen will sie einfach nicht weiter arbeiten. Streik!

„Naja“, sagt er langgezogen. „Meine Karte haben Sie ja noch.“

Na klar, das musste ja jetzt kommen.

„Also ich bin ganz zufrieden“, zische ich ihn an.

„Hab nix gesagt.“ Er hebt beide Hände zur Kapitulation.

Na toll, noch so ein Freihandpinkler. Pass bloß auf, wo du mit dem Ding hinzielst.

Ich stehe noch einige Sekunden da und gebe dann schließlich auf. Krieg einfach nichts mehr raus. Es ist ein widerliches Gefühl, wenn man unterbrochen wurde und noch muss, aber nicht kann. Ich tue, so als wäre ich fertig, schüttel ab und wasche mir die Hände. Barry geht einfach raus, ohne Händewaschen. Jetzt lass ich erst recht nicht von dir an mir rumschnibbeln.

Kla...irgendwas kommt rein. Für einen kurzen Schreckmoment denke ich, sie sucht mich. Doch sie beachtet mich gar nicht, geht an mir vorbei in eine Kabine und schließt ab.

In dem kleinen Flur gucke ich nach, ob es auch eine Damentoilette gibt.

Ja, gibt es. Verschlossen? Nee, ist offen.

Ist Kla...irgendwas etwa ein Mann? Wahrlich, eine Schönheit ist sie nicht gerade, aber männlich kommt sie mir auch nicht vor. Allerdings, mit einem Schönheitschirurgen in der Verwandtschaft kann man sich da wohl nie so sicher sein.

Wieder im Lokal ist mein Platz schon belegt. Ich angel mir mein Glas über den Tisch und gehe an einen anderen Platz. Nimmt man bei diesem seltsamen Spiel überhaupt sein Glas mit? Da habe ich bisher gar nicht drauf geachtet.

An einem leeren Platz angekommen nehme ich erst mal wieder meine Beobachterposition ein. Links von mir sitzt ein fülliger Mittvierziger mit schütterem Haar, er scheint zu schlafen. Rechts von mir sitzt eine ca. 50-jährige Frau, die sich mit einer anderen gleichaltrigen Frau unterhält.

Ich schaue mich um. Erst jetzt fällt mir auch die Abwesenheit von Hochzeitsgeschenken auf. Das kommt mir persönlich zwar sehr gelegen, denn ich habe keins, aber wo zum Teufel bin ich hier eigentlich gelandet?

Von links kommt ein lauter Grunzer und der Mann schlägt erschrocken die Augen auf.

„Hab ich geschlafen?“, fragt er mich.

„Sah so aus.“

„Wie lange?“

„Keine Ahnung, ich sitze erst seit ein paar Minuten hier.“

„Oh je, oh je.“ Er wirkt sehr nervös und streicht sich ständig über seine glänzende Halbglatze.

„Brauchst du Geld?“, fragt er mich plötzlich.

Seine Augen fixieren mal mein linkes, mal mein rechtes Auge und gelegentlich auch einen Punkt irgendwo hinter meinem linken Ohr. Dabei wechselt er so schnell, dass es mir unmöglich ist, seinem Blick wirklich zu begegnen. Irgendwie unangenehm, so mit ihm zu reden. Fühlt sich ein bisschen so an wie beim Augenarzt: „Folgen Sie bitte der Spitze des Stiftes.“ Nur dass er den Kugelschreiber nicht langsam von links nach rechts bewegt, sondern damit wild in der Gegend rumfuchtelt.

„Nein danke.“

Ich will auch gar nicht hören, was er zu sagen hat, selbst wenn ich Geld bräuchte. Ich häng an meiner Niere.

„Das heißt, du hast Geld?!“, zieht er seine Schlussfolgerung und lacht ein „HiHiHi“, nur ohne das H am Anfang.

Jetzt macht er mir irgendwie Angst.

„Dann kannst du mir doch bestimmt was leihen? Ich hab da so’n Ding am Laufen. Ganz ganz wichtig und ganz, ganz groß. Wird der Knaller! Sichere Kiste! Kriegst auch bald zurück!“, spricht er in einem Tempo, das mich schwindeln lässt.

„Nee, geht leider nicht. Soviel hab ich nicht und ich kenne Sie doch gar nicht.“

„Brauch ja nicht viel und gehörst doch zur Familie.“ Er schlägt mir von der Seite mit der flachen Hand auf den Oberarm.

„Sorry, geht wirklich nicht.“

Sein Blick verharrt auf meinem linken Ohrläppchen.

Dann fallen ihm die Augen zu und er schläft wieder ein.

Hat der das Schlafsyndrom oder so was? Wie heißt das noch mal? Aber sein Körper ist nicht erschlafft und er ist auch leider nicht vom Stuhl gefallen. Er hat einfach nur die Augen zu. Doch weder Kopf noch Körper haben ihre Spannung verloren. Gut, wenn er gerne so tun will, als ob er schläft, mir soll recht sein.

Fünf Minuten später dreht sich die Frau zu meiner Linken um und sagt: „Lassen Sie sich von dem Gauner nix andrehen.“

Etwas späte Reaktion, würde ich sagen.

„Danke für die Warnung, kommt etwas zu spät.“

„Oh, sagen Sie bloß, Sie haben schon was gekauft?“, fragt sie, wartet aber meine Antwort nicht ab und klopft dem Mann auf den Kopf.

Der schreckt auf. „Wie? Wo?“

„Gib dem armen Jungen sofort sein Geld zurück!“

Warum bin ich für die eigentlich immer nur der Junge? Ich bin Mitte 30!

Sein Blick wandert gehetzt zwischen verschiedenen Punkten in unseren Gesichtern hin und her. Dann lächelt er schief.

„Aber klar, aber sicher, klar!“ Er kramt in seiner Tasche, zupft aus einem riesigen Bündel Scheine vier 50er raus und legt sie vor mir auf den Tisch.

Ich überlege kurz, ob ich was sagen soll, aber der Mann tut schon wieder so, als ob er schlafen würde.

„Danke für Ihre...“, will ich mich bei der Frau bedanken, aber sie ist weg.

Dafür sitzt jetzt Alfons da und grinst mich bis über beide Ohren an. Da habe ich wohl wieder den Platzwechsel verpasst.

Verleumdung, Berta und Thomas

„Na, wie gefällt dir die Feier?“, fragt mich Alfons.

„Och... is interessant“, gebe ich ehrlich zu. Wobei „Interessant“ für viele ja was Negatives ist. Für mich ist es aber einfach nur... ja... eben interessant.

Alfons scheint dazu keine vordefinierte Meinung zu haben oder ignoriert meine Antwort einfach.

„Sind schon toll, diese Familientreffen. Wir sehen uns nicht allzu oft, musst du wissen.“

Muss ich?

„Sind ja quer übers Land verstreut. Aber bei solchen Feierlichkeiten reisen dann alle an.“

Ich befürchte eine nahende Erklärung der genauen Familienzusammensetzung mit Herkunfts- und aktuellem Wohnort. Ich bin froh, wenn ich mir nach einer Feier auch nur zwei neue Namen gemerkt habe, da kann ich mit einer solchen Informationsflut erst recht nichts anfangen. Also Ablenkungsmanöver.

„Du sag mal, gehört ihr eigentlich irgendeiner Religion an?"

Erst jetzt kommt mir der Gedanke, wie befremdlich es ist, mich freundschaftlich mit einem Mann zu unterhalten, mit dessen Frau ich mich noch vor vier Tagen lustvoll durch die Kissen gewälzt habe. Die Gewissheit, dass er davon weiß, es anscheinend sogar gutheißt, macht die Sache nicht gerade besser. Mir wird plötzlich sehr mulmig zumute.

„Naja, nicht so direkt. Viele von uns sind schon irgendwie religiös, aber zum Teil in ganz unterschiedlichen Religionen. Tante Anika da drüben ist sogar Satanistin." Er zeigt auf eine sehr dicke Frau Anfang 50. Sie trägt einen bunten Hosenanzug, mit einer Mischung aus Batik und Verwischungseffekten in den verschiedensten Farben, leicht ausgeblichen. Also entweder ich hab ein völlig falsches, vielleicht auch inaktuelles Bild von Satanisten oder sie legt ihren Kult eher freizügig aus. Für mich sieht sie aus wie eine lesbische Ökotante mit einem Hauch von Hippie. Schublade auf, Schublade zu.

„Eine richtige Familienreligion haben wir nicht", fügt Alfons noch hinzu.

„Mit wem hast du dich denn schon bekanntgemacht?"

„Naja, ich hab leider die ersten paar Platzwechsel versäumt und bin noch nicht so viel rumgekommen."

Statt auf meine Anspielung zu reagieren und mir endlich die Sache mit dem Platzwechsel zu erklären, packt mich Alfons am Arm und zerrt mich zu einem kleinen Halbkreis von 5 Stühlen.

„Darf ich vorstellen, mein Cousin Allby, das ist Peter - ich weiß gar nicht, in welchem Verwandtschaftsverhältnis wir stehen, aber er gehört auf jeden Fall dazu - und das ist Daniel, ein Schwager von mir. Leute, das ist Karl." Er drückt mich auf einen der Stühle, indem er mir beide Hände ‚freundschaftlich' auf die Schultern legt.

Daniel wirkt irgendwie unoffensichtlich schwul. Er benimmt sich hetero, sieht hetero aus und nichts an seinem Verhalten oder

Aussehen lässt direkt darauf schließen. Trotzdem bin ich mir ziemlich sicher. Ihn umgibt eine Aura der Homosexualität. Aber ich fühle mich durchaus wohl in seiner Gesellschaft.

Scheinbar sind wir gerade in eine Sportdiskussion reingeplatzt. Kurioserweise geht es bei Sportgesprächen fast nie um Sport, den man selber betreibt, sondern meistens um Sport, bei dessen Ausübung man anderen zugeschaut hat. Wissenschaftler wollen herausgefunden haben, dass durch das bloße Zusehen, wie andere sich sportlich betätigen, oder auch nur das Denken daran der Blutdruck steigt, der körpereigene Verbrennungsmotor quasi schneller arbeitet und vermehrt Hormone ausgeschüttet werden, Dopamin, Serotonin usw. Sogar Muskelwachstum ist in geringem Maße zu beobachten, allerdings mehr bei der geistigen Durchführung sportlicher Übungen, die man schon mal gemacht hat. Der Zuschauer teilt also Anspannung, Anstrengung und die Gefühle derer, denen er zuschaut. Das nennt der Volksmund dann *Mitfiebern*. Irgendwie faszinierend. Und es erklärt die große Faszination, die viele dafür hegen, anderen beim Sport zuzugucken. Ich konnte mich für diese Art des Sportfremderlebens nie so recht begeistern. Da erlebe ich lieber selbst. Nicht dass ich deswegen jetzt selber Sport machen würde, aber...

Anscheinend geht es um Curling. So viel konnte ich raushören, mitreden kann ich allerdings nicht. Ich beschränke meine Gesprächsbeteiligung also auf: „Is ja interessant!“, „Wie macht man das?“, „Wie kommt das denn?“, „Nein, das gibt's doch nicht!“

Ungewollt feuere ich die Diskussion so immer weiter an. Dabei würde ich mich, wenn ich hier schon sitzen muss, lieber über was anderes unterhalten. Denn dieses Thema bietet wenig Ablenkung für das Kratzen in meinem Schädel, das ich die ganze Zeit zu ignorieren versuche. Diese bohrenden Fragen.

Plötzlich packt es mich und ich nehme Alfons zur Seite.

„Sag mal, Alfons, du... du und Natascha... ihr... seid ihr glücklich?“

Er schaut mich verdutzt an. „Man Karl, wir haben grade geheiratet. Natürlich sind wir glücklich! Und heute Nacht werden wir noch viel glücklicher sein.“ Er zwinkert mir zu.

Schweißperlen quetschten sich durch die Poren auf meiner Stirn. Der Mut verlässt mich vollends und ich beginne nervös zu stammeln. „Ja... ähm... wo du das grade ansprichst... ich... also...um ehrlich zu sein, ich fühle mich etwas unwohl dabei."

„Wobei?"

Ach komm, tu doch nicht so! Bitte zwing mich nicht, es auszusprechen. Das ich deine Frau geknallt hab natürlich!

Wer weiß, ob es überhaupt jemanden interessieren würde, wenn ich das wirklich durch den Raum brülle. Vielleicht wissen es ja sowieso schon alle. Vermutlich steht dort, wo auf der Gästeliste sonst sowas steht wie ‚Oma der Braut' oder ‚Vater des Bräutigam', hinter meinem Namen ‚Vorstecher der Braut'.

„Naja... du weißt schon. Die Sache mit Natascha... und so. Du sollst nur wissen... ich wusste das nicht und... und hätte ich es gewusst... puhh... ich hätte nie..." Ob das eine Lüge oder die Wahrheit ist, weiß ich selbst nicht oder will es mir auch nur nicht eingestehen. Hätte ich...?

„Was?" Alfons schaute mich immer noch verdutzt an.

„Mir bei Aussuchen von Unterwäsche geholfen!", platzt Natascha von der Seite herein. Sie umschlingt Alfons von hinten mit den Armen, küsst ihn auf die Wange und schaut mich über seine Schulter hinweg durchdringend an.

Ähh, bitte was?

Nicht zum ersten und vermutlich auch nicht zum letzten Mal an diesem Abend bin ich komplett verwirrt. Doch dann fällt der Groschen. Du miese... er weiß es also gar nicht und es war auch nicht sein Vorschlag! Das kann ja wohl nicht... also wirklich... ich... ich...

Ich versuche, mir mein innerliches Brodeln nicht anmerken zu lassen, und bringe ein gequältes Verlegenheitslächeln hervor. Dann schaue ich Natascha an. Doch die liegt nur mit ihrem Kopf auf Alfons Schulter. Der wirkt nun sichtlich verärgert.

„Er hat dir bei was geholfen?!"

„Bitte sei nicht böse, Schatz. Ich wollt dich mit sexy Unterwäsche überraschen heute Nacht. Es soll doch besondere erste Nacht werden. Ich wollt, das perfekt wird, und ich brauchte eine männliche

Meinung. Einen aus der Familie konnt ich schlecht fragen und Karl ist in der Stadt einziger männlicher Freund. Bitte nicht böse sein." Sie schmiegt sich an seine Seite und schaut ihn mit einem Hundeblick an, der selbst den süßesten Labradorwelpen wie einen verlausten Straßenköter aussehen lässt.

So leicht kommst du mir nicht davon!

„Aber du sagtest doch, Alfons wüsste Bescheid und er dürfte dein Outfit vor der Hochzeitsnacht nur nicht sehen", empöre ich mich.

In ihrem Hundeblick blitzt es kurz, wie eine kurze, kaum wahrnehmbare Bildstörung im Fernsehen.

„Ja, stimmt." Sie senkt beschämt ihr Haupt. Dass sie echt so manipulativ sein kann, unglaublich. Dann säuselt sie weiter: „Ich weiß doch, du bist sehr aufrichtig, Karl. Es war Notlüge, sonst hättest du nicht gemacht."

Wieder Hundeblick zu mir, dann zu Alfons. Der lässt sich tatsächlich erweichen.

„Naja, war ja nur Unterwäsche, nichts weiter. Also Schwamm drüber", winkt er ab und lächelt schon wieder, wenn auch etwas gezwungen.

Ja... nur Unterwäsche... nichts weiter.

„Aber du hättest mir davon erzählen sollen!", tadelt er Natascha halbherzig.

Perfekt schauspielert sie das reuige Schulmädchen, das gerade vom Klassenlehrer eine Ermahnung bekommen hat. Sie küssen sich.

Ich werd nicht mehr!

Natascha wirft mir noch einen flehenden Blick zu und verschwindet wieder. Diese Braut ist einfach unglaublich. Bisher hab ich Natascha für leichtgläubig und etwas debil gehalten, aber in Wirklichkeit ist sie ein manipulatives Biest.

Plötzlich fällt mir Alfons um den Hals und drückte mich fest an sich. „Danke, dass du es mir sagen wolltest, Mann!" Seine Herzlichkeit tut mir fast körperlich weh.

Ich bin echt ein mieser Drecksack, aber ich traue mich nicht, noch was zu sagen. Will ich denn wirklich dieses junge Glück zerstören?

Alfons packt noch einen Sack Schlechte-Gewissen-Steine drauf und nuschelt weiter in meine Schulter: „Is echt nicht so wild, mach dir keine Gedanken. Bist ein echter Freund!"

Ich fühle mich so unwohl wie noch nie. Nach ein paar weiteren endlosen Sekunden lässt er mich los. Seine Hände lässt er an meinen Oberarmen, schüttelt mich ganz leicht und sagt: „Manche Leute kennt man schon Jahre und weiß, dass sie Arschlöcher sind, und manche lernt man grade erst kennen und weiß sofort, dass sie gute Freunde sind."

Er klopft mich noch einmal mit beiden Händen ab und strahlt mich an. Hat er tatsächlich leicht wässrige Augen bekommen? Au weia!

Ich fühle mich furchtbar ob so viel unberechtigter Freundschaftsgefühle. Will aber ihre gerade aufblühende Ehe auch nicht gleich wieder durch die Wahrheit töten. Halte also meinen Mund und lächele ihn nur verschämt an. Für ihn muss es wohl so scheinen, als wenn mir nur seine Herzlichkeit unangenehm ist.

Kla...irgendwas kommt vom Klo. Ist sie immer noch oder gerade wieder dort gewesen? Sie sieht mich und winkt so heftig, dass ich sie unmöglich ignorieren kann, zumal auch Alfons ihr Gefuchtel bemerkt.

„Ahh, ich glaube, Berta will deine Aufmerksamkeit." Er zwinkert mir zu.

Berta? Der stand nun gar nicht auf meiner Liste der möglichen Namen.

Berta. Der Name löst eine ungewollte Abneigung in mir aus. Ich kenne zwar bisher keine Frau dieses Namens, trotzdem ist er mir unsympathisch. Welchen Einfluss Namen doch auf den ersten Eindruck haben. Klar hab ich Berta zwar theoretisch schon ein wenig kennengelernt, aber ihr ja auch nicht wirklich zugehört.

Wenn man jemanden trifft, der einen Namen trägt, mit dem man früher schon negativ zu tun hatte, wirkt sich das automatisch auf die Einschätzung dieser Person aus. Jemand stellt sich als Luis vor und man denkt unbewusst an einen Luis, den man früher in der Schule schon nicht mochte, der einen immer schikaniert hat und viel beliebter war und… Der Neue kann ja für die Taten des anderen Luis gar nichts und es ist auch völlig unlogisch und unfair, ihm die nur wegen der Namensgleichheit anzulasten. Aber das Ganze läuft so unterbewusst ab, dass man da gar nichts machen kann. Wäre der erste Eindruck eine Pro- und Kontra-Strichliste, die unser Unterbewusstsein in Sekundenschnelle auf dem Computer tippt und an unser Bewusstsein mailt, stünde dann auf der Kontra Seite: „- scheiß Name, schlechte Erfahrungen damit“.

Wenn die schlechten Erfahrungen ganz schwer auf einem lasten, übertragen sich sogar Eigenschaften und der eigentlich ganz nette Luis kommt einem plötzlich irgendwie total arrogant und eingebildet vor. Das Unterbewusstsein erstellt blitzschnell seine Liste aus allem, was man bisher so erlebt hat, und zieht Vergleiche zu anderen Personen. Gab's schon mal jemanden mit dieser Frisur? Wenn ja, wie fand ich den? Was ist denn das für ein Look? Der letzte, der sowas getragen hat, wollte mir auf die Fresse hauen usw. Die Betonung der Wörter, der Geruch, jede kleinste Bewegung, jedes Augenfältchen, alles spielt da mit rein. Unser Unbewusstsein ist ein Hochleistungsrechner, nimmt alle die Informationen auf und stellt diese Vergleiche so schnell an, dass wir keinen Einfluss darauf haben. Natürlich kann man, wenn man sich nicht unbewusst gleich von der Person abwendet, die negativen Verknüpfungen durch positive überschreiben, und stellt fest, dass Luis doch gar kein so übler Typ ist. Man hat sein Unterbewusstsein übergangen. Fortan ist man jedem Luis gegenüber wesentlich aufgeschlossener. Bis man wieder auf die Schnauze bekommt.

Jedenfalls ist mir Berta irgendwie unsympathisch. Obwohl ich mich partout an keine Berta erinnern kann. Da ich aber gerade keine Lust habe, mein Unterbewusstsein bewusst in Frage zu stellen, nehme ich das einfach mal so hin. Es wird schon wissen, was es tut.

„Nimm dich in acht vor ihr“, sagt Alfons nebulös und zwinkert mir noch mal zu.

Er schubst mich leicht in ihre Richtung und ich setze mich widerwillig dorthin, wo wir schon mal saßen. Berta fängt nahtlos wieder an zu reden.

Eigentlich würde ich sie gerne fragen, was sie denn auf dem Herrenklo gemacht hat, aber ich komme einfach nicht dazwischen, soviel labert sie. Egal wie sehr ich mich als Moses versuche, ich kriege ihr wogendes Wortmeer einfach nicht geteilt.

Ich erkenne, dass es wenig Sinn hat, ihr weiter zuzuhören. Aus ihrem Monolog einen Dialog zu machen scheint unmöglich zu sein. Meine Gedanken schweiften ab, weg von Berta, weg von ihrer... was?... Phobie vor kleinen Hunden?... egal...

Plötzlich trifft mich der Gedankenblitz. Ich haue so doll mit der Faust auf den Tisch, dass es weh tut.

„Verdammt!!!"

Bei jeder anderen Gesellschaft hätte das zu einem Stillstand aller Gespräche geführt und alle Blicke würden sich mir zuwenden. Hier führt es lediglich dazu, dass der Mann von vorhin mal wieder aus seinem seltsamen Schlaf aufschreckt und sich hektisch umsieht.

Ruckartig stehe ich auf, kippe dabei fast den Stuhl um und renne aus dem Lokal. Draußen zücke ich mein Handy.

„Mpf?", meldete sich jemand am anderen Ende.

„Lisa!", rufe ich triumphierend.

„...wer ist da?"

„Karl."

„Bow man ey... weißt du eigentlich, wie spät es ist?!"

„Ehrlich gesagt, nein", gebe ich zu. Das Zeitgefühl habe ich in diesem Paralleluniversum da drin irgendwie komplett verloren.

„Du weißt doch, dass ich früh aufstehn muss. Was willst du, Karl?"

„Morgen ist doch Samstag."

„Nicht für mich!", schnauzt er.

„Es ist Lisa!"

„Was?!"

„Es ist Lisa... also war Lisa... oder ist es noch."

„Komm zu Potte, man! Ich bin müde!"

„Thomas!", sage ich lachend. „Thomas ist Lisa! Stimmt doch, oder Paul? Ich hab's auf einem Foto erkannt. Ich wusste, irgendwas war da faul."

Stille am anderen Ende.

„Hallo?“

„Deshalb rufst du mich mitten in der Nacht an?!“ Paul klingt sehr verärgert. Nach einer weiteren längeren Pause sagt er wieder ruhiger: „Lass uns uns einfach morgen Nachmittag kurz treffen, ok?“

„Aber ich hab doch recht, oder?“

Das kann nicht bis morgen warten! Zumindest diese Gewissheit muss ich jetzt sofort haben. Ich bin mir so sicher.

„Ja“, seufzt er.

Yes!

„Und jetzt lass mich schlafen, du Nervensäge!“ Er legt auf.

Die ganze Zeit hat der Gedanke in meinem Unterbewusstsein gearbeitet. Und sich nun endlich ins Bewusstsein vorgekämpft. Ich wusste doch, da ist irgendwas, ich konnte es bis jetzt eben nur nicht richtig greifen. Das ist ja unfassbar! Also hat sich Lisa extra als Mann verkleidet, nur damit sie diese Kussnummer abziehen konnten. Paul wird morgen erst mal ausgequetscht, ich will Details!

Wo ich schon mal draußen bin, schaue ich mich mehrfach um und erleichtere mich ungestört in einer dunklen Ecke. Fast rechne ich damit, dass sich Barry plötzlich aus den Schatten löst und bei mir Maß nimmt. Passiert aber nicht.

Als ich wieder reingehe, fegt der Wirt gerade zusammen. Sonst ist niemand mehr im Raum.

„Was machst du noch hier?“, fragt er verärgert.

„Wo... wie... wa... wo sind denn alle?“

„Nach Hause gegangen. Party vorbei. Du gehn jetzt auch!“ Er macht mit seinem Besen eine Fegebewegung in meine Richtung, als wolle er mich rauskehren wie Ungeziefer.

Das verstehe, wer will. Ich stand doch direkt vor dem... ich kapier gar nichts mehr.

SH

Was für ein seltsamer Traum. Die ganze Hochzeit... die Feier... was hab ich nur für eine abgedrehte Fantasie?

Schaue auf den Wecker und lasse mir das Datum anzeigen. Heute ist Samstag. Also wenn es ein Traum war, hab ich die wirkliche Hochzeit verpasst. Hab ich mich etwa vorher noch kurz hingelegt und bin dann eingeschlafen?

Kaffee. Ich brauch erst mal Kaffee.

Ich lasse den Abend oder den Traum noch mal Revue passieren. Meine zerfetzte erste Kleiderwahl liegt auf dem Boden, also der Teil stimmt schon mal. In meinen Klamotten suche ich nach der Visitenkarte von dem Schönheitschirurgen. Nichts. Also ein Traum. Das würde aber bedeuten...

Ich rufe Paul an.

Er übergeht die Begrüßung und pflaumt mich sofort voll: „Du kannst einem echt auf den Sack gehen! Wir treffen uns doch heute Nachmittag!“ Dann legt er wieder auf.

Aha, also doch kein Traum. Das macht mich aber auch nicht schlauer. Was für ein... naja egal.

Ich hake den Abend einfach als einen der seltsamsten meines bisherigen Lebens ab, packe ihn in einen Karton, kritzle mit einem Marker „SH. Nicht öffnen!“ drauf und stelle ihn in die Ecke mit den anderen unliebsamen Erinnerungen.

Rufe noch mal Paul an.

„Du...“, fängt er gleich wieder an zu wettern, doch ich falle ihm ruhig ins Wort: „Wir haben noch gar nicht abgemacht, wo und wann wir uns treffen.“

„Mhh... ab 16 Uhr bei mir, evtl. wird's auch etwas später, aber du kommst ja auch mit dem Ersatzschlüssel rein, den will ich sowieso wiederhaben.“

Wieder aufgelegt.

Also was nun? Sitze still in der Küche und denke über mein Leben nach. Schon wieder.

Unterm Strich soweit so gut, befinde ich: Meine psychisch nicht ganz einwandfreie Exfreundin hat einen andern und ich bin nun auch weitestgehend über sie hinweg. Ich wohne wieder in meiner Wohnung, arbeite, empfange sogar Gäste. Ich hab neue Freunde gefunden. Leider hege ich ein etwas zu starkes emotionales Interesse für Jane, aber auch das ist am Abklingen und wird es sicherlich noch weiter, je mehr ich die beiden kennenlerne. Sie sind mir zumindest bis jetzt äußerst sympathisch und ich freue mich schon richtig auf die Geburtstagsfeier. Gelegentlichen hatte ich Sex mit einer seltsamen Frau, was sich jetzt aber wohl einstellen wird. Auf weiteren Kontakt bin ich ehrlich gesagt sowieso nicht so scharf. Aus dieser Richtung würde sich keine Freundschaft ergeben. Muss auch nicht. Alles in allem geht es mir also ganz gut.

Warum hab ich mir eigentlich die ganze Zeit solche Gedanken um mein chaotisches Leben gemacht? Wozu die ganze Panik und der Stress?

War doch gar nicht so schlimm.

Ist doch gar nicht so schlimm.

Mit einer neuen Freundin hab ich es auf jeden Fall nicht eilig. Erst eine jahrelange Beziehung, die sich zum Schluss mehr wie Kaugummi an der Schuhsohle in die Länge zog. Dann das Chaos mit Melanie und allem, was danach folgte. Gefühlschaos bei Jane und dann die Geschichte mit Natascha. Nee danke, ich hab es wahrlich nicht eilig mit den Frauen in nächster Zeit.

Toni schlummert zusammengerollt auf dem Küchentisch. Vorsichtig strecke ich meine Hand aus, um ihn zu kraulen. Plötzlich fällt mir auf, dass ich das noch nie gemacht habe.

Ich werde leicht nervös. Meine Hand beginnt zu zittern und bewegt sich stockend vorwärts. Vermutlich wird er sie mir gleich zerkratzen oder mich wieder in den Finger beißen.

Meine Hand ist nur noch wenige Zentimeter von Toni entfernt. Er öffnet die Augen und schaut mich an.

Ich verharre in der Bewegung.

Wir schauen uns eine Ewigkeit an. Versinken in den Augen des anderen.

Mein Arm wird schwer.

Dann schließt er seine Augen wieder und ich beginne, ihn vorsichtig hinterm Ohr zu kraulen.

Sein Fell ist ganz weich.

Marien Loha

Marien Loha wurde gar nicht so weit vor dem Mauerfall in Berlin geboren. Mit zarten 6 Jahren begann ein straffer Lebenslauf, der stark nach einem weiteren emsigen Hamster im Laufrad aussieht: Schule bis zur 10.Klasse, Ausbildung zum Fachinformatiker für Systemintegration, anschließend Arbeit als IT-Systemadministrator, heute selbstständig. Doch das augenscheinlich (system)treudoofe Pelztierchen wurde dankenswerterweise zum eigenständigen Denken erzogen. Das Hamsterrad kann er wie die meisten zwar nicht verlassen, dreht es aber nur so wenig wie möglich und so schnell wie nötig.

Künstlerisch wurde es trotzdem erst recht spät: Ab Frühjahr 2011 entstanden Kurzgeschichten, Romananfänge und Poesie oder sowas ... Und damit wagte Marien dann gleich auch den Schritt auf die (Lese- und PoetrySlam-) Bühnen der Welt (also Berlins).

www.marienloha.de

Inhalt